La oscuridad que conoces

Amy Engel

La oscuridad que conoces

Traducción de
Laura Vidal

Papel certificado por el Forest Stewardship Council®

Título original: *The Familiar Dark*

Primera edición: septiembre de 2020

Printed in Spain – Impreso en España

ISBN: 978-84-9129-410-8
Depósito legal: B-8.088-2020

Impreso en Rodesa, Villatuerta (Navarra)

SL94108

Penguin
Random House
Grupo Editorial

A Graham y Quinn,
las luces que más brillan en mi vida

«Nos acostumbramos a la Oscuridad
cuando la Luz se apaga».

Emily Dickinson

El final

Murieron durante una tormenta insólita en abril, en un charco de sangre sobre un lecho de nieve sucia. Después hubo quien dijo que el asesino debía de haber estado pendiente de las nubes grises del cielo. Que había interpretado el tiempo como la señal para atacar y escogido el momento en que todo el mundo estaba acurrucado en sus casas, tiritando en optimistas mangas de camisa y rezongando sobre el cambio climático. Detectives de salón tratando de encontrar sentido a algo que jamás podría tenerlo. Se equivocaban, por supuesto. El clima no tuvo nada que ver con aquello. Las niñas se lo habrían dicho, de haber podido hablar.

Izzy fue la primera en morir, con el pelo castaño oscuro enredado sobre la cara y un ojo asomando entre los mechones. Un lento pestañeo, la mirada fija en la cara de Junie. Otro pestañeo, la visión que se vuelve borrosa. Junie esperó un tercer pestañeo que nunca llegó, vio sangre llenar el espacio entre las dos. Trató de tocar a Izzy con la intención de zarandearla y traerla de vuelta al mundo, pero no conseguía mover la mano. La notaba sujeta, aunque no recordaba que la hubieran atado. No recordaba nada, en realidad. Ni qué hacía allí ni qué estaba pasando. Solo era consciente de un terror tenue, distante, que latía al compás de su debilitado corazón. Ordenó a su garganta rota emitir un sonido, un nombre, una súplica, una plegaria. Pero las palabras no llegaron a abandonar sus labios. Una burbuja de sangre se formó y estalló. Sintió el frío de la nieve en la mejilla.

—Chsss... —dijo una voz—. Pronto habrá pasado. Chsss...

Una mano en su cabeza le acariciaba el pelo.

Volvió los ojos al cielo, eran la única parte de su cuerpo que, al parecer, podía mover. Vio el borde de un columpio, una rama recubierta de blanco, el cielo de un monótono gris acero. La última vez que había estado allí había sido con su madre. Habían tomado helados que se les derretían en las manos antes de que les diera tiempo a comérselos. Un atardecer caluroso, sudoroso, y libélulas. Se habían columpiado la una junto a la otra y la madre había saltado del columpio desde el punto más alto, con el pelo rubio ondeando detrás de ella y una risa áspera cortando el aire. Le había dicho que el secreto era no pensarlo. Cierra los ojos y vuela.

«Mamá». La añoranza la atravesó como un garfio cruel, su cuerpo se estremeció contra el suelo, cerró la mano en un puño. «Quiero a mi mamá». Olió el perfume de su madre, un jardín de primavera dosificado gota a gota para que el frasco durara. Oyó la voz de su madre susurrarle al oído palabras de consuelo. Percibió el sabor a sal, lágrimas en los labios y sangre en la boca. Sabía que era el fin y no podía creer que llegara tan cerca del principio. Dejó escapar un suspiro tembloroso. «Mira, mamá. Puedo hacerlo». Cerró los ojos y voló.

1

Llevaba todo el día pendiente del reloj. Y me habían puteado de lo lindo por ello. Cada vez que me inclinaba sobre el mostrador para recoger un plato, Thomas me pegaba en la mano con la espátula sucia de grasa.

—¿Tienes algo más importante que hacer? —preguntó, chasqueando la lengua.

—Pues sí, cualquier cosa mejor que estar en este agujero de mierda —contraataqué riendo cuando intentó darme otra vez con la espátula.

Era prácticamente la única cosa buena que le encontraba a llevar más de diez años trabajando en aquel tugurio. Que no tenía que preocuparme de mis modales.

—Son casi las cinco —dije en voz alta después de mirar el minutero recorrer despacio el reloj por última vez.

—¿Se puede saber qué prisa tienes hoy? —preguntó Louise mientras se ataba bien el delantal alrededor de la gruesa cintura—. Pareces un gato en una habitación llena de mecedoras. Como sigas así, a Thomas le va a dar un infarto. Sabes que no soporta vernos distraídas.

Volví la vista hacia la ventanilla de la cocina y guiñé el ojo a Thomas, quien no conseguía mantener el ceño fruncido.

—No lo sé —admití—. Supongo que estoy nerviosa.

Quizá era aquel tiempo, extraño, inesperado. El día anterior había sido de un verde primaveral, susurrante, con el aire perfumado de flores silvestres. En cambio aquel día la nieve había golpeado los cristales de las ventanas de la cafetería y remolinos diminutos se colaban dentro cada vez que alguien abría la puerta. Pero ahora el sol comenzaba a asomar desde detrás del capote de nubes, justo antes de ponerse. En los bordes del aparcamiento se formaban riachuelos de nieve derretida. A la mañana siguiente volvería a ser primavera. Así era Misuri. Como solían decir las personas mayores, si no te gusta el tiempo, espera cinco minutos.

—Igual han sido las sirenas —propuso Thomas—. Joder, casi me han vuelto loco antes.

Louise asintió con la cabeza y me hizo un gesto para que le pasara las botellas de kétchup medio vacías de manera que pudiera rellenarlas.

—Seguro que ha habido un montón de accidentes. He oído que había mucho follón en el parque viejo. Aquí la gente no tiene ni puta idea de conducir. —Thomas bufó desde la cocina para mostrar su acuerdo y Louise se volvió a mirarlo—. ¿Cuándo fue la última vez que nevó en abril? Da la impresión de que hace siglos.

—Justo antes de que naciera Junie —señalé sin vacilar—. Trece años.

Me acordaba de lo gorda que estaba y de que tenía los tobillos tan hinchados que no conseguí meter los pies en las botas de apresquí y tuve que sortear la nieve con unas zapatillas de deporte gastadas.

—Ay, señor, es verdad —dijo Louise. Terminó de llenar una botella de kétchup y me la pasó—. ¿Tienes algún plan emocionante de sábado? —Se contoneó hacia un lado—. ¿Ir a bailar, quizá? ¿A tomar una copita? ¿Un poquito de... tú ya me entiendes?

—Le prometí a Junie que volvería pronto a casa y cenaríamos pizza viendo una película. No la he visto desde ayer.

No me hizo falta ver a Louise poner los ojos en blanco para saber lo lamentable que le parecía mi versión de una noche de sábado divertida. Ya me había dicho muchas veces que estaba desperdiciando mi juventud. «Treinta para cumplir cincuenta» era uno de sus comentarios favoritos sobre mi inexistente vida social.

—Cuando mis hijos tenían esa edad habría estado encantada de que alguien se los llevara una semana entera. Menudos impertinentes. —Louise negó con la cabeza—. ¿Dónde ha estado?

—En casa de Izzy Logan. —Mantuve la vista fija en el trozo de encimera que estaba limpiando e hice caso omiso de la punzada en la base del cráneo.

—Esas dos son uña y carne —dijo Louise.

El leve matiz de incredulidad en su voz no me pasó desapercibido. A aquellas alturas estaba acostumbrada, entendía que las niñas como Junie y las niñas como Izzy no solían coincidir en el mismo grupo. En especial en aquel pueblo, al que solo le faltaba una raya de neón que lo dividiera en dos. «Basura blanca a este lado. No pasar». No parecía importar que el noventa por ciento de los habitantes estuvieran atrapados en el lado malo. La línea divisoria invisible no se movía con facilidad, al menos cuando se trataba de relacionarse con la familia de Jenny Logan. Cuando yo iba al instituto y salía a buscar latas para reciclar por las cunetas solía ver a Jenny dando una vuelta en su pequeño descapotable blanco. Se fue a la universidad cuando yo estaba en el último año de instituto y supuse que ya no volvería. Pero lo hizo dos años después, con una diplomatura que nunca llegó a usar y un universitario dispuesto a heredar el negocio de venta de barcas de su padre. En una gran ciudad no habrían sido gran cosa, pero allí los Logan eran prácticamente de la realeza. Claro que eso tampoco era difícil. Bastaba tener un trabajo decente y una casa que no tuviera ruedas.

—Sí —repuse.

Odiaba que todo el mundo pensara que tenía que estar agradecida porque a Izzy le gustara mi hija, porque los padres de Izzy acogieran a Junie en su casa. Nadie me había preguntado nunca mi opinión al respecto, aunque seguramente se habrían sorprendido al saber que no me sentía en absoluto agradecida. Que habría puesto fin a aquella amistad tiempo atrás de haber encontrado la manera de hacerlo sin romperle el corazón a mi hija. Me irritaban las llamadas de teléfono de Jenny para organizar planes para las niñas, dando siempre por hecho, a pesar de mis numerosos recordatorios en sentido contrario, de que mis horarios eran completamente flexibles. Apartaba la vista de los poco entusiastas saludos con la mano que el padre de Izzy, Zach, me dirigía desde el porche cada vez que llegaba a su casa en mi Honda del año de la polca con la ventanilla trasera mal tapada a base de cartón y cinta adhesiva. Esperaba (y deseaba) que la flor de aquella amistad comenzara a marchitarse, que alguna tontería sin importancia separara a las niñas. Pero ya habían pasado años y, hasta el momento, el vínculo que las unía no había hecho más que fortalecerse. Y eso tampoco me gustaba. Odiaba pensar en lo que podía significar.

Dejé el trapo en el mostrador y me llevé las manos a las lumbares. Era demasiado joven para estar tan hecha mierda al final del día, con las piernas doloridas y una punzada sorda en la columna. Habría cabido esperar un día tranquilo en la cafetería debido a la nieve, pero el tiempo era el segundo tema de conversación preferido de todo el mundo, después de la política. El local había estado lleno a rebosar todo el día y solo ahora, cuando la gente se marchaba a sus casas a cenar, empezaba a vaciarse. El expositor de tartas estaba limpio y no me sentía capaz de calcular cuántas tazas de café había servido en las últimas ocho horas. Mucha cháchara y no demasiadas propinas. Esos días eran los peores.

—Me parece que viene tu hermano —dijo Louise—. Espero que no quiera tarta de manzana, porque está jodido.

Me enderecé y vi el coche de Cal detenerse a la puerta. A pesar de los años transcurridos, ver a mi hermano al volante de un coche patrulla siempre me sobresaltaba un poco. Habíamos pasado gran parte de nuestra infancia evitando a la policía, habíamos crecido vigilando siempre la llegada de las fuerzas de la ley. Una ocupación que podía reportarnos un dólar de propina de los traficantes que usaban la agrietada encimera de nuestra madre para vender su mercancía. Así que la de agente de policía no había estado entre las carreras profesionales prometedoras que había soñado para mi hermano. Pero me había sorprendido, primero convirtiéndose en uno y, a continuación, haciendo bien su trabajo. En el pueblo se decía que era duro, pero siempre justo. Que era más de lo que se podía decir de su jefe y de los otros ayudantes de sheriff, unos vagos de siete suelas. Una vez que Thomas pasó la noche en el calabozo después de agarrarse una borrachera, me dijo que «Cal se había portado muy bien con él, incluso cuando le puso las esposas». Era el máximo cumplido que se le podía hacer a un policía por aquellos pagos.

—Los sábados no suele estar en el pueblo —comenté.

La policía de por allí andaba escasa de personal porque patrullaban no solo Barren Springs, también numerosos pueblos y los largos tramos de autovía casi desiertos que los unían.

—Igual el hombre necesita una taza de café —dijo Louise—. Seguro que ha tenido un día largo.

Se ahuecó el pelo con una mano. Louise era lo bastante mayor para ser la madre de Cal, como poco, pero en su presencia se comportaba de una manera ridícula, haciendo de madre y coqueteando con él a partes iguales.

—Igual —contesté, pero algo pesado se me instaló en el estómago cuando Cal bajó del asiento delantero del coche patrulla. Cerró la portezuela y se detuvo, cabizbajo, con la luz reflejada en el pelo color rubio ceniza. Al cabo de un momento se puso recto y enderezó los hombros. Se está preparando, pensé, y el nudo que tenía en el estómago me bajó a los pies. Esas sirenas... Me dije que no tenían nada que ver con Junie, que era demasiado pequeña para conducir y demasiado mayor para jugar en un parque infantil. Cogí el trapo y aparté la vista de la ventana, me puse de nuevo a restregar el agrietado mostrador de formica y no levanté la cabeza ni siquiera cuando oí la campanilla de la puerta.

—Hola, Cal —exclamó Louise con voz aguda e infantil—. ¿Quieres...?

Por el rabillo del ojo vi a mi hermano levantar una mano y Louise se paró en seco.

—Eve —dijo Cal en voz baja mientras caminaba hacia mí. Sus zapatos reglamentarios resonaron con fuerza en el viejo suelo de linóleo.

No levanté la vista, seguí frotando. Fuera cual fuera el motivo de su visita, aquello que me había estado rondando todo el día no se haría realidad, no habría sucedido si conseguía evitar que Cal lo expresara en palabras.

—Eve —repitió. Vi la hebilla de su cinturón apretada contra el borde del mostrador y a continuación cómo alargaba el brazo para poner una mano sobre la mía—. Evie...

Retiré mi mano con brusquedad, di un paso atrás.

—No —dije.

Mi intención había sido hablar con voz lo bastante feroz y autoritaria para impedirle decir nada, pero me tembló y se quebró y la palabra salió en un hilo que pronto se disolvió.

—Mírame —insistió Cal con voz suave pero firme. Su voz de hermano mayor. Levanté la vista despacio, sin querer ver, sin querer saber. Cal tenía los ojos hinchados y con el filo encarnado. Había estado llorando, me di cuenta con un escalofrío. No recordaba haber visto a Caleb llorar, ni una sola vez durante nuestra infancia de mierda. Miré sus ojos azul brillante y él me sostuvo la mirada. Como siempre, fue como mirarse en un espejo, pero que me devolvía una imagen más limpia y nítida. El mismo pelo, los mismos ojos, las mismas pecas, pero todo recubierto de una luz que yo, sencillamente, no tenía. Como si la naturaleza hubiera agotado todo su arsenal genético en mi hermano y cuando llegué yo, once meses después, solo le quedara lo bastante para una réplica apagada, de segunda categoría.

—¿Qué? —dije. De pronto estaba preparada para el infierno, cualquiera que fuera, que me esperaba detrás de los labios de mi hermano. Cuando no contestó, le tiré la bayeta y la vi chocar contra su pecho y dejarle una mancha de humedad en la camisa—. ¿Qué? —prácticamente grité.

Louise se colocó a mi lado y me puso una mano en el antebrazo. El contacto con ella, por lo común lo más parecido que tenía yo al consuelo de una madre, me perforó la piel y me aparté con brusquedad, con todo el cuerpo vibrando como un cable eléctrico suelto.

—Es Junie, Eve —dijo Cal—. Es Junie. —Se le quebró la voz y apartó la vista; le costaba tragar saliva—. Tienes que venir conmigo.

Me sentí clavada al suelo, con los pies que se hundían y el cuerpo pesado como plomo.

—¿Está muerta?

A mi lado, Louise contuvo la respiración. Ese sonido bastó para hacerme saber que había ido demasiado lejos, llegado a una conclusión a la que ella nunca habría llegado. Pero Louise no había tenido una infancia como la mía. Pobre, sí. Con cupones de comida y queso subvencionado por el gobierno también. Pero no violenta. No había crecido en una caravana que apestaba a hombres variados y a mecheros de quemar metanfetamina. Caras desconocidas y demasiadas risas, la mayoría roncas y mezquinas. Todo ello concentrado en lo peorcito de los Ozarks, un lugar a solo veinticinco kilómetros de la autovía, pero tan perdido, tan aislado del resto del mundo que era como vivir en un universo aparte y sombrío.

Pero Cal sí sabía lo que era una infancia así. Me miró, me sostuvo la mirada. Mi hermano no mentía nunca, al menos a mí. Lo que dijera a continuación sería la verdad, fuera o no yo capaz de soportarla.

—Sí —respondió por fin—. Ha muerto. Lo siento, Evie.

—¿Cómo? —me oí decir en una voz distante como salida de un globo de helio que flotara sobre mi cabeza.

A Cal se le tensó la mandíbula y tomó aire sonoramente por la nariz.

—Parece que la han asesinado.

Hasta más tarde, cuando conociera todos los terribles detalles, no recordaría aquel momento y me daría cuenta de cómo, incluso entonces, mi hermano estaba intentando ahorrarme algo.

En mi cabeza caí al suelo, con la boca crispada en una mueca y un aullido. Grité hasta que me dolió la garganta. Me arranqué el pelo. Me golpeé la cara contra el linóleo hasta que se me rompió la nariz y fluyó sangre oscura. Pero en realidad lo único que hice fue volverme, coger mi abrigo y el bolso del gancho que había a mi espalda, mientras por el rabillo del ojo veía la cara de conmoción de Thomas, con la boca y los ojos abiertos de par en par. Esquivé la mano tendida de Louise y el brazo extendido de mi hermano. Salí al aire frío, con aroma a nieve, parpadeé en la débil luz de sol que asomaba entre las nubes. Por fin había sucedido. El desastre que llevaba esperando desde el instante en que nació Junie. Y me había cogido por sorpresa.

2

Lo que te golpea nunca es lo que esperabas. Siempre es algo sigiloso, que te ataca por la espalda cuando estás pendiente de otra cosa. ¿Cuántas veces nos habría dicho eso mi madre cuando éramos pequeños? Un pequeño consejo valioso en una existencia por lo demás sustentada en el alcohol y las drogas. La lección que aprendió de su propio padre, que sufría del corazón y para quien cada hipido, cada jadeo, era una señal inconfundible de muerte inminente. Hasta el día en que un cáncer de estómago apareció como por ensalmo y se lo llevó antes de que su corazón supiera lo que pasaba. Cuando yo era pequeña, mi madre daba tan pocos consejos que me aferré a este como a un salvavidas. Me pasaba el tiempo intentando prever todos los desastres que podían abatirse sobre nosotros con la esperanza de que no nos pillaran desprevenidos. Y, cuando nació mi hija, imaginé un millón de maneras en que mi amor extremo, desesperado por ella terminara en catástrofe: síndrome de muerte súbita o que se ahogara con un mordisco de perrito caliente cuando Junie era pequeña; un accidente de coche o leucemia infantil cuando creció; que un chico mayor que ella y peligroso o la afición de su abuela por las drogas la llevaran por el mal camino cuando se acercaba a la adolescencia. Pero ¿que le rajaran la garganta en el parque en el que solía jugar de pequeña? No, aquel cuento de terror nunca había sido una posibilidad. No en aquel pueblo pequeño, perdido, donde, si no conocías a alguien, al menos sabías quién era su familia, dónde vivían y de dónde venían. En realidad, lo ocurrido era culpa mía. Porque, de haber tenido un poco más de imaginación, de haber robado la idea antes de que el universo se la quedara, quizá mi niña seguiría viva.

—¿Dónde está? —pregunté con la cabeza recostada en la ventanilla del pasajero. Afuera la luz se marchaba por momentos y dejaba una veta de atardecer color naranja ardiendo detrás de las nubes. Los edificios se desdibujaban mientras circulábamos por la carretera de dos carriles y llena de baches que atravesaba el pueblo. La única tienda, con su pirámide desigual de rollos de papel higiénico en el escaparate; el edificio de ladrillo encalado del banco que el tiempo había vuelto gris; la tienda de bocadillos donde nadie comía nunca a no ser que quisiera arriesgarse a sufrir una intoxicación alimentaria. ¿Qué hacía yo todavía en aquel rincón dejado de la mano de Dios, que ni siquiera tenía el encanto de lo nostálgico? Ni una plaza coqueta, ni aceras por las que pasear los días de primavera, ni tiendas de artesanía. Tan solo una colección arbitraria de edificios destartalados repartidos a lo largo de la carretera y una monotonía cansina y sucia en todo y en todos. ¿Por qué no me había marchado con Junie a otra parte? ¿A qué había estado esperando? Algo me subió por la garganta, no supe si era vómito o llanto, pero me lo tragué. «Ahora no», me dije. «Luego».

—Está en la funeraria —contestó Cal con los ojos en la carretera y las manos aferrando el volante con los nudillos blancos. Esperó unos instantes y luego me lo soltó a bocajarro, como siempre hacía—. Tiene que verlas el forense. A las dos.

Ya me había dicho que también Izzy había muerto y yo me esforzaba por asimilarlo. ¿Cómo podían dos niñas de doce años estar vivas y riendo por la mañana y dejar de respirar por la tarde? Lo de que tenían toda la vida por delante era un tópico, pero también la verdad. No entendía cómo mi hija, cuya presencia bastaba para iluminar una habitación, cuya existencia hacía soportable mi propia existencia, podía estar muerta. ¿No debería el mundo haber dejado de girar en el mismo instante en que ella lo había abandonado?

Cal aparcó en la puerta misma de la funeraria, en el espacio por lo general reservado al coche fúnebre. La entrada estaba flanqueada por falsas columnas en un intento por dar al lugar un aire distinguido y desviar la atención del hecho de que, en realidad, era una mierda de edificio de hormigón sobre una extensión de asfalto agrietado. Desde luego no era la clase de sitio que elegiría nadie para un último adiós. Cal apagó el motor y la tarde recién llegada se inundó de pronto de silencio. Cuando se volvió a mirarme, tenía la cara pálida y expresión seria.

—¿Crees que vas a poder hacerlo? —preguntó—. Porque no estás obligada. No ahora mismo.

Pero yo ya me estaba bajando del coche.

—Sí puedo —dije por encima del hombro. Lo cierto era que no estaba segura. Pero seguir adelante me parecía la única opción. Quedarme sentada me mataría, daría ocasión a la realidad de instalarse a mi lado y clavarme sus dientes hasta el fondo. No quería contemplar, ni por un instante, mi vida sin Junie en ella. Lo vacía que estaría a partir de ese momento. Lo absurda que sería.

Había otro ayudante del sheriff esperándonos nada más entrar, con el sombrero apoyado en la barriga cervecera. Era John Miller, a quien conocía de toda la vida, quien cuando era niña me dejaba sentarme en el asiento trasero de su coche patrulla para que no pasara frío cuando la policía se presentaba para registrar la caravana de mamá en busca de metanfetamina. Aparecían una vez al año, puntuales como un reloj, y siempre se marchaban con las manos vacías. Mi madre podía ser ignorante, pero no estúpida. Aquel día, sin embargo, el ayudante del sheriff Miller se comportó como si no me hubiera visto en la vida. Susurró un «Lo siento mucho» y mantuvo la vista fija en algún punto situado a la izquierda de mi hombro. No me molestó, aunque sentí que Cal se ponía rígido a mi lado. Yo tampoco quería mirar a Miller a los ojos y leer el espanto y la lástima en ellos. Quería seguir simulando que aquello era una pesadilla especialmente vívida de la que me despertaría y que le contaría a Junie, acurrucada a su lado en su estrecha cama. La abrazaría demasiado fuerte y ella se zafaría y me diría que no me preocupara.

—El sheriff os está esperando en el velatorio —añadió Miller y dio una palmada en el hombro a Cal cuando pasamos a su lado.

Trastabillé un poco, demasiado poco para que nadie se diera cuenta, pero Cal me sujetó por el codo.

—No pasa nada —murmuró—. Ahora estamos en el mismo equipo.

Aunque viviéramos mil años, el sheriff Land y yo nunca estaríamos en el mismo equipo. Pero eso no podía decírselo a Cal, no podía mirarlo a la cara y explicarle por qué.

Si se enteraba de lo que había hecho, nunca me perdonaría. Y, lo que era aún peor, nunca se perdonaría a sí mismo. Asentí con la cabeza y lo seguí en dirección a una puerta cerrada al final del pasillo. Cal vaciló con la mano en el pomo para darme una última oportunidad de echarme atrás y, a continuación, empujó la puerta cuando se lo pedí con un gesto. Se hizo a un lado para dejarme pasar primero. La habitación era pequeña, estaba demasiado caldeada y llena, a pesar de que había solo tres personas. El sheriff Land y los padres de Izzy, Jenny y Zach. No sé por qué me sorprendió su presencia. Quizá fue que caí en la cuenta de que, a partir de ese momento, íbamos a formar un todo, si bien desparejado. Los padres de las niñas muertas. Metidos en el mismo saco para siempre. Tres tristes moralejas.

—Pasad —dijo el sheriff. Le temblaba el enorme bigote gris. Llevaba el pelo peinado hacia atrás para disimular una calvicie incipiente que, yo lo sabía, tenía que estar volviéndole loco—. Sentaos. —Y un segundo demasiado tarde—: Es horrible que tengamos que vernos en estas circunstancias. —Como si acabara de caer en la cuenta de qué hacía yo en aquella habitación. Como si el hecho de que hubieran asesinado a mi hija, también, de algún modo se le hubiera ido de la mente.

Me senté en la silla que había libre al lado de Zach, quien me miró un instante con los ojos abiertos de par en par por la conmoción. Su atractivo amable, propio de padre de familia, se había transformado en algo terrible y me pregunté si yo estaría igual de alterada. Si no me reconocería la próxima vez que me mirara en el espejo. Zach llevaba la camisa y los pantalones caqui de costumbre, tenía los mismos dientes rectos y las canas prematuras en las sienes que yo estaba acostumbrada a ver. Pero ahora su rostro estaba poseído, tenía el fantasma de la ausencia de su hija grabado en las facciones. Sentada a su otro lado, Jenny lloraba sin interrupción. Solo le vi la coronilla, el pelo liso y oscuro. Tenía la cabeza inclinada y ahogaba los sollozos en una bola de pañuelos de papel húmedos. Por la amabilidad con la que la miraba el sheriff, deduje que al menos Jenny había entendido a la perfección el papel de madre doliente. No como yo, que no parecía ser capaz de llorar todavía, aunque notaba las lágrimas reprimidas y aullando justo detrás de los ojos.

El sheriff Land se sentó frente a nosotros y apartó un centro de flores artificiales lleno de polvo para vernos bien. Cal se apoyó contra una pared y cruzó los brazos encima del pecho.

—Bien —dijo el sheriff—. Sé que esto es difícil. Y os aseguro que odio tener que haceros preguntas en un momento así, pero cuanto más sepamos y cuanto antes lo sepamos, más probabilidades tendremos de coger a ese tipo.

—¿Ya sabéis que es un hombre? —pregunté con las manos hechas un nudo sobre la mesa.

El sheriff tardó unos segundos en contestar.

—A estas alturas no sabemos nada con seguridad. Pero el tipo de crimen, la forma en que las mataron... —Negó con la cabeza—. Me extrañaría que se tratara de una mujer, es lo único que digo.

Pensé que aquella era la mayor tontería que había oído en mi vida. Era posible que las mujeres cometieran actos violentos con menor frecuencia que los hombres, pero eran capaces de cualquier cosa, podían ser igual de atroces y crueles si se lo proponían. Yo sabía de primera mano que la violencia podía vivir dentro de una mujer.

—¿Las violaron? —pregunté—. ¿Por eso estás tan seguro de que ha sido un hombre?

La cara de Land se tensó. No le gustaba que yo hablara, que interrumpiera el curso que debía seguir aquello tal como lo había proyectado en su cabeza. Al sheriff le encantaba manejar los hilos y que los demás bailaran a su son. Al otro lado de Zach, Jenny contuvo la respiración y, al exhalar, se le escapó un pequeño gemido. Zach le dio palmaditas en el brazo y me dirigió una mirada de advertencia que me pilló desprevenida.

—¿Qué pasa? —dije—. ¿Se supone que no puedo preguntar estas cosas? ¿Hay reglas en una situación así que yo desconozco? —La furia me bullía dentro, una furia que había tenido cuidado de no expresar durante años. Para no dar a nadie motivos para mirar con desprecio a mi hija. Pero ahora eso ya daba igual. Daba igual si me pasaba de lista o me metía en peleas o me comportaba como una tonta. Junie había muerto y podía dejarla salir. Y no se me ocurría mejor lugar para empezar que aquella habitación.

Land carraspeó y volvió la cabeza para mirar a Cal.

—No —dijo este desde la pared—. No hay reglas. —Me miró y le sostuve la mirada—. No sabremos nada con seguridad hasta que llegue el forense. Pero, a primera vista, no parece que las violaran. Las ropas estaban intactas.

Asentí con la cabeza. Miré a Land. Y esperé a que continuara.

—Nos gustaría saber si las niñas habían hablado con alguien últimamente. Con alguien que acabaran de conocer. ¿Había cambiado alguna cosa en su rutina? ¿Alguna clase de mal comportamiento? ¿Algo que os haya llamado la atención?

Repasé las últimas semanas, registré los pasillos de mi memoria y no encontré nada.

—No se me ocurre nada —respondí por fin—. Junie parecía la de siempre.

—Izzy estaba perfectamente también —dijo Zach con la voz ronca por el llanto—. Por lo que sé.

Todos miramos a Jenny, quien asintió con la cabeza.

—No lo entiendo —comentó por fin desde detrás de la bola de pañuelos de papel—. Ha tenido que ser un desconocido, ¿no? Quiero decir, alguien de otra parte. Nadie de aquí haría algo así

«Ya está la embajadora honoraria de Barren Springs», pensé. Defendiendo la reputación de un pueblo que no se lo merecía incluso en un momento como aquel.

—Bueno —dijo el sheriff Land—, en esta época del año no vienen demasiados turistas ni visitantes. No estamos descartando nada, pero tendremos que investigar también a la gente del pueblo.

A decir verdad, no teníamos demasiados turistas ni visitantes de otros sitios en ningún momento del año, a no ser que contaras a las personas que se detenían a echar gasolina de camino a un destino mejor. Por lo común a algún punto cerca de los lagos, que eran el principal atractivo de la región. Y dudaba mucho de que esas personas supieran encontrar el degradado parque del pueblo o estuvieran interesadas en visitarlo en plena tormenta de nieve. Land podía no querer descartar nada, pero yo desde luego sí. A mi hija y a Izzy las había matado alguien de allí, alguien cuya cara probablemente habían reconocido. Sentía un dolor en lo más profundo de mis entrañas y me pregunté si el hecho de conocer a la persona que le había quitado la vida habría hecho más fáciles o más difíciles los últimos instantes de Junie.

—De acuerdo —dijo Land antes de reclinarse en el respaldo de su silla y juntar las yemas de los dedos con las manos encima de la mesa—. ¿Y alguien que merodeara cerca de las niñas? ¿Os fijasteis si pasó algún coche por vuestra casa? ¿Alguien aparcado allí cada vez que salíais? —Nos miró a mí, a Zach y a Jenny—. ¿Algo por el estilo?

—Este pueblo tiene menos de mil habitantes —señalé—. Yo veo todos los días a las mismas personas. —Hice un gesto con la mano en dirección a Zach y Jenny—. Imagino que ellos también.

Sabía que mi actitud no estaba ayudando, que no iba a aportar nada a la búsqueda del asesino de Junie. Pero no sabía cómo estar sentada frente al sheriff Land y comportarme como si no fuéramos adversarios. Nuestros papeles habían sido grabados a fuego mucho tiempo atrás.

Land suspiró.

—De acuerdo. ¿Y qué hay de Jimmy Ray? ¿Lo has visto últimamente?

Mi mirada se encontró con la de Land.

—No —dije con voz serena—. No lo he visto. —Hice una pausa—. ¿Y tú?

Land frunció el ceño.

—Escucha...

—¿Quién es Jimmy Ray? —preguntó Zach—. ¿Ha tenido algo que ver con esto?

Esa pregunta, más que cualquier otra cosa que pudiera haber dicho, dejaba claro que Zach no era de Barren Springs. Daba igual que llevara más de diez años viviendo allí, que fuera voluntario en el servicio de bomberos, que se hubiera casado con Jenny Sable. Si habías nacido en aquel pueblo, conocías a todos sus habitantes. Era tan sencillo como eso.

—No es más que un fracasado —dijo Jenny con la nariz congestionada—. Jimmy Ray Fulton. Lo conocerías si lo vieras. Es el del camión con ese tubo de escape tan ruidoso del que siempre te quejas.

—Jimmy Ray es su ex —dijo Land señalándome con el pulgar, sin molestarse en mirarme—. Tiene una red de tráfico de metanfetamina en la que también está metida su madre.

—Exnovio, no exmarido —aclaró Cal, como si esta distinción fuera a importarles un cuerno a los Logan.

—¿Metanfetamina? —dijo Zach como si fuera la primera vez que oía esa palabra—. ¿Ha dicho metanfetamina?

Paseó la vista por la habitación en busca de una respuesta.

—Sí —repuse—. Metanfetamina. Ya sabéis. La industria artesanal de este rincón del mundo. Al menos en el pasado. He oído que ahora Jimmy Ray se ha cambiado a la heroína. Quiere ganar dinero de verdad. ¿Tú también lo has oído, sheriff?

Fijé la vista en Land. Por el rabillo del ojo me di cuenta de que Cal me miraba e imaginé la expresión de su cara. «¿Quién es esta mujer tan sarcástica? ¿Dónde ha estado metida todos estos años? Creía que ya no volvería a verla». Por mi parte, me aliviaba que hubiera reaparecido. La versión «mamá de Junie» de mí misma no conseguiría sobrevivir a un golpe así. Pero quizá la antigua Eve Taggert, con su carácter duro y lleno de aristas, tendría una posibilidad.

—No lo entiendo —dijo Jenny. Nos miró a mí y a Land alternativamente—. ¿Creéis que el padre de Junie ha podido tener algo que ver con esto?

Detecté el tono acusador en su voz y, debajo de él, la ausencia total de asombro. Nadie podría querer hacer daño a Izzy; un animal capaz de rajar la garganta a una niña no podía formar parte de las vidas pulcras y ordenadas de los Logan. Así que tenía que ser Junie. Ella tenía que haber sido la causa de aquello y no al revés. Lo peor de todo era que yo pensaba que seguramente Jenny tenía razón.

—Jimmy Ray no es su padre —repliqué con voz dura—. Y no ha tenido nada que ver con esto. A pesar de todo, tiene ciertos principios.

En realidad yo tenía bastantes dudas sobre los principios de Jimmy Ray, pero necesitaba creer que no era capaz de una cosa así.

Por un momento nadie habló y el zumbido del fluorescente del techo resonó en mi cabeza como un martillo.

—¿Y qué hay de su padre? —preguntó por fin Land—. ¿Quién es? ¿Puede estar implicado?

—No —fue todo lo que dije.

—¿Vive por aquí? —insistió Land.

Suspiré. Sabía que estaba haciendo aquello por los Logan. Land conocía de sobra mi condición de madre soltera en todo el sentido de la palabra.

—No —contesté—. Fue un rollo de una noche. Alguien que estaba de paso. Echar un polvo y darse a la fuga, creo que lo llaman.

A mi lado, Zach se puso rígido y experimenté un placer mezquino por haberlo escandalizado.

—¿No volviste a verlo? —preguntó Land.

Me vinieron a la cabeza recuerdos de aquella noche como fogonazos de luz: pelo oscuro revuelto y sueños de gran ciudad; pasión y ternura a partes iguales y mi espalda arañada contra el borde del mostrador de la cafetería; su mano en mi mejilla antes de irse. Devolví los recuerdos al lugar al que pertenecían.

—No he vuelto a verlo desde aquella noche.

Land asintió con la cabeza y fijó la vista en la libreta que tenía delante, pero me dio tiempo a detectar el brillo de satisfacción en su mirada. Claro que, si esperaba humillarme, tendría que esforzarse mucho más. «Ya te ha humillado», me susurraron mis pensamientos, y ahora me tocó a mí apartar la mirada.

—¿Puedes contarme todo lo que ha pasado esta mañana? —dijo mirando a Jenny—. ¿A qué hora salieron las niñas de tu casa?

Jenny juntó las manos inquieta y suspiró, temblorosa.

—Pues... Junie pensaba volver a su casa después de comer. A primera hora de la tarde. —Me miró—. Les hice sándwiches de queso fundido y sopa de tomate alrededor de la una y luego Junie recogió sus cosas. La iba a llevar en coche a su casa, pero Izzy me suplicó que las dejara ir andando. Querían jugar en la nieve. —Se secó la mejilla húmeda con una mano—. Solo tenían doce años —susurró—. Solo querían pasear por la nieve.

Zach le pasó un brazo por los hombros y Jenny recostó la cabeza contra él. Siguió hablando con voz ligeramente ahogada:

—Izzy iba a llamarme en cuanto llegara a casa de Junie y yo iría en coche a buscarla. Pero, en lugar de eso, se presentó la policía en nuestra puerta.

—El parque no está de camino a casa de Eve —señaló Cal.

—No —dijo Jenny—. No lo está. No sé qué hacían allí.

Llamarlo parque era de lo más optimista. No eran más que un par de columpios y un túnel de cemento agrietado que solía estar lleno de hojas muertas y mierda de gato. Un viejo balancín de madera todo astillado. La escuela elemental contigua había sido demolida antes de que yo naciera, y lo único que quedaba era aquel patio abandonado, rodeado de una valla de alambre oxidada. Junie y yo íbamos allí probablemente una vez al año y yo siempre me juraba no volver. No se podía llamar parque a un lugar así, que, más que alegrarte, te deprimía. Pero si querías llevar a tu hija a los columpios en Barren Springs, esa era tu única opción.

Land me señaló con el dedo.

—¿Hoy has hecho un turno completo en la cafetería?

Dije que sí con la cabeza.

—Desde las ocho y media a las cinco.

—¿Y qué me dices de ti, Zach? ¿Has ido hoy a trabajar?

—Sí. Salí esta mañana sobre las ocho. He estado todo el día en el concesionario. Seguía allí cuando fuisteis a mi casa.

—¿Saliste a comer o a alguna otra cosa? —preguntó Land con los ojos en su libreta.

Zach pareció desconcertado y su brazo junto al mío dio una sacudida cuando por fin comprendió.

—¿Pensáis que hemos podido ser uno de nosotros?

Land se encogió un poco de hombros y levantó ambas manos.

—Pues claro que no. Pero no puedo dejar ningún cabo suelto. Así es como funcionan estas investigaciones.

Miré de reojo a Zach, vi cómo se le tensaba la mandíbula.

—Hice un descanso de veinte minutos para comer. Tarde, alrededor de las dos. Fui a un sitio calle abajo a tomar un sándwich.

Aquello lo eliminaba como sospechoso, suponiendo que dijera la verdad. La tienda de barcas estaba a más de treinta minutos, en el primer pueblo que había siguiendo la carretera. El que tenía una tienda de la cadena Dollar General, un McDonald's y una biblioteca de verdad, por pequeña que fuera. Era imposible que Zach hubiera salido de allí a tiempo para venir a Barren Springs, matar a las dos niñas y volver, todo en veinte minutos. Claro que yo tampoco pensaba que hubiera sido él. Pero, aun así, estaba bien poder tachar su nombre de mi lista mental de sospechosos.

—¿Y qué me dices de ti? —preguntó Land mirando a Jenny.

—He estado todo el día en casa —dijo esta.

Aún parecía confusa sobre por qué le preguntaba Land a ella. Sin duda no creía que pudiera ser la autora de semejante atrocidad.

—¿No fuiste a ninguna parte después de que se marcharan las niñas?

—No.

Me asomé por delante de Zach para mirarla.

—Te llamé sobre las tres. No contestaste.

Jenny me respondió con un parpadeo. Tenía los ojos grandes y castaños y un poco saltones, como una inocente criatura del bosque.

—Estaba... Estaba en casa. Igual me pillaste haciendo la colada. La secadora hace mucho ruido.

Miró a Zach y de nuevo a mí.

—¿Para qué la llamaste? —me preguntó Land.

—Para saber cómo estaba Junie. No tiene... —Me interrumpí, contuve la respiración—. No tenía móvil. Quería asegurarme de que estaría en casa a las cinco.

—¿Dejaste un mensaje? —preguntó Zach con voz dura, como si yo fuera la que tenía algo que ocultar.

—No —dije—. Pensaba volver a llamar más tarde, pero estuve liada.

—¿Y qué hay de Izzy? —preguntó Land—. ¿Tenía móvil? Zach asintió con la cabeza.

—Mi iPhone viejo. Un 5 o un 6.

—Un 6s —dijo Jenny—. Negro. Tiene una raja en una esquina de la pantalla. Funda de purpurina rosa. ¿Lo habéis encontrado?

Land no contestó, garabateó algo en su libreta.

Jenny se revolvió en su silla. Las piernas se le engancharon en la gruesa moqueta y cuando intentó ponerse de pie se cayó hacia delante. Apoyó una mano en la mesa para recuperar el equilibrio.

—Necesito irme a casa —dijo—. No puedo hacer esto ahora mismo. Por favor, ya es suficiente.

A Land le faltó tiempo para ponerse de pie y contestar:

—Por supuesto, podemos seguir hablando mañana.

No sé por qué supe que, de haber sido yo la que hubiera pedido poner fin a aquella conversación, Land habría encontrado la manera de negármelo, me habría dicho que solo quedaban unas pocas preguntas, que enseguida habríamos terminado.

Permanecí sentada mientras Zach y Jenny arrastraban los pies a mi espalda, todos evitamos mirarnos a los ojos. Esperé a que estuvieran en el pasillo y Land les hubiera estrechado la mano y dado unas palmaditas a Jenny en el hombro, antes de mirar a Cal.

—¿Nos vamos? —preguntó.

—No —dije—. Quiero verla.

3

No, no quieres —dijo Cal, rápido como el rayo—. Hazme caso, Evie. No quieres.

—Sí quiero —contesté.

Cal se separó de la pared y caminó hacia mí con las manos extendidas.

—Bueno, pero por lo menos espera hasta que..., espera a después. A que los de la funeraria la hayan lavado. No la veas ahora.

—Ahora —insistí—. Lo necesito, Cal. Tengo que hacerlo.

—Es ella, si es eso lo que te preocupa —dijo Cal—. La he visto. Es Junie.

Negué con la cabeza. No era eso. No dudaba de que Junie hubiera muerto. Ya notaba el enorme agujero en el lugar que antes ocupaba ella en el mundo. Pero necesitaba ver, necesitaba ser testigo de lo que le había ocurrido a mi hija. No podía pasar el resto de mi vida sin saberlo, sin verlo con mis propios ojos. Junie había padecido mucho. Lo menos que podía hacer yo era padecer aquello.

—Déjame verla, Cal. —Mi voz tenía ese matiz de obstinación que Cal había oído cien veces y al que sabía que era inútil oponerse—. No pienso marcharme hasta que me dejes.

Los cuerpos estaban en el sótano, en la sala de embalsamamiento. Cal y Land me guiaron escaleras abajo y el olor a formaldehído me abofeteó en el instante mismo en que abrieron la puerta que daba al pasillo. Me recordó a las clases de biología del instituto, a ranas viscosas, abiertas en canal y desolladas, con los órganos palpitando bajo luces demasiado brillantes. Se me nubló la vista. Tomé aire profundo por la nariz y lo expulsé por la boca.

—¿Estás segura de que quieres hacer esto? —preguntó Land con las cejas enarcadas—. Lo desaconsejo. —Se subió los pantalones—. Por mi profesión he tenido que ver muchos cadáveres y, una vez los ves, ya no se te van de la cabeza.

Apenas lo miré.

—Estoy segura.

—Siempre has sido muy cabezota —murmuró Land para sí, pero me hizo un gesto para que fuera hacia unas puertas batientes junto a las que Cal estaba esperando—. No la toques. —Me hizo con el dedo índice un gesto de advertencia—. No puedes tocarla. Estaré mirando por la ventana para asegurarme.

—¿Quieres que entre contigo? —preguntó Cal, pero dije que no con la cabeza—. De acuerdo. Está a la izquierda. —Me puso una mano en la espalda—. Te espero aquí.

La puerta se cerró detrás de mí y me detuve, miré el suelo de linóleo agrietado con un desagüe en el centro, el carro con ruedas en el que supuse que había instrumental que nadie quería que viera, porque lo habían tapado de cualquier manera con un trapo, las mismas luces fluorescentes parpadeantes que había en el pasillo. Y, delante de mí, dos camillas con ruedas, una a la izquierda, una a la derecha, con los cuerpos todavía dentro de dos bolsas negras, aunque habían bajado la cremallera de la de la izquierda.

Miré las puntas de los dedos de los pies de Junie que asomaban de la bolsa abierta. Por un instante me pregunté si habría perdido los zapatos por el camino o si se los habrían quitado al llegar allí. Con los ojos en la mitad inferior de su cuerpo, me acerqué a ella, le pasé la mano sin tocarla por encima del brazo. Noté el frío que irradiaba. Mi niña, que siempre tenía calor, incluso en las temperaturas más gélidas.

—Esto no es justo —dije, en voz baja y entrecortada. Pero era una estupidez, un lamento inútil. La vida nunca era justa. Eso lo sabía yo mejor que nadie. Respiré hondo, cogí fuerzas y a continuación levanté la vista despacio, preparándome centímetro a centímetro. Pero no fue tan terrible como me había esperado, porque quien allí yacía no era en realidad mi hija. Mi hija, a quien le encantaba la pasta y el color amarillo, que sufría jaquecas y a quien le preocupaba tener las piernas demasiado largas, que resoplaba al reír y odiaba tener pecas, ya no estaba allí. Aquella era la carcasa de una niña que a duras penas reconocí. Pelo castaño apelmazado por la sangre, cara blanca como la tiza de la nariz para arriba; debajo, un horror color rojo. Sangre que le embadurnaba la barbilla y formaba una costra en la mejilla izquierda, la camisa teñida de negro. Tenía la garganta rajada casi de oreja a oreja.

Yo había sido la primera persona que la cogió en brazos cuando llegó al mundo. Presencié su primera palabra, sus primeros pasos, su primera fiebre, risa, rabieta, enamoramiento, decepción. Pero no aquello. Su último suspiro, sus últimos segundos en este mundo. No había estado cuando más me necesitó. Mis años de esfuerzo no valían nada porque, al final, le había fallado. Me incliné hacia delante y besé el aire sobre su frente intacta. Inhalé, con la esperanza de aspirar algún rastro de ella. Pero solo olí sangre y nieve recién caída.

Cal se negó a dejarme pasar la noche sola, me siguió por el camino agrietado que conducía a mi edificio de apartamentos, a pesar de que le dije que estaba bien (una mentira tan lamentable que los dos hicimos como que no la habíamos oído), que quería estar sola, que por favor se fuera a su casa. La mayor parte de las luces exteriores de mi edificio se habían estropeado hacía tiempo y repetidas llamadas al administrador no habían conseguido más que tibias promesas de venir a arreglarlas. La única iluminación procedía de una farola solitaria que había en el aparcamiento, pero me bastó para detectar un plato con comida encima del felpudo de mi casa. En aquel lugar las noticias volaban. Resultaron ser galletas en forma de corazón, con un glaseado rosa pálido. Más apropiadas para el nacimiento de una hija que para su muerte. Le di una patada al plato y las galletas salieron volando y aterrizaron en el suelo de cemento salpicado de colillas.

—Oye —dijo Cal, pero luego pareció pensárselo mejor y no terminó la frase.

El apartamento tenía el mismo aspecto de por la mañana y, a la vez, había cambiado para siempre. Había sido el apartamento de una familia que solo escapaba de la pobreza gracias a la obstinación pura y dura y a la generosidad de otros. Los otros eran Cal, quien me hacía casi siempre la compra y se aseguraba de que no me cortaran la electricidad. Pero ahora la pobreza me pareció nueva. El sofá marrón con bultos y la mesa de comedor mellada. Las delgadas cortinas y la pintura llena de desconchones. ¿Había tenido siempre ese aspecto tan viejo y raído? ¿Tan vacío? «Pues claro que no», me susurraron mis pensamientos. «Porque antes estaba Junie». Llenando la casa con su sonido, su voz y sus olores. Junie, que ya nunca viviría allí.

Cal hizo un ruido a mi espalda, un ruido ronco y gutural, y me di la vuelta con el corazón en la garganta. Se había deslizado hasta quedar sentado en el suelo con la espalda contra la puerta, ahora cerrada, y tenía las manos extendidas hacia delante en forma de cuenco, sosteniendo algo invisible.

—¿Te acuerdas de cuando nació? —preguntó. No apartó la vista de las manos, así que no me vio asentir con la cabeza. «Pues claro que me acuerdo», quise gritar. «¿Cómo iba a olvidarlo?». Pero me recordé a mí misma que también él estaba de luto. Que, aunque la pérdida de Junie era algo que quería sujetar con fuerza en la mano, susurrando «mío» mientras enseñaba los dientes, ese egoísmo sería injusto. Junie quería a Cal y Cal la quería a ella. Tenía derecho a llorarla, pero yo no conseguí encontrar espacio dentro de mí para compadecerme de su dolor. En ese momento no. Todavía no—. Cabía aquí —dijo levantando las palmas de las manos—. Es que era diminuta. Yo había visto bebés antes, pero no como ella. No tan nuevos y pequeños y frágiles.

Yo había pensado lo mismo la primera vez que tuve a mi hija en brazos. Había querido hacer una bola con ella y metérmela en la boca, tragármela y devolverla a mi vientre, donde estaría protegida. Mantenerla allí, donde podría interponerme entre ella y las sombras del mundo. Quizá había intuido, ya entonces, lo que la esperaba. O quizá es que no sabía tener confianza en el futuro. Dios sabe que nadie me había enseñado nunca a tenerla.

—Le dije que era su tío Cal y que era mi bichito, que siempre la querría y que siempre la cuidaría. —Se detuvo y un sollozo se le escapó de los labios—. Le prometí que siempre estaría a salvo.

—Y la cuidaste —logré decir—. La mantuviste a salvo.

—Hasta ahora. —Dejó caer los brazos a lo largo del cuerpo—. Hasta que llegó el día de hoy y me convirtió en un mentiroso.

¿Y qué podía contestar yo? No la habíamos mantenido a salvo y no había discusión posible al respecto. El cuerpo abierto en canal de Junie era la prueba irrefutable.

—¿Vas a descubrir quién lo hizo? ¿Lo vais a coger? —Me interrumpí—. A él o a ella.

Cal me miró y vi la verdad dar vueltas en sus ojos brillantes de lágrimas. Vivimos en un rincón del mundo lleno de presencias esquivas. Gente llega y se va igual que pececillos en un estanque umbrío. No es extraño que se presente en el pueblo alguien a quien todos daban por muerto. Es difícil seguir la pista a la gente de por aquí, y localizarla, más todavía. La geografía en sí proporciona escondites, está repleta de rincones y valles, de lugares apartados en donde a nadie se le ocurriría buscar. Es un sitio para gente que no quiere ser encontrada. Pero Cal asintió.

—Sí, claro. Por supuesto. Lo vamos a coger.

Fue una promesa hecha demasiado deprisa. La clase de promesa que es fácil hacer porque la has roto antes ya de terminar de decir las palabras.

Era la primera vez que mi hermano me mentía.

Cuando Cal me despertó por la mañana, un sol radiante se colaba por entre mis cortinas de color pálido.

—¿Qué hora es? —murmuré mientras me tapaba los doloridos ojos con una mano. No había llorado aún, ni una sola lágrima, y me ardían los párpados. Sentía la cara hinchada de llanto no derramado, como un globo demasiado inflado a punto de explotar.

—Casi las ocho —contestó Cal y me ofreció una taza de café que rechacé con un gesto de la mano—. He hablado con Thomas, le he dicho que no irías a trabajar en unos días.

Me apoyé en los codos.

—No puedo faltar al trabajo.

Cal negó con la cabeza.

—Si necesitas dinero, yo te lo presto. Thomas ha dicho que también te echará una mano. No puedes ir a trabajar y lo sabes, Evie, venga.

Tenía razón, por supuesto. Menuda aguafiestas sería. A nadie le apetecía tomarse un trozo de tarta y hablar de cosas sin importancia con la madre de una niña muerta rondando por allí con ojos rojos y el alma rota.

—Yo en cambio sí que tengo que ir —dijo Cal—, pero esta noche vuelvo.

Se interrumpió y apartó la vista.

—¿Vas a estar bien sola? —preguntó en un susurro—. ¿Me prometes que no vas a hacer ninguna locura?

—¿Me estás preguntando si me voy a suicidar? —dije sin alzar la voz. Esperé a que me mirara, con el ceño arrugado por la preocupación—. No. No voy a hacer ninguna tontería. Hoy no. —Era a lo máximo que podía comprometerme. Un día. El día siguiente ya sería otra cosa. Se había terminado el hacer promesas. Le había hecho mil a Junie y al final, todas habían quedado en nada.

—Vale —repuso Cal respirando de alivio. Me dio un beso en la mejilla y dejó la taza en mi mesilla—. He dejado las sábanas y las mantas en el sofá —dijo desde la puerta—. Esta noche duermo aquí otra vez. Te quiero.

—Y yo a ti —respondí—. Siempre.

Cuando se fue, volví a meterme bajo las sábanas y aspiré el olor de mi cuerpo sin lavar. Cerré los ojos y me hundí en el olvido. Me hundí y me hundí hasta desaparecer.

Pasaron tres días hasta que me levanté de la cama para algo que no fuera ir al cuarto de baño. Tres días en los que Cal fue la única persona con la que hablé, aparte de una conversación breve con el director de la funeraria. Incineración, le indiqué. Urna sencilla. No quiero funeral. Cuando le dije esto último se quedó callado, carraspeó. Me pidió que lo repitiera. «No quiero funeral», repetí, en voz más alta. Más tarde, cuando llegó a casa Cal, supe que los dos habían hablado.

—Me han dicho que no quieres funeral —comentó. Dejó un plato con un sándwich de queso fundido y unas pocas uvas en mi mesilla. Cogió el plato en el que había una magdalena de arándanos sin comer que había dejado allí por la mañana. Yo no entendía muy bien por qué se tomaba la molestia.

—No quiero funeral —le confirmé.

Cal se sentó en el borde de la cama, me pasó los dedos por el pelo grasiento, apelmazado.

—Evie, tesoro, el funeral es la oportunidad que tiene la gente de despedirse. De recordar la vida de Junie.

—No tuvo una vida —le dije—. Vivió doce años. Nada más. Doce.

El número sonaba peor aún dicho en voz alta. Doce veranos. Doce navidades, doce vueltas alrededor del sol. En la inmensidad del universo no era nada. Nada.

—Sí tuvo una vida —replicó Cal—. Vivió.

Me zafé de su mano, le di la espalda.

—No he dicho que no quiera un funeral nunca. He dicho que ahora no.

—¿A qué estás esperando?

A saber quién lo hizo. A poder despedirme de mi hija sabiendo al menos que quienquiera que la matara no seguía por ahí, libre, creyendo que no pagaría por ello.

—No estoy segura. Pero, cuando llegue el momento, te lo haré saber.

4

A la mañana siguiente esperé a que Cal se hubiera ido y a continuación salí de mi capullo. Tenía las piernas débiles de pasar días en la cama. Olía a sudor y tenía ojeras, a pesar de que no había hecho otra cosa que dormir. No quería moverme, pero el duelo era un lujo que no podía permitirme para siempre. Me di una ducha de agua hirviendo hasta que se me puso la piel color langosta y me restregué el pelo hasta que me dolió el cuero cabelludo.

El día era claro y soleado, como lo habían sido todos desde la tormenta de nieve. Como si la naturaleza quisiera compensar su gigantesca cagada. Mis ojos se quejaron de la luz y me puse unas gafas de sol. Subí al coche, que Thomas me había traído unos días antes. Me senté con las manos en el volante, igual que cuando tenía catorce años y estaba aprendiendo a conducir. Confusa e insegura respecto a cómo funcionaba aquello. No podía creer que una semana antes hubiera conducido por el pueblo con total normalidad, con Junie a mi lado toqueteando la radio y con los pies apoyados en el salpicadero a pesar de que le había dicho mil veces que los bajara. Si me acercaba lo bastante, aún podía ver la huella de sus zapatillas de deporte.

Me incliné y apoyé la cabeza en el volante con tal fuerza que me dejé una marca. Para empujar los recuerdos de vuelta a donde pertenecían. Necesitaba estar serena. El sitio al que me disponía a ir no era para pusilánimes.

La caravana de mi madre estaba solo a veinticinco kilómetros, pero tardé más de cuarenta minutos en llegar. Los últimos ocho kilómetros eran un camino que casi no podía llamarse carretera. Un tramo de barro y grava lleno de socavones que no figuraba en ningún mapa de Google ni contaba con una sola señalización. Las escasas cartas que recibía mi madre las recogía en una oficina de correos del pueblo. No tenía dirección postal. En mi infancia, no conocí a una sola persona que la tuviera. Las indicaciones consistían en puntos de referencia y kilómetros recorridos. «Toma el primer desvío a la derecha después de la camioneta abandonada; sigue tres kilómetros hacia el sur; gira a la izquierda por el camino de grava; si llegas a una caravana grande y quemada, es que te has pasado».

—Mierda —musité una y otra vez mientras el coche cogía un bache detrás de otro. Estaba cerca y la tensión se me acumulaba entre los omóplatos, me clavaba sus garras en el cuello. Tenía un dolor pulsátil detrás de los ojos. Vi la caravana de Carl Swanson a la derecha, con uno de los lados completamente destrozado, el agujero tapado con una lona raída y cinta adhesiva. Había un letrero nuevo delante, pintura negra sobre un trozo viejo de conglomerado. «Conejos a 2 dólares». El sabor grasiento del conejo me subió por la garganta, aunque llevaba años sin comer uno. Por aquella zona los conejos no eran animales de compañía a los que hacían carantoñas los niños. Eran carne, barata y fácil de conseguir. Troceados en un guiso, las patas asadas en la estufa, hebras grisáceas de carne sobre platos de arroz gomoso.

Miré a la izquierda, hacia donde el terreno descendía y se extendía un valle color verde oscuro, salpicado de bosques centenarios y los destellos plateados del río que lo atravesaba. Lo había visto mil veces: desnudo en invierno y florecido en verano, pero el paisaje nunca me cansaba. Era de esa clase de belleza intacta que ataba a las gentes a aquel rincón del planeta. Naturaleza virgen y todavía pura. De ese valle en concreto, al parecer, tomaba su nombre Barren Springs. Según la leyenda, cuando los primeros pobladores llegaron al lugar, solo encontraron un arroyuelo casi seco y unos cuantos árboles muertos*. El suelo era demasiado duro y rocoso para que creciera otra cosa que maleza. Pero los pobladores estaban cansados, se habían quedado sin provisiones y sin opciones. De manera que se quedaron. Y rezaron. Suplicaron al Señor que los bendijera como creyera conveniente, claro que un poco de agua, caza en abundancia y mejor tierra serían una buena manera de empezar. Se golpearon el pecho, lloraron y lo dejaron todo en manos de Dios. Cuando se despertaron a la mañana siguiente, se encontraron aquella abundancia frondosa. Ríos y arroyos, bosques llenos de animales, un suelo que seguía siendo una mierda, pero algo es algo y dos de tres no está mal. Decidieron llamar a aquel lugar Barren Springs a modo de recordatorio de la facilidad con que pueden torcerse las cosas y también de que Dios atiende las plegarias si se tiene fe. Desde entonces, la mayoría de los

---

* Barren Springs significa «manantial o arroyo seco». [N. de la T.]

habitantes del pueblo seguía rezando a Dios, cada vez con resultados más nefastos, en mi opinión. Por su parte, mi madre siempre había tenido la teoría de que los primeros pobladores eran tan gilipollas que confundieron un simple cambio de estación con la intervención divina.

Doblé el recodo del camino y reduje la velocidad por los socavones, que eran lo bastante grandes como para reventarme una rueda. Los guijarros del camino rebotaron contra la amortiguación del coche y mi corazón inició su lento ascenso hacia la garganta. Una curva más en la carretera, que a aquellas alturas tenía más de camino de cabras, y apareció la caravana de mi madre. Estaba algo apartada y rodeada de hierba crecida y montones de basura, neumáticos viejos y un coche oxidado que llevaba allí desde que yo tenía memoria. Solía esconderme dentro, en el suelo, delante de un asiento, cada vez que las cosas en el interior de la caravana se ponían demasiado feas.

Recorrí entre sacudidas el terreno desigual y aparqué en la hierba, al lado de una camioneta negra con la puerta del pasajero abollada. No era de mi madre. El estómago se me encogió de pensar que pudiera tener compañía. Las personas a las que mi madre invitaba a entrar nunca eran de las que te apetece conocer. Pero mi madre estaba sentada en las escaleras de su caravana sola, con una lata de cerveza en una mano y un cigarrillo en la otra. Me miró salir del coche y dio una larga calada mientras me acercaba.

Mi madre tenía dieciséis años cuando nació Cal. Diecisiete cuando llegué yo, un año menos de los que tenía yo cuando traje a Junie al mundo. Casi murió de una infección grave después de mi nacimiento y no hubo más hijos, un hecho que siempre sacaba a relucir cuando estaba borracha y enfadada. Como si no poder tener más hijos a los que no era capaz de mantener y de los que no quería cuidar fuera la gran tragedia de su vida. Ahora tenía cuarenta y siete años, pero aparentaba sesenta. Pelo lacio color agua sucia, ojos azul cielo, brazos y piernas flacos que enmarcaban un vientre flácido y unos pechos caídos. Se rumoreaba que hubo un tiempo en que fue bonita, quizá incluso hermosa. Que Cal había heredado su atractivo. Que los hombres suspiraban por ella hasta que se daban cuenta de que su vena salvaje no respondía a una fierecilla traviesa e insolente de las que salen en las películas. La vena salvaje de mamá podía destrozarte la vida. Incluso ahora, con la piel apagada y picada por el exceso de alcohol y drogas, su mirada era penetrante. Atenta. Era una mujer a la que resultaba peligroso subestimar.

—Hola, mamá —dije.

Dio otra calada al cigarrillo y expulsó el humo en mi dirección.

—Hola, tú.

Esperé a que dijera algo de Junie, a que diera señales de que estaba enterada de lo ocurrido, y me di cuenta de que ella estaba haciendo lo mismo.

—Te ha llamado Cal —dije, y fue más una afirmación que una pregunta.

—Sí —contestó, y después de otra calada—: Lo siento.

Contuve el aliento, aparté la vista. La parte trasera de la caravana tenía un gran tajo irregular en uno de los costados. Mi madre había rellenado el agujero con bolsas de plástico y periódico, pero probablemente no servía para aislarla del frío. Yo llevaba años sin entrar en aquella caravana, pero recordaba cada centímetro. Probablemente habría podido orientarme por ella a ciegas, de haber sido necesario. Oscura y húmeda, moqueta marrón raída, platos con restos de comida apilados en el fregadero, leve olor a orina de la tubería rota en el baño. Y siempre algún hombre que se marcharía a los pocos meses. Claro que tampoco teníamos interés alguno en que se quedaran. Como candidatos a padre, todos dejaban bastante que desear.

—¿Qué? —preguntó mi madre exigiendo que volviera a prestarle atención—. ¿Qué más quieres que te diga? Ni siquiera la conocía. Cada vez que os veía a las dos por el pueblo, prácticamente la arrastrabas al otro lado de la calle para escapar de mí. Nunca me la traías aquí.

Algo asomó a sus ojos, una emoción que no se correspondía con sus palabras, pero apartó la vista antes de que me diera tiempo a identificarla.

—¿A este sitio? —Hice un gesto con un brazo—. Desde luego que no la traje.

Mi madre chasqueó la lengua, me ofreció la lata de cerveza y se encogió de hombros cuando negué con la cabeza.

—Como quieras —dijo.

—¿De quién es esa camioneta? —pregunté—. ¿Del novio del mes? —Miré el parachoques, donde había una pegatina de «Hagamos a América blanca otra vez» junto a otra de «Mi otro juguete tiene tetas»—. Tiene pinta de ser todo un partidazo.

Mi madre entrecerró los ojos cuando se inclinó hacia delante y me golpeó con fuerza en el muslo con el nudillo huesudo.

—Ten cuidado con lo que dices —contestó—. Todavía tienes edad para llevarte una buena azotaina.

El miedo me recorrió; también la rebeldía. Fue como si una memoria física se apoderara de mí y me transportara de vuelta a la infancia, la mitad de la cual había pasado tratando de esquivar los puños de mi madre y la otra, desafiándola a que volviera a pegarme. Solo llevaba cinco minutos con ella y ya me sentía más sucia, más cínica que mientras conducía hacia allí. En algún punto lejano ladró un perro, un sonido feo, áspero, como de tragar clavos. Aunque no lo veía, imaginé un pitbull pulgoso y muerto de hambre sujeto con una cadena en una explanada llena de barro. Así era aquella parte del mundo: no necesitabas ver una cosa para imaginar cómo era.

—¿Se puede saber a qué has venido? —preguntó mi madre—. ¿Te vas a sentar por lo menos?

Se echó a un lado en el desvencijado escalón de aglomerado. Era su versión de una ofrenda de paz. Vacilé y a continuación me senté a su lado. Olía a cigarrillos rancios y a pelo sucio.

—Me preguntaba por dónde anda Jimmy Ray estos días —dije mientras me miraba las uñas irregulares con las cutículas destrozadas. Trabajar en la cafetería siempre me dejaba las manos hechas una pena. Junie me ponía crema antes de irnos a la cama y el aroma a lavanda me ayudaba a conciliar el sueño.

—¿Por qué lo preguntas? —Mi madre hizo una pausa y apagó el cigarrillo en el escalón, entre las dos. Antes de volver a hablar, se encendió otro—. ¿Crees que ha tenido algo que ver con lo que ha pasado?

—En realidad no —dije rezando por que así fuera. Yo había metido a Jimmy Ray en nuestras vidas, lo había llevado hasta la puerta misma. No estaba segura de cómo podría seguir viviendo de saber que había sido él quien había hecho daño a Junie—. Pero el sheriff Land me preguntó por él. Y me hizo pensar. Nada más.

—¡El sheriff Land! —bufó mi madre—. ¿Por qué escuchas nada de lo que te diga? Ese hombre es más inútil que las tetas de una monja.

Aquello me hizo sonreír y extendí la mano para que me diera una calada del cigarrillo. Puso los ojos en blanco, pero me lo pasó.

—Ya sabes dónde vive Jimmy Ray —me recordó—. ¿Por qué me lo preguntas a mí?

—Ya, pero no puedo presentarme como si tal cosa. No si quiero conservar la cabeza unida al cuerpo.

La casa de Jimmy Ray, todavía más perdida en el valle que la de mi madre, era como una fortaleza. Nadie se acercaba sin haber sido invitado. Al menos, nadie que quisiera seguir respirando. Lo cierto era que a mí respirar había dejado de interesarme. Pero era la única que podía hablar por Junie. No confiaba en nadie más, ni siquiera en Cal, para llegar al fondo de aquel asunto, de seguir el camino hasta el lugar oscuro al que, estaba segura, conducía.

Mi madre me miró la mano.

—¿Me lo vas a devolver o enciendo otro?

—Enciende otro —dije poniendo el cigarrillo medio consumido fuera de su alcance. Llevaba más de doce años sin fumar y, cuando la nicotina me recorrió el organismo, me sentí mareada.

Mi madre negó con la cabeza y encendió otro cigarrillo.

—Jimmy Ray puede estar en cualquier parte. Pero he oído que pasa mucho tiempo en ese antro de *striptease* que hay carretera abajo, en la 50. ¿Sabes cuál te digo?

—Sí —respondí—. Lo conozco.

Un lugar sucio y oscuro lleno de mujeres desesperadas. Justo la clase de sitio y la clase de mujeres que encantaban a

Jimmy Ray. Traté de formar un aro al expulsar el humo, pero solo me salió una nube amorfa.

—¿Cómo era? —preguntó mi madre con la mirada fija en el bosque que se cernía alrededor de la caravana, como si los árboles estuvieran deseosos de recuperar el terreno que habían perdido—. Tu niña.

Sus palabras me perforaron, pero, por una vez, no me pareció que estuviera intentando ser cruel. Tiré el cigarrillo, lo miré humear en la grava sucia a nuestros pies. Un pájaro graznó cerca y otro le contestó a lo lejos.

—Era lista —dije—. Mucho más lista que todos nosotros.

—Bueno, eso tampoco puede ser muy difícil.

Mi madre hizo chocar su hombro con el mío.

—Sentía curiosidad por todo. Le encantaban los animales, se pasaba días llorando cuando encontrábamos un perro abandonado y no le dejaba traerlo a casa. Se llevaba bien con todos los niños, pero era muy selectiva con sus amistades. Su asignatura preferida era ciencias. Quería saber cómo funcionaban las cosas. Escribía poemas. Los tenía en una libreta que llevaba siempre encima. —Las palabras me salían demasiado deprisa, brotaban de mi boca como de un grifo roto—. Su pelo era más bonito que el mío, más espeso. Tenía las mismas pecas en la nariz.

Me pasé los dedos por la cara y me sorprendió comprobar que se habían humedecido.

—Suena a una niña muy especial —dijo mi madre—. Y a que la educaste como creíste mejor.

—Lo intenté —repuse con voz entrecortada—. Me esforcé en hacerlo mejor que tú. Cuando era pequeña le leía todas las noches. Nunca le pegué ni la desatendí. Siempre tuvo qué comer, aunque para ello yo tuviera que irme a la cama hambrienta. Le decía que la quería todos los días. —Se me escapó un sollozo—. Pero no fue suficiente. Cal y yo seguimos aquí, adultos y vivos, y mi hija está muerta. —Me volví y la miré—. Después de todo, tú lo hiciste mejor que yo. Así que, venga, tienes derecho a reír la última.

Negó con la cabeza, con una ternura en los ojos que apenas reconocí.

—No me estoy riendo.

Y aquello fue lo que me hizo desmoronarme. Ni mi hija degollada en una camilla, ni la voz de Cal junto a mi cama, sino un gesto amable de mi madre. La vergüenza se apoderó de mí. Odiaba necesitar unas palabras de consuelo suyas para poder llorar. Se acercó, me atrajo hacia ella y me recosté en su regazo, hundí la cara en la tela sucia de sus vaqueros. Me acarició el pelo mientras lloraba y oía su voz amortiguada cantar trozos de canciones infantiles.

Siempre se le había dado bien eso, aguardar hasta que casi habías perdido la esperanza con ella y entonces tenderte una mano amable. Me recordó a las pocas veces que me había leído en voz alta cuando yo era niña. Me acurrucaba a su lado en el sofá y ella usaba diferentes voces para los personajes en el libro ilustrado de segunda mano que había sido mi regalo de Navidad. Una vez hasta me hizo una taza de chocolate caliente para que me lo bebiera mientras leía. Sus muestras de afecto ocasionales eran algo a lo que nunca había podido resistirme, ni aun sabiendo a qué me exponía. Porque su dulzura era siempre efímera y arbitraria, así que nunca sabías cuándo contar con ella. Y eso hacía que el resto de las horas, las semanas y los años fueran mucho peores. Porque sabías que era capaz de algo más, de algo distinto. Y te quedabas siempre con las ganas, aguardando esa parte de su personalidad que rara vez asomaba. Sin poder renunciar nunca a la esperanza.

Cuando por fin me enderecé, con la cara hinchada y húmeda de lágrimas, mi madre me miró. Dejó la cerveza, tiró el cigarrillo a un lado y me sujetó la cara con sus manos flacas.

—Fuiste una buena madre —me dijo mirándome hasta que asentí débilmente y a continuación tensó los dedos hasta que quise apartarme, porque sus uñas afiladas se me clavaban en la carne—. Pero se acabó el ser buena. Se acabó lo de lloriquear y compadecerte a ti misma, ¿lo entiendes? —Esta vez no me dejó asentir, no me dio oportunidad de moverme o apartar la vista. Su aliento a cigarrillo me bañó la cara y sus ojos fríos como el hielo taladraron los míos—. Eres más fuerte que todo eso. Encuéntralo, Eve. A quien hizo esto. Encuéntralo y házselo pagar.

5

Aquello de «Ojo por ojo y el mundo acabará ciego» nunca había sido uno de los lemas de mi madre. Su versión de la justicia era menos piadosa, más tipo Antiguo Testamento. Ojo por ojo. O, quizá, vida por ojo. La gente se guardaba muy mucho de meterse con mi madre. A no ser que quisieran acabar mal. Se sabía que había dado palizas a hombres que le doblaban el tamaño. No dudaba en jugar sucio ni en ir directa a la yugular. Una vez le arrancó un mechón de pelo a una mujer por llamarnos basura blanca. Así que su consejo no me cogió por sorpresa. En realidad, había ido allí para eso. La información sobre Jimmy Ray fue algo que se me ocurrió después. Lo que de verdad buscaba era una segunda opinión que confirmara lo que tenía en mi cabeza. Permiso para ceder a mis peores impulsos.

Cuando llegué a mi apartamento, Cal estaba esperándome en las escaleras de entrada balanceando las llaves que tenía en la mano.

—¿Dónde estabas? —quiso saber.

—He ido a dar una vuelta en coche —dije—. Lo necesitaba.

Ladeó la cabeza y me miró.

—¿Y adónde has ido?

Me di cuenta de que sospechaba, pero no quería contarle nada. La relación de Cal con nuestra madre era tan torturada como la mía, pero de una forma completamente distinta. Siempre había sido su favorito, su ojito derecho, incluso cuando se burlaba de él o le hacía sentir pequeño. Por su parte, Cal la quería de una manera que yo era incapaz. Una manera que implicaba estar presente en su vida. Pero también la conocía, no se le escapaban sus muchos y variados defectos. Y no me habría querido con ella en un momento como aquel, no cuando yo era vulnerable a su clase de veneno. Claro que, si yo no admitía dónde había estado, sabía que mamá tampoco lo haría. Le gustaba tener secretos. El poder que proporcionaban era siempre más útil que la sinceridad. Otra de las lecciones de mi madre que me convenía recordar.

—A ninguna parte. —Me encogí de hombros—. He dado una vuelta.

—He intentado llamarte. Como diez veces.

—Lo siento —repuse—. Tenía el teléfono apagado.

Le enseñé mi teléfono con la pantalla oscura a modo de prueba.

Me di cuenta de que quería insistir, pero, en su favor, tengo que decir que no lo hizo. Probablemente temía que, si me presionaba, me empujaría al precipicio.

—Estaba preocupado —dijo por fin—. Y tienes que darte prisa y cambiarte si no quieres que lleguemos tarde.

Lo miré fijamente y a continuación bajé la vista hacia mis vaqueros rotos y mi camiseta gris.

—¿Por qué tengo que cambiarme? ¿Dónde vamos?

Dio un paso hacia mí y la expresión de su cara se suavizó.

—Al funeral de Izzy, ¿no te acuerdas? Empieza dentro de menos de una hora.

—Mierda —dije—. Dame diez minutos.

No tenía un vestido negro; en realidad no tenía ningún vestido. Cogí unos pantalones negros, con brillos y baratos, y cambié la camiseta por una blusa blanca lisa de botones con manchas amarillentas de desodorante en los sobacos. Me recogí el pelo en una coleta. En el espejo me vi flaca y exhausta, las pecas resaltaban contra la piel pálida. Lo que más me asustó fue la facilidad con la que me reconocí. Como si la mujer que se hubiera mirado al espejo todos los días en los últimos doce años hubiera sido una impostora y aquella versión rota, de mirada inerte, fuera mi verdadero yo, la Eve que siempre había estado destinada a reaparecer.

—La gente va a preguntar por el funeral de Junie —dijo Cal desde el cuarto de estar mientras yo me calzaba unos zapatos de salón rozados—. No entienden por qué no haces uno. Les parece raro.

—Me da igual lo que piense la gente —contesté.

Durante mucho tiempo había sido lo único que me importaba. Medía cada acción, cada palabra, por cómo podía afectar a Junie. Hasta cierto punto era un alivio no tener que preocuparme más. Nada de lo que hiciera o dejara de hacer podía ya perjudicarla.

El aparcamiento de la iglesia ya estaba lleno cuando llegamos, pero decliné el ofrecimiento de Cal de dejarme en la puerta. Había pequeños grupos de personas repartidos por la acera y no quería estar de pie sola, tener que saludar con la cabeza y aceptar pésames y abrazos. Quería entrar furtivamente, como una delincuente, antes de que a nadie le diera tiempo a reparar en mí. Cal esperó conmigo en el coche, a una manzana de la iglesia, hasta que todos estuvieron dentro y entonces entramos, justo antes de que cerraran.

No recordaba la última vez que había pisado una iglesia. Mi madre opinaba lo mismo de la religión que de la ley: nunca salía nada bueno de ninguna y ambas usaban el miedo para persuadir a gente sin inteligencia de que siguiera sus preceptos. Pero, de haber cedido a un impulso de acercarnos a Dios, aquella capilla metodista habría sido su última elección. Nos habría llevado a una de las «iglesias» repartidas por el valle. De esas con suelo de tierra y feligreses con mordeduras de serpiente y que hablan en lenguas. Algo un poco más aventurero. Con un toque de violencia.

Me senté en uno de los bancos del fondo antes de que a Cal le diera tiempo a llevarme delante y mantuve la cabeza inclinada sobre el libro de himnos abierto en el regazo. Me daba miedo levantarla, ver a la gente que llenaba la iglesia. Me asustaba mi propia reacción. Porque, en un pueblo tan pequeño, la persona que había matado a Junie y a Izzy podía estar sentada allí mismo. Rezando, cantando y llorando como si no hubiera sido ella la que había empuñado el cuchillo. Al cabo de un rato, levanté la cabeza despacio. Paseé la vista por las filas de asistentes. Jack Pearson, de la tienda de neumáticos, con esa mirada que siempre se detenía en exceso en las chicas jóvenes. Sally Nickels, quien me odiaba desde que me acosté con su novio en décimo curso. Dave Colson, cuya historia de amor con la botella lo convertía en alguien mezquino e impredecible. Podía haber sido cualquiera de ellos. Podía no haber sido ninguno.

—Oye —susurró Cal—, respira.

Me acarició la espalda y noté su mano cálida y áspera a través de la blusa.

Volví a bajar la cabeza y mantuve los ojos fijos en el himnario hasta que se me borró la visión. Cuando la levanté de nuevo, Zach y Jenny se aproximaban al ataúd de su hija. Era como si la iglesia entera estuviera conteniendo la respiración, solo se oían los roncos sollozos de Jenny. Una parte ruin y rencorosa de mí se preguntó si no dejaría de llorar nunca. Los hombros se le encorvaron cuando apoyó una mano en el féretro cerrado (gracias a Dios) de Izzy y Zach la tocó en un gesto de consuelo. Le susurró algo al oído y empezó a alejarla despacio de allí. Todo el mundo apartó la vista; ardían en deseos de mirar, pero no querían ser descubiertos haciéndolo. Yo en cambio sí que miré y los ojos de Zach se cruzaron con los míos. Tenía la cara tensa de dolor. Una descarga de furia me latió bajo la piel. ¿Quién iba a consolarme a mí? ¿Quién me iba a abrazar? Cal no podía hacerlo para siempre, eso habría sido pedir demasiado, pero ¿quién más había? Me obligué a apartar la vista.

Cuando terminó, una vez dicha la última plegaria y cantado el último himno, quise escapar de la misma manera en que había llegado. Pero Zach y Jenny tenían preferencia y, además, se colocaron junto a la entrada. Darles el pésame era un suplicio por el que tendríamos que pasar antes de ser libres. No tenía ni idea de qué decirles. «Lo siento mucho» no parecía apropiado, puesto que yo había sufrido exactamente la misma desgracia. Y no tenía palabras de consuelo ni tampoco creía que nuestro dolor dejaría algún día de ser como una herida abierta o que nuestras hijas estaban en un lugar mejor. Los muertos estaban muertos y el mundo podía ser un lugar feo e infecto. Y, de alguna manera, nuestras hijas se habían visto atrapadas en su fealdad. Aquella era la única verdad que conocía. Al menos fui lo bastante inteligente para saber que expresarla en voz alta no ayudaría a nadie.

Zach y Jenny estaban juntos en el vestíbulo, debajo de un letrero hecho con globos plateados y sujetos al suelo con lazos rosa que decían «IZZY». Me pregunté si la persona que se había encargado de ponerlos sería la misma que me había dejado un plato de galletas en la puerta de mi casa. Un gesto en teoría considerado que en la práctica resultaba macabro y enfermizo.

Seguía preocupada por qué les iba a decir cuando Jenny, más versada que yo en normas de urbanidad, me salvó. Al final no tuve que decir ni una palabra. Me cogió entre sus delgados brazos en cuanto me acerqué. Pegó la mejilla húmeda de llanto a la mía y su aliento entrecortado me susurró al oído.

Me aparté con toda la suavidad de que fui capaz y apreté los dientes para resistir el impulso de darle un empujón.

—Ha sido un servicio muy bonito —conseguí decir.

A Jenny le tembló el labio cuando intentó sonreír.

—Gracias.

Zach me puso una mano en la espalda y di un respingo. Me sentía rodeada, sepultada bajo su dolor y buenas intenciones en un momento en que a duras penas conseguía mantenerme a flote.

—¿Podemos hacer algo por ti? —preguntó.

Dije que no con la cabeza sin mirar a ninguno de los dos. En el vestíbulo hacía demasiado calor, estaba encendida la calefacción a pesar de que fuera hacía un tiempo primaveral y una gota de sudor me bajó por la espalda. Me tragué el nudo que se me estaba formando en la garganta.

—No, estoy bien. Ya tenéis bastante con lo vuestro.

Las palabras me salieron con aspereza, más acusatorias que conciliadoras.

—Venga —dijo Cal cogiéndome de la mano—. Vamos a tomar el aire.

Empujé las pesadas puertas dobles y dejé que se cerraran mientras Cal se despedía apresuradamente. Di una bocanada de aire fresco. El atardecer pintaba de rosa el cielo. Aquel había sido siempre el momento del día preferido de Junie, cuando la luz se volvía brumosa y las nubes centelleaban.

Cuando Cal me dejó en casa necesité diez minutos para convencerlo de que me dejara entrar sola.

—Tienes que estar harto de mi sofá —señalé—. Está lleno de bultos.

No me llevó la contraria, pero hizo ademán de bajar del coche.

—En serio, Cal —le dije—. Voy a estar bien. Solo necesito estar un rato sola.

Se volvió y me miró y le sostuve la mirada.

—Nada de tonterías, ¿de acuerdo?

Asentí con la cabeza. Sabía que se refería a un frasco de pastillas o una cuchilla. A meter la cabeza en el horno. Lo que estaba planeando yo era algo todavía más estúpido. Pero yo no era como Cal; yo mentía todo el tiempo. Lo había convertido en un arte.

—Nada de tonterías —repetí.

6

El club que había mencionado mi madre, el que frecuentaba últimamente Jimmy Ray, estaba a unos quince kilómetros carretera abajo, a pocos metros de la autovía y coronado por un letrero gigantesco que decía «IVERSIÓN PARA A ULTOS». Yo no sabía si es que había algún ladrón obsesionado por las des, pero el letrero estaba así desde que me alcanzaba la memoria. Y, si alguien se sentía desconcertado por las letras faltantes, las siluetas de mujeres desnudas pintadas en las ventanas tapiadas despejaban cualquier duda sobre lo que se hacía dentro.

No dudé de que aquel fuera el nuevo antro al que iba a beber Jimmy Ray. La información que me daba mi madre era siempre correcta. Pero no creí que Jimmy Ray fuera allí a mirar a mujeres en *topless*. Tenía ese carisma extraño propio de los hombres muy malos. No necesitaba meter billetes de dólar en el tanga de alguna pobre adicta a la metanfetamina para echar un polvo. Tenía una cola de mujeres dispuestas a darle eso gratis. Lo que significaba que, si iba allí, era por negocios. Blanqueo de dinero o recluta de mulas eran las dos opciones más probables. Y, cuando se trataba de negocios, Jimmy Ray siempre era más cuidadoso que de costumbre. Y también más cruel.

Mentiría si dijera que no estaba nerviosa, quizá hasta asustada. Sabía de lo que era capaz Jimmy Ray cuando se sentía acorralado. Aún me dolía la muñeca en los días de lluvia, y cada vez que pensaba en él sentía una punzada de terror en la base de la columna y ganas de echar a correr incluso aunque no estuviera presente. Pero el miedo no iba a detenerme. No a aquellas alturas. ¿Qué era lo peor que podía hacerme? ¿Matarme? La idea de morir no me molestaba demasiado.

Solo había estado una vez en un club de *striptease*, cuando Junie tenía meses y yo necesitaba dinero desesperadamente. Llevaba unos cinco minutos en la entrevista —mi entrevistador me había dicho que, aunque las mamadas y las pajas estaban permitidas, lo de follar había que hacerlo fuera del club, pero todavía no me había pedido que me quitara la camiseta para que el propietario pudiera mirarme los pechos llenos de leche— cuando Cal entró como una exhalación y me sacó a rastras por la puerta trasera. Le había gritado por entrometerse, por tratarme como a una niña pequeña, pero en mi interior me sentí aliviada. Salir noche tras noche a aquel escenario mugriento para dejar que hombres de ojos vidriosos me pellizcaran los pezones cada vez que me agachara para coger un billete habría alimentado a Junie a corto plazo, pero matado algo en mi interior a la larga, algo que necesitaba para poder ser una madre distinta de como había sido la mía.

Bajé el espejo retrovisor y me miré en la luz tenue del aparcamiento. Me quité la goma que sujetaba la coleta y me pasé los dedos por el pelo, luego me pellizqué las mejillas para sacarles algo de color y me puse brillo en los labios. Jimmy Ray, a pesar de su fanfarronería y sus patrañas, era un tipo de lo más primario. Le gustaban las mujeres dóciles y bonitas. Lo primero no podía dárselo, pero sí podía intentar pasar por lo segundo.

El olor fue la primera cosa que me golpeó cuando empujé la pesada puerta para entrar. A sudor y a cerveza derramada. Un olor mustio y almizclado que de inmediato te hacía pensar en el sexo. Sexo del sucio, desesperado y rayano en el maltrato. Me detuve un momento nada más cruzar el umbral y dejé que se me acostumbraran los ojos a la oscuridad. Luces estroboscópicas baratas parpadeaban a ambos extremos de un escenario largo y estrecho que se extendía hasta el centro del bar, interrumpido de vez en cuando por barras por las que se deslizaban un par de mujeres en *topless* con la mirada perdida en algún punto lejano. La música me taladró los oídos, estaba demasiado fuerte para el espacio relativamente pequeño y el aforo aún más escaso. Había unos pocos hombres encorvados sobre taburetes situados junto al escenario con la vista levantada hacia las mujeres que bailaban. También había varios sentados a una mesa en una esquina y uno en concreto estaba recibiendo una poco entusiasta mamada de una *stripper* de mediana edad vestida solo con tanga plateado y tacones. Sus amigos miraban, demasiado aburridos para hacer otra cosa, demasiado excitados para apartar la vista.

Al otro lado del local, un barman charlaba con un par de hombres que se estaban tomando una cerveza. Nadie pareció percatarse de mi llegada, lo que significaba que era probable que Jimmy Ray no estuviera allí. Todo el mundo se ponía en actitud de alerta en presencia de Jimmy Ray. Yo era la única mujer del lugar, aparte de las que estaban trabajando, pero eso no me preocupó. Estaba acostumbrada a sitios como aquel, aunque hacía años que no formaban parte de mi vida. Si algo había aprendido durante mi infancia era a desenvolverme en las cloacas.

—Hola, Sam —dije y me senté en un taburete vacío junto al hombre que estaba en el extremo de la barra. Se volvió para mirarme y se le dibujó poco a poco una sonrisa. Siempre me había caído bien Sam. De todos los parásitos del entorno de Jimmy Ray, era el más humano, con su barba desaliñada y su barriguita cervecera. Siempre había tenido la decencia de parecer como mínimo apenado cada vez que Jimmy Ray me pegaba, que era más de lo que podía decirse de todos los demás, Jimmy Ray incluido.

—Mira quién está aquí. Pero bueno, Eve, ¿qué es de tu vida? —Entonces cayó en la cuenta y le cambió la expresión—. Ay, Dios, perdona —dijo—. Se me ha... Por un segundo se me ha olvidado. Lo de tu hija. No me enteré hasta ayer.

—Junie —apunté.

—Sí, sí —repuso Sam chasqueando los dedos—. Eso es, Junie. —Miró su cerveza—. Lo siento mucho.

—Gracias —contesté y miré el rubor subirle por el cuello, visible incluso en la media luz.

—¿Qué vas a tomar? —dijo el barman. Me miraba sin sonreír.

—Nada —le dije.

Negó con la cabeza.

—No te puedes sentar en mi barra si no vas a tomar nada.

Me pareció reconocerlo de la época en que estaba con Jimmy Ray. Se llamaba Mark o Mike o algo con eme. Entonces llevaba el pelo castaño rapado, pero ahora lo tenía más largo, sujeto en una coleta gruesa en la nuca. Un aro solitario de oro relucía en su oreja. Supuse que a cierto tipo de mujer podría resultarle atractivo, a esas que echan un vistazo rápido sin fijarse en los detalles. Porque era de esos hombres atractivos que, sin embargo, no resistían una inspección detallada: barba oscura de días que no lograba disimular un mentón blando, ojos pequeños demasiado juntos y una mueca lasciva de labios finos que se hacía pasar por sonrisa. Siempre había sido un gilipollas y, al parecer, los años no lo habían cambiado. Uno de esos tipos que, cuando tienen un poco de poder, lo inflan y lo usan para tratar mal a todos cuantos le rodean.

Lo miré con atención.

—¿Hablas en serio? ¿Hay algún cartel fuera que no he leído?

Sam me puso una mano en la rodilla y me la presionó con suavidad.

—Ponle una cerveza —dijo. Cuando el barman nos dio la espalda, Sam puso los ojos en blanco—. Matt se toma muy en serio su trabajo.

—¿El local es suyo ahora?

Sam negó con la cabeza.

—No, es de Jimmy Ray.

El corazón me latió con fuerza en el pecho y di un trago de la cerveza que me había puesto Matt delante. La espuma me hizo cosquillas en el labio y el regusto amargo casi me hizo toser. No había bebido alcohol desde que nació Junie, ni un sorbo. Era una de mis reglas no escritas. Resultó que con los años había dejado de gustarme y aparté la botella.

—¿Qué haces aquí? —preguntó Sam—. Se me hace extraño. Ya sabes..., después de lo que te ha pasado.

Me encogí de hombros.

—Tenía que hablar con Jimmy Ray de una cosa y oí que este era un buen sitio donde encontrarlo.

Sam me miró de reojo.

—No creo que seas su persona favorita ahora mismo.

—¿Cómo? —dije sorprendida—. ¿Por qué?

Ni se me había ocurrido que Jimmy Ray pudiera estar pendiente de mí después de tanto tiempo. En los años transcurridos desde que rompimos nos habíamos evitado y lo más cerca que había estado de darse por enterado de mi existencia había sido algún que otro guiño burlón desde el extremo contrario del aparcamiento del supermercado.

Sam abrió la boca para responder, pero una de las *strippers* apareció detrás de él y le pasó un delgado brazo por el cuello.

—¿Me invitas a una copa?

Pegó su cuerpo a la espalda de Sam y este se puso de nuevo colorado. Quizá por esa razón llevaba barba, era un intento por disimular su facilidad para ruborizarse, una reacción que probablemente le costara más de un insulto en el entorno de Jimmy Ray.

—Estoy ocupado —dijo, apartándola.

La mujer hizo un puchero, y eso que pasaba un par de décadas de esa edad en la que los pucheros resultan medianamente tiernos.

—Ay... Venga —insistió—. Una copa.

Me miró y sonrió con ojos inexpresivos. No fui capaz de devolverle la sonrisa y, en lugar de ello, miré la sarta de cardenales que tenía en el pliegue del hombro y las marcas recubiertas de costras en la piel.

—Oye, Maggie. —Matt golpeó dos veces la barra con los nudillos para llamar su atención—. Nadie tiene ganas de pagarte una copa. —Hizo una pausa y sonrió sarcástico—. Tampoco de probar tu coño reseco.

—Venga ya —intervino Sam, pero en voz baja, porque sabía que no era buena idea llevar la contraria a Matt. Había aprendido esa lección por las malas.

Maggie sacó la barbilla y enderezó los hombros. Pero reparé en que le temblaban las manos cuando se las puso en las caderas.

—No tienes derecho a hablarme así —dijo—. Se lo voy a contar a Jimmy Ray. Es acoso sexual. Ya no puedes hacer eso.

Matt rio.

—Ay, mierda. —Simuló secarse lágrimas de diversión de los ojos—. ¿Estás hablando en serio? ¿Vas a tatuarte «Me too» en esas tetas caídas? Me parto de risa contigo, Maggie. —Agitó el trapo de limpiar la barra—. Vete de aquí cagando leches.

Maggie me miró y, sin hablar, nos intercambiamos un mensaje atemporal y agotador. Era posible que algo estuviera cambiando en algunas partes del mundo, pero no allí. Allí continuaba el mismo carrusel de drogas, pobreza y mujeres que los hombres masticaban para luego escupir. Era posible que, en otros mundos, personas vestidas de gala pronunciaran discursos sobre igualdad y no ceder terreno, pero allí, en las trincheras, estábamos solas en la guerra y perdíamos batallas todos los días.

Miré a Maggie alejarse, cojeando un poco en sus tacones de aguja baratos. De no ser por Cal, aquella podría haber sido mi suerte, y sentí el impulso repentino de abrazar a mi hermano, de agradecerle esa vigilancia que en ocasiones me sacaba de mis casillas.

—¿Qué coño haces aquí? —dijo una voz a mi espalda. Percibí enfado en las palabras, pero curiosidad, quizá incluso diversión, en el tono. Un escalofrío me recorrió la columna vertebral. Era Jimmy Ray.

Me giré en el taburete y me encontré frente a frente a mi peor equivocación. Muchos habrían pensado que ese honor le correspondía a Junie. Quedarse embarazada el verano antes de terminar el instituto no era lo que se dice una señal de inteligencia. Pero nunca vi a Junie como una equivocación, ni siquiera cuando no tenía ni idea de cómo mantenerla ni de dónde sacaría el siguiente plato de comida. Porque, seamos sinceros, mi futuro no era precisamente brillante cuando mi hija empezó a crecer en mi vientre. De modo que tenerla no cambió gran cosa, aparte del hecho de tener una boca más que alimentar. No tuve que renunciar a becas para ir a la universidad ni a viajes a países lejanos por ser madre a los dieciocho años. Nunca me había parado demasiado a pensar en lo que haría después del instituto, había dedicado casi todo mi tiempo y mi energía a sobrevivir a la infancia. Y lo cierto era que Junie me había salvado de caer en la misma vida que llevaba mi madre. No me había querido a mí misma lo bastante para intentar ser distinta. Pero, desde el momento que nació, Junie me importó. La quise lo suficiente para echar el freno y dar un giro de ciento ochenta grados.

Había sido casi perfecto. Nada de alcohol, ni de drogas ni tabaco. Nada de robar ni de meterme en peleas. Nada de detenciones. Nada de hombres. O casi. Pero cuando la cagué, una única vez, la cagué a lo grande. Jimmy Ray nunca formó parte de mis planes. Me gustaría decir que me sedujo o que me sentía sola, pero eso sería faltar a la verdad. Jimmy Ray nunca fue un seductor. Y, aparte de Cal, yo siempre había estado sola. La soledad era más un estado permanente que algo de lo que tuviera planeado escapar algún día. Lo más acertado sería decir que Jimmy Ray era como una comezón que necesitaba rascarme. Había sido buena durante casi tres años, desde el día en que supe que estaba embarazada de Junie, y los límites que yo misma me había puesto empezaban a hacérseme duros de sobrellevar.

Ser una buena madre no había sido tan sencillo como intentaba hacer parecer. Había muchos días, cuando Junie tenía meses y lloraba toda la noche por los cólicos o cuando, con pocos años, gimoteaba por un juguete que no podía comprarle, que tenía que encerrarme en el cuarto de baño y gritar tapándome la boca con una toalla. Cerrar los puños hasta tener blancos los nudillos y contar hasta cien para no darle una bofetada. Aquellos primeros años fueron los peores, cuando practicar la clase de maternidad que había sido la marca de la casa de mi madre parecía un peligro real. Un gatillo sensible esperando a que lo apretaran. Y, entonces, un día me encontré con Jimmy Ray en la gasolinera y se me ocurrió que tal vez podría liberar un poco de presión, descansar un poco de mi existencia.

A Jimmy Ray lo conocía desde la infancia, era mayor que mi hermano y más joven que mi madre. Sabía la clase de persona que era porque no estaba ciega. Pero me conquistaron el pelo oscuro y los ojos verdes, la media sonrisa, el tatuaje de un tigre alrededor del cuello. Ese aroma a peligro que lo envolvía como si fuera colonia. Cuando estaba con él me sentía como la Eve de antes, la que coqueteaba con el desastre y a la que no le importaba salir escaldada. No le creí cuando me dijo que lo que había entre nosotros era distinto, que conmigo era un hombre nuevo. Sabía que eran todo patrañas porque había oído a una docena de hombres soltar las mismas mentiras a mi madre a lo largo de los años, pero pensé que cuando, inevitablemente, nos separáramos podría contener los daños. Hasta cierto punto me cogió por sorpresa el día que me dio una bofetada desde el otro lado de la mesa de mi cocina, cuando me abrió la mejilla delante de mi hija y después siguió comiendo pastel de pollo mientras me caía la sangre por entre los dedos temblorosos. De manera que no estaba ciega, pero sí fui una estúpida. Pensé que podría meter un solo dedo en la piscina. No me di cuenta de que me ahogaba hasta que estuve sumergida por completo.

—Te estaba buscando —le dije, aferrando con las dos manos el asiento de mi taburete para mantener la calma. Su aspecto era mayor y más duro de lo que recordaba, la piel empezaba a descolgársele en la mandíbula y unas líneas profundas le salían de los ojos, uno de los cuales tenía hinchado y cerrado, con el párpado casi negro—. ¿Qué te ha pasado? —pregunté. Confié en que quien le hubiera dado el puñetazo lo hubiera disfrutado, pues probablemente sería la última cosa que hiciera.

Jimmy Ray resopló, dio un trago a la botella de cerveza que colgaba de sus dedos y se señaló el ojo.

—¿Esto? Cortesía de tu hermano. Se presentó aquí hecho una furia hace unas cuantas noches. Le dejé desfogarse porque es poli y ¿quién necesita esos problemas?

De boca de cualquier otra persona, aquello habría sonado a fanfarronería con la que guardar las apariencias. De boca de Jimmy Ray, supe que era la verdad. La placa de Cal era lo único que lo había salvado de un balazo en la cabeza. Y ahora entendía por qué le había preocupado a Sam que Jimmy Ray no quisiera verme.

—¿Cal? —dije—. ¿Por qué?

Pero entonces recordé las preguntas de Land sobre Jimmy Ray el día que murió Junie. Cal no había necesitado más. La mayor parte del tiempo actuaba dentro de los márgenes de la ley, ahora que su trabajo consistía en hacerla cumplir, pero también era digno hijo de su madre. Nadie se metía con la familia de Cal. Nos protegíamos los unos a los otros con uñas y dientes. Sin excusas ni perdones. Y ni vivir en la civilización, ni años de llevar una placa de policía podían domar por completo ese impulso.

Jimmy Ray dejó con brusquedad la botella de cerveza en la barra.

—Quería ver si tenía ganas de hablar.

—¿Y las tenías? —pregunté, aunque conocía la respuesta. Jimmy Ray necesitaba algo más que un par de puñetazos para dejar de guardar silencio sobre lo que le convenía.

Me sonrió con aire de suficiencia.

—¿Tú qué crees?

Me bajé del taburete y me acerqué a él. Miró a Matt al otro lado de la barra mientras se le dibujaba en los labios una carcajada. Siempre le había parecido divertido que las mujeres se defendieran. Por lo general te dejaba darle unos cuantos manotazos, como si fueras un gatito poniéndose en guardia frente a un pitbull, antes de aplastarte. Pero cuando le clavé los dedos en el pecho, me los cogió y al instante se le borró la sonrisa. No me dobló los dedos hacia arriba, todavía no. Pero sentí la amenaza, los tendones a punto de quebrarse.

—Ten cuidado, niña —dijo en voz baja.

—¿Sabes algo? —pregunté—. De lo que le pasó a Junie.
Me soltó la mano y me dio un empujón.

—Yo no hago daño a niños. —Se le torció el gesto en una mueca ofendida—. Por Dios.

—Pues yo creo que harías daño a tu propia madre, Jimmy Ray, si con ello fueras a ganar algo.

Jimmy Ray soltó una carcajada.

—Joder, a esa zorra inútil la mataría gratis. Pero eso no viene al caso. Un par de niñas de doce años no podrían hacer nada por mí por lo que mereciera la pena matarlas.

—Mírame a los ojos —dije—. Mírame a los ojos y júrame que no has tenido nada que ver.

—Que te den —respondió—. Conocí a esa niña cuando llevaba pañales. ¿De verdad me crees capaz de asesinarla de esa manera?

Sabía que no debía creerle. Pero la cuestión era que sí le creía. Porque Jimmy Ray, a pesar de su violencia indiscriminada, se comportaba de acuerdo con unas reglas, igual que todo el mundo. Y matar a dos niñas de doce años era infringir esas reglas. Podía pegar a sus novias hasta hacerlas sangrar, enganchar a chicos jóvenes a la metanfetamina y la heroína, meter un tiro a quien le hacía la competencia y dejarlo pudrirse en el bosque. Pero ¿matar a dos niñas en un parque? De hacer algo así, le costaría mirarse al espejo durante un tiempo. Porque lo cierto era que Jimmy Ray seguía viéndose a sí mismo como uno de los buenos.

—Ya está bien —dijo y dio un paso más hacia mí—. ¿Solo has venido a eso? ¿A acusarme de patrañas? ¿O tenías pensado algo más? —Se acercó aún más, y el calor de su cuerpo impregnó el mío—. Porque te veo muy bien, Evie, te veo pero que muy bien. —Me pasó una mano por el brazo y, que

Dios se apiade de mí, pero volví a sentir el cosquilleo en el estómago. Incluso después de todo lo que había pasado. Por un momento consideré la posibilidad de aceptar su oferta. Total ¿qué más daba? Junie ya no estaba. Podía dejar que Jimmy Ray me diera palizas durante el día y me follara durante toda la noche y nadie aparte de mí resultaría herido. Si lo que buscaba era mi propia destrucción, Jimmy Ray era la elección más rápida y obvia. Pero todavía le debía a Junie justicia, y dar un rodeo con Jimmy Ray no me llevaría adonde necesitaba llegar. El momento se esfumó y di un paso atrás.

—¿No sabes nada? —insistí y vi cómo Jimmy Ray cerraba el puño. No pensé que fuera a pegarme allí, delante de todo el mundo, entre otras cosas porque prefería pegar a mujeres con las que tuviera una relación. De esa forma podía asistir a la dolorosa continuación, vernos suplicar perdón y otra oportunidad. Pegar a alguien que podía darse la vuelta y marcharse no era la mitad de satisfactorio. Aun así, me armé de valor, me preparé para recibir un puñetazo. Lo deseé casi.

Jimmy Ray negó con la cabeza y habló con la mandíbula apretada.

—Lo único que sé es que no lo hice —dijo.

Lo cual, cuando lo pensé después, no respondía en absoluto a mi pregunta.

7

El olor a humo rancio me despertó por la mañana y estuve unos segundos aturdida antes de caer en la cuenta de que la peste provenía de mi pelo. Imaginé cómo debían de oler esas *strippers* después de una noche en el club, aunque era posible que el humo fuera el olor menos ofensivo de todos los que tenían que soportar. Me di la vuelta con un gruñido y parpadeé por la luz del sol que atravesaba las cortinas y me hacía daño en los ojos. No había dado más que un trago de cerveza la noche anterior, pero me dolía el cuerpo como si tuviera la peor resaca del mundo. Incluso la piel me dolía. Quizá fuera la pena rezumando por mis poros. Mi cuerpo había sufrido cuando Junie vino al mundo. Era lógico que sufriera también cuando lo abandonó.

Me obligué a salir de la cama y gemí un poco cuando mis pies tocaron el suelo y me enderecé con gran esfuerzo. Fui hasta el cuarto de baño y, cuando me dirigía a la cocina a poner una cafetera, mi vista se detuvo en la cortina estampada que separaba el pequeño office. Era la única parte de la vivienda que había evitado mirar desde la noche que Cal me llevó de vuelta a casa desde la funeraria. La «habitación de Junie». Cuando ella vivía no me fijaba demasiado en aquel rincón. Pero, ahora que no estaba, me producía angustia. No solo porque lo asociaba a mi hija, también porque era un recordatorio de cómo le había fallado. ¿Qué niño quiere crecer sin una habitación propia? ¿Qué niño se conforma con un rincón del cuarto de estar separado por una cortina? Incluso yo tenía mi propia habitación en la caravana siendo niña. La compartía con Cal, y era calurosa en verano y fría en invierno y olía a moho y a orín. Pero era una habitación. Con cuatro paredes y una puerta. Más de lo que nunca había tenido Junie. Había compartido dormitorio conmigo hasta los ocho años y, a partir de entonces, había dormido en aquel rincón. En ocasiones le decía cuánto sentía no poder darle más, y ella siempre reía y respondía que estaba allí perfectamente. Siempre dio la impresión de ser sincera. Pero ahora, sin su voz compitiendo con la voz acusadora en mi cabeza, me costó trabajo creer sus afirmaciones. Si no se avergonzaba, ¿por qué casi nunca había invitado a Izzy a nuestro apartamento? Y, cuando lo había hecho, solo había sido para una cena rápida o para ver una película, nunca para pasar la noche. Siempre quería ir a su casa y nunca al revés. Eso es otra de las cosas sobre la muerte de las que nadie te advierte: cómo, después de que ocurra, la única voz que oyes es la tuya, recordándote todo lo que has hecho mal.

Me acerqué a la cortina despacio, como si fuera una serpiente de cascabel y pudiera morderme. Toqué con cuidado la tela de algodón. Estampado de cachemir amarillo y blanco. Comprada en Pottery Barn. Al menos esa parte la había hecho bien. Había hecho turnos extra en la cafetería hasta que pude permitirme que Junie eligiera algo bonito, de calidad, y no una porquería de poliéster con brillos de la sección de saldos. Ahora se antojaba una distinción tonta, pero en su momento había sido importante para mí.

Descorrí la cortina y las anillas tintinearon contra la barra de madera que había instalado Cal una fría noche de diciembre. Había sido el regalo de Navidad de Junie aquel año, una lata de alegre pintura amarilla para las paredes del rincón, ropa de cama nueva, la cortina. Una pequeña librería que había encontrado en la tienda de baratillo y pintado de blanco. La contribución de Cal había sido una lamparita de noche en cristal rosa.

En los años siguientes la habitación apenas había cambiado. Los libros de la estantería habían pasado de infantiles a juveniles. Una cómoda pequeña encajada en la pared frente a la cama, con la parte superior cubierta de pendientes, monedas sueltas y baratijas varias. Pero la camita individual conservaba la misma colcha y la lámpara rosa seguía sobre la mesilla de noche.

Crucé la cortina y el olor a Junie fue como una bofetada. El aroma que había estado buscando cuando la besé en el depósito. A su pelo, su piel, al chicle de menta que siempre tenía en la boca, al gel de pomelo que tanto le gustaba. Un sonido pequeño y ahogado se me escapó y me tapé la boca con una mano en un intento por reprimirlo. La repentina oleada de dolor fue tan enorme, tan monumental que temí que, de expulsarla, me abriría las entrañas, se me saldrían los pulmones, el corazón y el estómago y habría una montaña de órganos en el suelo. Pero mi mano no alcanzaba a contener tanto dolor y la cama se levantó a saludarme cuando caí y enterré la cara en la almohada de mi hija para amortiguar mis gritos.

No sé cuánto tiempo estuve revolcándome en la cama, golpeándome la cara contra el colchón y arañándome la piel. Intentando huir de la angustia que se había instalado en el tuétano de mis huesos. «Adelante, esfuérzate todo lo que puedas», decía el dolor. «Estaré aquí cuando te rindas». Y, al cabo de un rato, así fue. Mis sollozos fueron acallándose igual que un juguete que se queda sin pilas, el cuerpo flácido y exhausto, el pelo sudoroso y pegado al cráneo. El dolor seguía allí, tal y como había prometido. Pero ahora podía cargar con él. Al menos por un breve espacio de tiempo. Y eso ya era algo.

Me di la vuelta y miré por debajo de los hinchados párpados la constelación de pegatinas del techo de Junie. Probablemente uno de cada dos niños estadounidenses tenía una en su habitación, pero ambas disfrutábamos de aquellas estrellas como si fueran piedras preciosas, en lugar de algo comprado en una tienda de Dollar General. Pasamos muchos minutos tumbadas allí de noche, con las cabezas juntas sobre la almohada, mirando brillar los planetas.

—Oye, Junie —dije—, ¿estás ahí arriba?

Esperé que así fuera. Confié en que mi niña estuviera volando en algún punto más allá de las estrellas.

El día se alargaba ante mí, vacío y sin sentido. Podía ir a la cafetería, pero sabía que Thomas me devolvería a la calle de una oreja. Tenía que esperar unos días más antes de poder llevarle la contraria y suplicarle que me dejara incorporarme. «Encuéntralo», me decía mi madre dentro de mi cabeza. Pero no tenía ni idea de cómo. Hablar con Jimmy Ray no me había llevado a ninguna parte. Y se me había ocurrido ir a verlo solo porque Land había mencionado su nombre. No era una detective. Ni siquiera era policía. Era una mujer de treinta años con un título de bachillerato, una hija muerta y poco más. «Bueno, pero eso equivale a decir: "¡A tomar por culo!". A dejar que ese cabrón se salga con la suya. Porque a nadie le va a importar una mierda quién asesinó a Junie salvo a ti. Esa es la realidad». De nuevo la voz de mi madre. Y las palabras eran ciertas, aunque no hubiera llegado a pronunciarlas. Bueno, no del todo ciertas. A Cal sí le importaba. Casi tanto como a mí, sospechaba. Pero su condición de policía era un obstáculo. Todo el mundo lo conocía, igual que me conocían a mí, pero él ahora estaba al otro lado de la ley. Podía haber sido el Cal con el que iban a pescar cuando eran niños o a robar cervezas de adolescentes. Pero ahora era Cal el agente de policía y eso cambiaba las cosas. Aquel era un cambio que no se podía deshacer, no por allí. La gente le tenía simpatía, pero no le contarían sus secretos.

En cambio, era posible que sí hablaran conmigo, con la hija de la loca de Lynette Taggert. Yo era una de ellos. Había crecido allí y no había conseguido prosperar ni tampoco escapar. De manera que sí, era posible que hablaran. Pero primero necesitaba descubrir a quién tenía que acorralar y qué preguntas debía hacer. Recordé la noche en la funeraria, las cosas que había dicho Land. Cuando nos preguntó si las niñas se habían comportado de manera distinta últimamente, si habíamos notado algún cambio. Lo cierto era que yo no había notado nada. Pero eso no quería decir que no lo hubiera habido. Junie y yo estábamos unidas, más que la mayoría de madres e hijas. Pero yo no me engañaba respecto a las adolescentes. Había sido una no tanto tiempo atrás y sabía los secretos que pueden esconder, las cosas descabelladas y autodestructivas que en ocasiones hacen en la creencia errónea de que son demasiado jóvenes para que algo verdaderamente terrible llegue a afectarlas. Por Dios, si yo había sido de armas tomar cuando tenía la edad de Junie. A los doce años me fumé mi primer cigarrillo y tuve mi primera resaca. A los trece perdí la virginidad con uno de los novios de mi madre. No fue una violación exactamente. Más bien una lenta coerción —«Vamos, nena, lo estás deseando, lo vas a pasar bien»— en la que es más fácil seguir la corriente y terminar cuanto antes que resistirse. Al menos luego puedes mentirte a ti misma y decir que, en parte, había sido idea tuya. Sabía más de lo que me habría gustado de las vidas secretas de las adolescentes.

Me senté en la cama de Junie y recordé el cuaderno en el que la veía escribir algunas veces. Siempre decía que eran sus poemas. Me leía cosas de sus páginas arrugadas. Pero cuando me acercaba demasiado, se encorvaba sobre él y se lo pegaba al cuerpo de manera que yo no pudiera ver más que un atisbo de las palabras allí escritas. Entonces imaginaba notas garabateadas a todo correr sobre chicos que le parecían monos. Quizá incluso palabras duras referidas a mí en las poquísimas ocasiones en que discutíamos, por lo general sobre alguna tontería, como que no le dejara llevar el abrigo al colegio o quedarse levantada hasta tarde entre semana. Pero ¿y si había algo más? Parte de mí no quería mirar por miedo a encontrar una forma nueva de castigarme por cosas que ya no tenían solución. Pero tampoco conseguía sacarme la idea de la cabeza.

La policía ya había hecho un registro superficial de la habitación, pero, por lo que yo sabía, no habían encontrado nada. Buscaban una gran pistola humeante que yo podría haberles dicho que no estaba allí antes incluso de que pusieran un pie en el cuarto de Junie. Yo buscaba algo menos obvio. Paseé la vista por la habitación, un pequeño espacio desprovisto de escondrijos. Una rápida inspección de la cómoda tuvo como único resultado un paquete de chicle y unas canicas sueltas de un juego que le había regalado Cal años atrás. Evoqué mi infancia, los sitios donde escondía dinero o secretos con la esperanza de que mi madre no los encontrara. Metí la mano entre el colchón y el somier de Junie y encontré la veta de oro: el cuaderno con las palabras «Propiedad de Junie» escritas con rotulador dorado en la tapa azul marino.

Lo abrí con cuidado, casi temerosa de lo que pudiera encontrar. La presencia de Junie me envolvió mientras leía sus palabras y veía los dibujos que había hecho en los márgenes de las páginas. Confié en que no le importara que fisgara en su mundo privado. Pasé despacio los dedos por los lugares en que su bolígrafo se había hundido en el papel y sonreí ante las notitas que había escrito quejándose de un trabajo de clase o lamentándose de mi incapacidad para cocinar. «He discutido con Izzy, pero ya hemos hecho las paces», era la frase que adornaba la cabecera de una página, seguida de un corazón. No había mención alguna a chicos, a drogas o a escaparse de casa. Nada que hiciera sonar las alarmas. Nada, hasta el final. Allí, en la esquina inferior de una página, con la letra apretada como si hubiera luchado por que le salieran las palabras, Junie había escrito: «Preocupada por Izzy. Le he dicho que él es demasiado mayor. Pero no me escucha. No escucha a nadie. Dice que es amor, pero en realidad solo es lujuria. Qué asco. Solo de pensarlo me pongo enferma. Ojalá se dé cuenta de una vez». Esta última palabra la había escrito con tal fuerza que el bolígrafo había rasgado el papel.

Me quedé sin respiración. Allí había algo a lo que aferrarme. Al menos, algo por donde empezar. Que era más de lo que había tenido una hora antes. El día se abrió ante mí. Tenía una razón para levantarme y moverme. Una razón para seguir adelante.

8

El instituto de enseñanza media Martin Luther King Jr.
estaba a veinte kilómetros del pueblo, por una carretera de curvas que salía de la autovía y lo ocultaba de la vista.
En él estudiaban chicos de todo el extenso condado, algunos
de los cuales hacían más de una hora en autobús cada día para sentarse en un edificio viejo y lleno de corrientes de aire
sin profesorado ni, mucho menos, fondos suficientes. Le habían cambiado el nombre al centro algunos años atrás en un
guiño a la diversidad. Cuando yo estudiaba en él, la población
del condado era prácticamente blanca. Pero ahora, con la
fábrica procesadora de pollos en los límites del condado, los
hijos de inmigrantes recorrían sus pasillos y sus padres hacían trabajos que los lugareños no querían tocar, ni siquiera
cuando no había otra fuente de empleo estable. Había oído
muchas quejas sobre el cambio de nombre mientras servía
café en la cafetería, interminables lamentaciones sobre la corrección política o, tal y como lo había expresado un hombre
mayor, «esa gilipollez de que todos tenemos que ser iguales».

A las gentes de por allí no les gustaba el progreso forzoso, incluso si saltaba a la vista que necesitaban una buena dosis. Yo dudaba de que un cambio de nombre alterara gran cosa la realidad de esos niños, que siempre serían unos marginados. Junie odiaba aquel lugar, estaba deseando empezar la escuela secundaria un año más tarde. Yo no había tenido el valor de decirle que el instituto de secundaria Harry S. Truman no era mucho mejor, que era peor incluso. Demasiados jóvenes sin esperanzas ni futuro hacinados en un espacio aún más pequeño. De mi promoción, solo un puñado de chicos habían ido a la universidad. Y de esos, la mayoría había vuelto a Barren Springs sin un título. Es difícil prosperar en la vida cuando no tienes un ejemplo que seguir.

Yo me consideraba afortunada por haber completado el bachillerato. Hasta séptimo curso no había pisado un colegio de verdad. A Cal y a mí nos «educaron» en el valle. Mi madre nos enseñó el abecedario y poco más. Nuestra vecina más cercana, la señorita Eileen, nos enseñó a leer y las matemáticas básicas a cambio de cigarrillos de mamá. En séptimo curso supe por primera vez que había gente pobre y gente muy pobre. Nosotros pertenecíamos al segundo grupo. No es que quienes nos rodeaban nadaran precisamente en la abundancia, pero hay una diferencia entre quienes viven en el pueblo y quienes se ocultan en los valles. Nosotros éramos los chicos que habían aprendido a leer —y eso es mucho decir— con una adicta a la metanfetamina; los que vestíamos ropa que no solo era heredada, sino que ni siquiera era de nuestra talla o que estaba cubierta de manchas de origen desconocido. Nuestra expresión hambrienta, animal, incluso en las raras ocasiones en que teníamos la barriga llena, nos convertía en blancos fáciles. O así habría sido, si la reputación de nuestra madre no nos hubiera precedido. Nuestro estatus de los más pobres de la basura blanca pobre era algo solo superado por la inclinación de nuestra madre a la violencia indiscriminada. Todo el mundo recordaba al chico que había tirado una piedra a Cal un día junto al río. Nadie sabía si había sido su intención dar a Cal o si había sido mala suerte. A mi madre le dio igual. Cuando volvimos a ver al niño, tenía la mano destrozada y mirada asustada y huidiza. No volvió a acercarse ni a Cal ni a mí.

Por lo general, Junie volvía en autobús del colegio y a menudo se iba con Izzy a su casa los días en que yo trabajaba hasta tarde. En las escasas ocasiones en que la recogí al salir de clase siempre se producía un caos controlado cuando sonaba la campana, y aquel día no fue una excepción. Cuando entré en el aparcamiento me encontré a niños saliendo por las puertas como canicas lanzadas por un cañón. Reparé en que había unos pocos guardas de seguridad cerca de los autobuses y me pregunté si serían un añadido reciente o es que nunca había tenido motivos para fijarme en ellos antes. Fuera como fuera, supuse que no verían con buenos ojos que una persona adulta abordara a los niños, incluso si mi apariencia era relativamente inofensiva. Así que tenía que interceptar a Hallie antes de que me vieran.

Junie e Izzy habían formado un círculo de amistad casi cerrado, algo que siempre me había puesto nerviosa. Me decía a mí misma que mi ansiedad se debía a la preocupación por lo que podría pasar si la amistad se iba al garete y Junie se quedaba sola y a la deriva. O a que quería que tuviera más amigos para que no estuviera aislada. Cuando yo era niña, Cal había sido mi único apoyo y ahora que era adulta seguía costándome trabajo ampliar mi círculo. Si no tenía a Cal cerca me sentía insegura y sin rumbo. No quería eso para Junie. Ambas razones eran sinceras. Pero el verdadero motivo era otro. Con todo, la amistad de Junie e Izzy no había sido por completo impenetrable. Había algunas niñas en la frontera que recibían invitaciones a cumpleaños o comían con Junie e Izzy en la misma mesa. La que mejor conocía yo, Hallie Marshall, había estado unas cuantas veces en mi apartamento, salía en fotografías publicadas en las redes sociales con Junie e Izzy.

Me quedé cerca del coche y vigilé las puertas del colegio hasta que vi salir a Hallie, con el pelo rojizo cubierto por una boina gris. Cuando grité su nombre se giró y se protegió del sol con una mano mientras me miraba.

—Hola, Hallie —dije al acercarme—. Soy la madre de Junie. Nos hemos visto unas cuantas veces.

—Me acuerdo —contestó con voz cauta. Se llevó un cuaderno contra el pecho como si fuera un escudo. A su alrededor, otros niños se dirigían a los autobuses y nos miraban con curiosidad, pero sin aflojar el paso.

—¿Puedo hablar contigo? —le pregunté.

Hallie miró hacia los autobuses y a continuación asintió.

—Solo un minuto. No quiero perder el autobús.

—Sí, claro.

Me alejé de las puertas y Hallie me siguió. Cuando me di la vuelta se estaba mordiendo el labio inferior y tenía la vista fija en el suelo.

—Siento muchísimo lo de Junie —susurró—. Y también lo de Izzy.

Sabía que la gente intentaba ser amable, pero ya estaba cansada del ritual. ¿De verdad pensaban que decir que lo sentían ayudaba en algo? ¿Que oír esa letanía interminable de palabras sin valor una y otra vez y otra más me consolaba? Pero Hallie no era más que una niña, me dije, de la edad de Junie. Me tragué lo que de verdad tenía ganas de decir y conseguí balbucir un «gracias».

—Quería preguntarte una cosa —dije—. ¿Estaba Izzy saliendo con un chico mayor?

Los ojos de Hallie buscaron enseguida los míos y en ese momento supe que no había sido educada en una casa como en la que había crecido yo. No sabía poner cara de póquer. Mi madre se la habría comido viva.

—¿Qué? —logró tartamudear con las mejillas al rojo vivo—. No. No lo sé.

Levanté las cejas y esperé. Supuse que harían falta veinte segundos de silencio para que empezara a hablar, pero bastaron diez.

—A ver, no salía con él. Pero le gustaba. —Hallie hizo una pausa y cambió el peso de un pie a otro—. Tonteaban un poco.

—¿Quién era él? —pregunté mientras el corazón latía diciendo: «Lo tengo, lo tengo».

Hallie se encogió de hombros.

—No lo sé. En serio —añadió al verme la cara—. Izzy no quería decírnoslo.

—¿Sabía Junie quién era?

—Sí, creo que sí. Pero siempre le guardaba los secretos a Izzy. —Hallie se acercó un poco a mí y bajó la voz—. Aunque discutieron por ello. Junie amenazó con contárselo a alguien si Izzy no dejaba de verlo. Parecía muy preocupada.

—¿Sabes cuántos años tiene ese chico? —pregunté, mientras pensaba: «Dieciocho. Por favor, no me digas que tiene más de dieciocho».

—Es mayor —dijo Hallie—. No lo sé exactamente. Pero unos treinta quizá.

—¿Qué te hace pensar eso? —Traté de mantener la voz serena, aunque tenía el alma en los pies.

—Por cómo hablaban de él. No era un chico joven. Para nada. —Hallie volvió la cabeza y empezó a retroceder—. Tengo que irme, voy a perder el autobús.

Cuando volvió a mirarme lo leí en sus ojos, algo que quería decirme pero no se atrevía. Algo atrapado detrás de sus dientes apretados.

—Hallie, espera. —Me acerqué y le cogí la manga de la sudadera, pero se giró y me esquivó.

—No puedo. Tengo que irme.

La miré alejarse con los ojos fijos en la acera. Me invadió la irritación y fui consciente de que esa parte de mí que había salido a mi madre quería correr tras ella y arrancarle un mechón pelirrojo. Dejarla calva hasta que hablara. Alguien la llamó a gritos desde el autobús y Hallie apretó el paso y se agarró al pasamanos de la escalerilla del autobús para tomar impulso y subir. Justo antes de desaparecer, se volvió a mirarme.

—Hable con su hermano —gritó, apenas lo bastante alto como para que pudiera oírla.

Para cuando recompuse las sílabas en mi cabeza, la puerta del autobús se estaba cerrando. Mientras se alejaba atisbé la cara de Hallie en la ventanilla, sus ojos que esquivaban los míos.

Cal. Que quería a Junie como si fuera hija suya. Que había crecido violando la ley —robando comida cuando yo estaba hambrienta, peleándose con niños que me trataban mal, haciendo de recadero de nuestra madre drogadicta para que no tuviera que hacerlo yo— y ahora vivía de hacerla cumplir. Cal, a quien todas las mujeres deseaban, pero que ninguna parecía capaz de atrapar. Él siempre decía que era porque estaba centrado en el trabajo o porque las mujeres eran demasiado exigentes, le pedían demasiado —tuve un escalofrío—, pero quizá simplemente eran demasiado mayores.

9

Thomas estuvo a punto de tirarme al suelo con una bolsa de basura apestosa cuando salió como una exhalación por la puerta trasera de la cafetería.

—¡Madre de Dios! —dijo girando para esquivarme en el último segundo, y la bolsa de plástico chocó con mi cadera—. ¿Se puede saber qué haces aquí, Eve?

Me incliné hacia un lado y arrugué la nariz por el mal olor.

—Perdona, no quería hacerte tropezar.

Thomas tiró la bolsa por encima de la barandilla en el contenedor abierto y la tapa de este se cerró con un golpe hueco. Se limpió las manos en el delantal.

—No has contestado mi pregunta —dijo.

Me encogí de hombros.

—Estoy fumando un pitillo.

Lo cierto era que, después de hablar con Hallie, no había sabido qué hacer. Había llamado a Cal, pero no me había cogido el teléfono. No soportaba la idea de volver a mi apartamento vacío. La cafetería era lo más parecido a un hogar que tenía. Y por si ese pensamiento no fuera ya lo bastante deprimente, ahora estaba rodeada de olor a basura en descomposición, con botellas rotas y colillas a mis pies.

Thomas se sentó a mi lado con una pequeña mueca de dolor. Empezaba a hacerse viejo para estar todo el día de pie, encorvado sobre los fogones. Pero yo sabía que nunca lo dejaría. Que trabajaría en aquella cocina hasta el día que se desplomara en el suelo de linóleo agrietado.

—¿Desde cuándo fumas?

—Desde que asesinaron a mi hija.

Aquello habría cerrado la boca a la mayoría de las personas. Pero no a Thomas, quien nunca temía dar su opinión.

—Es una costumbre muy fea —dijo, y negó con la cabeza. Noté que me miraba, noté sus ojos oscuros recorriendo mi perfil—. ¿Cómo estás, mi niña?

Las lágrimas asomaron a mis ojos, pero las contuve con un pestañeo. No había visto a Thomas ni a Louise desde el funeral de Izzy, cuando los vislumbré al otro lado de la iglesia y enseguida evité sus miradas. Podía mantener la compostura en compañía de casi todo el mundo. De personas a las que en realidad no les importábamos ni Junie ni yo. Personas que apenas nos conocían o que emitían sonidos sin significado sobre lo mucho que lo sentían. Pero Thomas y Louise habían conocido a Junie desde el día que nació. Thomas la había acunado durante horas cuando tenía cólicos siendo bebé. Louise era quien me había enseñado a que hablara a Junie cuando esta era aún demasiado pequeña para entenderme. En opinión de mi madre, hablar a los bebés era desperdiciar palabras. «¿Para qué le hablas? La única cosa que entiende es tu teta en la boca». Sin Thomas ni Louise, esos primeros años habrían sido mucho más duros. Habían tenido a Junie en brazos y la habían visto crecer. Les encantaba burlarse de mí por cómo se me caía la baba con mi hija. Sabían la verdad. Sabían que por fuera yo seguía siendo un ser humano funcional. Pero por dentro estaba hecha jirones.

—No muy bien —respondí y tiré el cigarrillo. Ni siquiera sabía por qué lo estaba fumando. Sí que era una costumbre fea, el sabor que tenía en la boca me recordó al olor de mi madre. Amargo y con un toque de violencia. Me asustó comprobar lo reconfortante que me resultaba ahora ese sabor—. Quiero volver al trabajo.

Thomas reflexionó sobre estas palabras. Podía ver su cerebro trabajar detrás de sus ojos.

—¿Estás segura de que es buena idea? Sabes que te puedo prestar dinero. No hay razón para que hagas más de lo que eres capaz de hacer ahora mismo.

Negué con la cabeza.

—No puedo estar todo el día mano sobre mano. Me estoy volviendo loca. —«Me hace pensar en cosas, cosas que solo mi madre aprobaría». Cogí una piedra y la hice saltar en la palma de la mano—. Te prometo que me portaré bien. No lloraré en el café de nadie, si es lo que te preocupa.

La garganta de Thomas emitió un sonido áspero.

—Por mí como si te pasas el día llorando. No es eso lo que me preocupa, sino tener aquí a mirones todo el día. Haciendo preguntas y metiendo la nariz donde no les llaman.

—Me las arreglaré —dije, pero mis palabras sonaron más a bravata que a verdad. Thomas me dio una palmadita en la rodilla.

—¿Por qué no esperas un poco? —propuso—. Date unos días más.

Luego nos quedamos callados escuchando cómo trocitos de basura salían volando contra la alambrada al fondo del callejón. A lo lejos se oía algún que otro coche pasar por la autovía y nos llegaba el olor del contenedor, afortunadamente enmascarado por el tenue aroma a flores que traía el viento. Se estaba sorprendentemente tranquilo allí atrás. Me sentí a salvo de las miradas. Parte de mí no quería levantarse nunca y, por un momento, contemplé la posibilidad de instalarme en aquellos escalones para siempre.

—Ay, señor —dijo Thomas—. Tenemos compañía. —Se levantó y se sacudió el polvo de la parte de atrás de los pantalones—. Y no de la buena.

Un coche patrulla entraba por el callejón hacia nosotros y los neumáticos crujieron al contacto con la grava vieja. Por la silueta del conductor, supe que no era Cal. Era demasiado grueso y no lo bastante alto y el estómago se me bajó a los pies, aunque le ordené que no lo hiciera. No había nada que temer. Ahora era la madre de una víctima, alguien a quien había que tratar con delicadeza.

El coche se detuvo junto a nosotros y la ventanilla del conductor bajó con un zumbido.

—Hola, Thomas —dijo Land con los ojos ocultos detrás de unas gafas de espejo.

Thomas inclinó un poco la cabeza por toda respuesta. Era posible que el trabajo de Land fuera servir y proteger, pero esas obligaciones siempre venían acompañadas de una actitud ligeramente inapropiada cuando las personas a las que estaba protegiendo y sirviendo tenían la piel algo más oscura. Era como si no estuviera haciendo su trabajo, sino haciéndoles un favor. Que tendrían que devolverle. La media sonrisa se borró de la cara de Land cuando se volvió a mirarme.

—Eve —dijo—, tenemos que hablar.

—Vale —contesté sin moverme.

—En privado —especificó Land.

—¿Por qué no entráis —ofreció Thomas— y os tomáis un café mientras charláis?

La vista de Land volvió a posarse en Thomas, o eso supuse, pues giró la cabeza en esa dirección.

—No, estamos bien aquí. —Me hizo un gesto sacando la mano extendida por la ventanilla—. Venga, Eve. No tengo todo el día.

Me levanté con las piernas pesadas y empecé a bajar las escaleras. La mano de Thomas me sujetó por el antebrazo y me hizo detenerme.

—Si me necesitas —dijo en voz baja—, estaré dentro.

Asentí con la cabeza. Se me ocurrió, por primera vez, que quizá yo no era la única persona de la ciudad con malos recuerdos de Land, la única que aflojaba el paso cada vez que lo veía. Me quedé junto a la puerta del pasajero hasta que Thomas entró en la cafetería y tuve que dar un salto atrás cuando Land abrió la portezuela con brusquedad y, con un gesto impaciente, me indicó que subiera.

Me instalé con cuidado en el asiento del pasajero, doblada sobre mí misma. Hacía años que no me subía al coche de Land y había jurado no volver a hacerlo nunca.

—¿Tienes idea de por qué estoy aquí? —preguntó.

—No —contesté, aunque vaya si la tenía.

Land suspiró.

—Me ha llamado la madre de Hallie Marshall. Dice que has estado acosando a su hija hoy a la salida del colegio.

Me volví hacia él.

—No la he acosado, le he hecho un par de preguntas. Eso es todo.

Land también se volvió hacia mí. Una mano gordezuela agarró la parte de arriba del volante y la luz del sol se reflejó en la alianza que aún llevaba, a pesar de que su mujer, Mabel, había muerto dos años antes. Probablemente harta de ver todos los días esa cara de engreído. Incluso desde el otro lado del coche olí su aliento a café rancio.

—¿Desde cuándo es tu trabajo ir por ahí haciendo preguntas? ¿O es que eres policía y yo no me he enterado? Tienes que dejarnos hacer el trabajo para el que nos hemos formado, Eve.

—Muy bien —repliqué, sintiendo cómo me indignaba—. ¿Habéis hablado con Hallie? —Land negó con la cabeza y, antes de que le diera tiempo a decir nada, volví a la carga—: Pues deberíais. ¿Sabías que Izzy salía con un hombre mayor? Mucho mayor. Eso puede estar relacionado con los asesinatos. Si me quedo esperando a que se os ocu...

—Eso ya lo sabemos —dijo Land.

De pronto se me acabó el resuello y me quedé con la boca abierta a mitad de una palabra.

—¿Qué es lo que sabéis?

—Lo del tipo mayor. Se lo dijo Junie a Cal.

Aquello debería haberme tranquilizado, pues ahora tenía sentido lo que me había dicho Hallie de Cal. No me estaba dando pistas sobre el hombre mayor, sino sobre alguien que podía tener más información sobre él. Pero no daba crédito a que Cal hubiera estado al tanto de lo de Izzy y no me hubiera dicho nada. Y odiaba que Land se me hubiera adelantado. Como siempre.

—¿Quién era? —exigí saber.

Land negó con la cabeza.

—Todavía lo estamos investigando. Y, aunque lo supiera, no te lo diría. Esto no es asunto tuyo en absoluto.

—Era mi hija —exploté—. ¿Cómo puedes decir que no es asunto mío?

—Me han dicho que también fuiste a ver a Jimmy Ray —continuó Land, como si no me hubiera oído—. Ha sido una mala idea, Eve. ¿Tengo que recordarte lo que te pasó la última vez que anduviste con él? —Sus ojos volaron a mi muñeca, acto seguido su mano los acompañó y yo aparté el brazo.

—¡No me toques!

Land retiró la mano y una sonrisa de suficiencia le atravesó el semblante.

—Por Dios, tranquilízate —dijo—. Cada vez que me ves, te pones como una histérica. —Bajó la voz, aunque no había nadie allí que pudiera oírle—. No fue más que una mamada. No entiendo por qué te sigues alterando tanto después de tanto tiempo. Me consta que no era la primera que hacías.

Me ardió la garganta cuando oí aquellas palabras; los huesos de la muñeca, nunca soldados por completo, me dolieron bajo la piel. Se me revolvió el estómago como si todo estuviera ocurriendo en ese momento en lugar de una lluviosa noche de octubre casi diez años atrás. Lo mío con Jimmy Ray tocaba a su fin. Ambos lo sabíamos. Yo, porque no podía seguir dejando que me pegara delante de mi hija y él, porque había llegado un punto en el que la diversión de darme palizas no compensaba el grano en el culo en que me había convertido. Llamaba a la policía. No le devolvía los golpes exactamente, pero sí me resistía, por mucho que me amenazara. Pero con Jimmy Ray todo se hacía según sus reglas. Incluso la ruptura. Y todavía no quería poner fin a lo nuestro. Ni siquiera después de partirme el labio, ponerme los ojos a la funerala y romperme los huesos de las muñecas estrujándomelos con las manos estaba dispuesto a dejarme ir. Me dijo que nos veríamos pronto y me guiñó un ojo mientras lo subían al asiento trasero del coche patrulla y las luces giratorias hacían que el mundo se inclinara y diera vueltas a mi alrededor.

Land me llevó al hospital porque Cal se quedó cuidando a Junie, acostándola y contándole mentiras sobre lo que le había pasado a su madre. Land se quedó conmigo hasta que me vendaron el brazo y me dijeron que volviera en un par de días para escayolarme. Luego me acompañó de vuelta a su coche patrulla, aparcado en el extremo más oscuro del aparcamiento, y me leyó la cartilla.

—Me está dando mucho trabajo —dijo—. Lo tuyo con Jimmy Ray.

—¿Lo mío? —Las palabras me salieron como una papilla confusa por entre los labios hinchados—. Solo quiero que se vaya. Hemos terminado. No entiendo por qué no haces que me deje en paz. ¿No es ese tu trabajo?

No estaba preocupada por mí. ¿Qué significaba una paliza más tal y como estaban las cosas? Pero Junie se hacía mayor cada día y empezaba a catalogar el mundo que la rodeaba, empezaba a tener recuerdos. Y no estaba segura durante cuánto tiempo más podría contener a Cal, a base de prometerle que podía arreglármelas sola, de jurarle que no volvería a dirigirle la palabra si se metía por medio y era tan tonto de poner en peligro su trabajo por Jimmy Ray. En mi fuero interno me preocupaba que intentara algo y terminara muerto. Cal era fuerte e inteligente, pero a Jimmy Ray no le importaba nada, excepto, quizá, su propia supervivencia, y eso lo hacía más peligroso.

Land suspiró, algo que hacía por defecto, y se volvió hacia mí. Por entonces tanto su bigote como su barriga eran más pequeños, pero ya apuntaba maneras del hombre que llegaría a ser. Un hombre que llevaba tanto tiempo ejerciendo la autoridad y que encontraba tan poca resistencia que se creía que el mundo era suyo.

—Es que ese es el problema —señaló—. No puedo hacer mi trabajo, no como se supone que debo hacerlo, si me enfrentas a Jimmy Ray. —Extendió las manos en la oscuridad—. Porque Jimmy y yo tenemos un acuerdo, ¿entiendes lo que te quiero decir?

Yo había oído hablar del acuerdo entre Jimmy Ray y Land. Qué coño, todo el mundo había oído hablar de él. Que se rascaban la espalda el uno al otro. Que, fuera lo que fuera que hubieran acordado, explicaba que Jimmy Ray pudiera acabar detenido por pegar a una novia o conducir borracho, pero nunca por un delito más grave. Y nunca por algo que no quedara olvidado a la mañana siguiente.

—No —repuse—. No lo entiendo. Entonces, ¿no me vas a ayudar?

—Mira —dijo Land despacio, como si hablara con un niño pequeño—, sé lo que hace Jimmy Ray. Pero lo hace fuera de aquí. Controla a su gente. No hay asesinatos relacionados con la droga. No hay cadáveres llenando mis calles.

Resoplé.

—Sí, claro. Porque los tira en el bosque para que se los coman los jabalíes.

—Me importa tres cojones lo que haga con ellos siempre que no aparezcan en mi jurisdicción. Además, a nadie le interesa una mierda lo que les pasa a esas personas. A la gente que termina metida en el mundo de Jimmy Ray. Por mí, como si se pudren. —Una de sus manos se acercó unos centímetros a mi pierna, sin llegar a tocarla. La miré como se mira una araña que se dirige hacia ti. Consciente de lo que se avecina, pero confiando en librarte en el último momento—. Es el trato que tenemos. Él mantiene su negocio fuera de aquí y yo hago la vista gorda. Ninguno de los dos queremos una guerra. Es mejor así.

—¿Mejor para quién? —pregunté mientras apartaba el cuerpo de aquella mano siniestra.

—Para todo el mundo —dijo Land, cortante—. Es lo que estoy intentando explicarte. —La lluvia había arreciado, gruesas gotas golpeaban el techo del coche y el agua caía a chorros por el parabrisas, encerrándonos—. Y ahora pretendes que me cargue ese trato. —Land negó con la cabeza—. Es un problema, Eve. Me va a causar muchas molestias.

Se me cayó el alma a los pies. Sabía a qué se refería. A un pequeño toma y daca. ¿Cuántas veces había visto a mi madre en la misma trampa? Parecía ser el destino de las mujeres de todo el mundo.

—¿Qué quieres? —pregunté sin entonación. Llevaba años oyendo rumores sobre Land, de manera que lo sabía. Pero al menos quería obligarlo a que lo dijera en voz alta.

Land me miró un segundo y a continuación me cogió la mano, flácida y fría, y se la llevó a la entrepierna. Frotó mi palma floja contra su polla en erección.

—Pero con la boca.

Tragué saliva, mantuve los ojos fijos en la lluvia que golpeaba con fuerza el parabrisas.

—¿Y si lo hago?

—Entonces te libraré de Jimmy Ray. Me aseguraré de que te deje en paz.

Se frotó contra mi mano y se le aceleró la respiración.

Deseé que mi mano cobrara vida. Imaginé que los dedos se me cerraban con fuerza y las uñas se clavaban en la carne. Que dejaban sangre y daños irreparables tras de sí. Pero me detuvo Junie. Pensar en su cara, con los ojos de par en par y las mejillas cubiertas de lágrimas. Recordar su vocecita —¿Mamá?— mientras veía a Jimmy Ray estrujarme la muñeca con el puño y me oía chillar de dolor. No había podido protegerla de aquello. Pero esto podía ser un secreto. Nunca tendría que saberlo, nunca tendría que ver con sus propios ojos lo bajo que había caído su madre. Nos libraríamos de Jimmy Ray de una vez por todas. Y en adelante yo sería la madre que necesitaba, la madre que se merecía. Se acabaron las equivocaciones. En cierto modo, era justicia poética. Jimmy Ray era culpa mía, mi momento de debilidad. Aquel podría ser mi castigo.

Land no tardó demasiado, eso tengo que reconocerlo. Podía haber sido mucho peor; tal y como decía mi madre: Dios aprieta, pero no ahoga. Pero fue brusco, me sujetó por el pelo y me empujó la cabeza mientras levantaba las caderas, sin darme apenas ocasión de respirar. Fue tan brusco que empezó a sangrarme otra vez la herida de la boca y, al terminar, le dejé una mancha roja en la piel.

Pero mereció la pena. Land cumplió su palabra y Jimmy Ray no volvió a molestarme. Cal conservó su trabajo y su vida. Y Junie no tuvo que volver a ver a su madre recibir palizas una y otra vez. Si recordaba a Jimmy Ray y lo que me había hecho, nunca lo mencionó. Quizá lo había olvidado, o quizá quedó relegado a algún rincón de sus pensamientos.

Como uno de esos recuerdos borrosos de infancia que pueden aflorar en forma de pesadilla o de imaginación hiperactiva. Pero yo nunca lo olvidé. Ni a Jimmy Ray ni, desde luego, a Land. La muñeca todavía me dolía de tanto en tanto, cuando me quedaba dormida en una mala postura o veía la camioneta de Jimmy Ray en la ciudad. Pero el recuerdo de Land —una espiral de amargura y vergüenza en la parte posterior de la garganta—, ese sabor nunca se marchó del todo.

10

No sé si fue consecuencia de nuestra caótica infancia
—sin saber nunca de dónde saldría nuestra siguiente comida, bombardeados constantemente por caras nuevas—, pero Cal y yo éramos criaturas de costumbres. A ninguno de los dos nos gustaban las sorpresas, ni siquiera las
agradables. No nos entusiasmaban ni los lugares nuevos ni
los cambios de rutina, y siempre estábamos intentando devolver el orden a nuestras vidas. Si Cal no estaba trabajando
o conmigo en la cafetería, solo había un puñado de sitios
donde encontrarlo; en su apartamento o el mío, en el bar
junto a la tienda de bocadillos tomando una cerveza o en la
lavandería, leyendo el periódico y mirando su ropa dar vueltas. Había probado en todos esos lugares sin ver ni rastro de
su camioneta. Así que solo quedaban la caravana de nuestra
madre —y no tenía intención de volver por allí de momento— y el rincón secreto donde solía ir a pescar.

Cal iba a pescar a la orilla del arroyo Jackson desde que
yo tenía uso de razón. Cuando éramos niños, casi siempre le

olían las manos a tripas de pescado. Un olor con el que aún se me hacía la boca agua y el estómago se me encogía de emoción porque, por desagradable que fuera, significaba que iba a comer. Cal ya no necesitaba pescar para alimentarse, pero yo sabía que aquel ritual lo relajaba; el aislamiento apaciguaba algo en su interior, una arista que nunca conseguía alisar del todo. Yo lo entendía porque tenía el mismo punto abrupto dentro de mí. Junie había ayudado a suavizarlo, pero en su ausencia estaba reapareciendo, como un arma afilada y dura en mis entrañas.

A pesar de su nombre, el arroyo Jackson era en realidad un río que discurría durante kilómetros, oculto entre la vegetación del bosque en algunos puntos, a cielo abierto en otros. Era profundo y caudaloso en un tramo, luego perdía fuerza hasta ser casi un hilo de agua y se transformaba en un estanque liso y apacible, ideal para darse un baño desnudo, antes de internarse de nuevo en el bosque. Casi todos los habitantes de la zona tenían una relación con el río, pero casi ninguno conocía el rincón de Cal o, si lo hacían, carecían de la perseverancia necesaria para llegar hasta él. Había que caminar, sortear garrapatas y zarzas, soportar que espinas te arañaran los brazos y se te enredaran en el pelo. Pero Cal aseguraba que en aquel rincón estaban los mejores peces, gordos y relucientes a la luz del sol, tan cerca de la superficie que casi podías cogerlos con las manos.

Y, en efecto, su camioneta estaba aparcada en el bosque donde arrancaba el camino que conducía al rincón de pesca. Suspiré, me recogí el pelo en una coleta y me bajé las mangas de la camisa antes de ir en su busca. Para cuando llegué, después de una caminata de veinte minutos que parecieron una hora, el sol estaba en lo alto del cielo y el sudor iniciaba su lento descenso por mi espalda. Al menos estábamos aún en primavera y el implacable calor del verano era un mero suspiro en la cada vez más cálida brisa.

—Hola —dije y me subí a la roca plana en la que estaba sentado Cal frente al agua, con la caña de pescar extendida hacia el río. Vi que ya había tres peces en la nevera portátil llena de hielo.

—Hola —contestó Cal sin darse la vuelta—. Te he oído hace unos diez minutos. Siempre sé que eres tú cuando se oye un ruido como de una manada de elefantes cruzando el bosque. Serías una espía penosa.

—Sí, bueno. Ser espía no ha sido nunca una de mis aspiraciones profesionales. —Me senté a su lado, me arremangué y me pasé una mano por la nuca sudada—. ¿Cuánto tiempo llevas aquí?

Cal se encogió de hombros.

—No demasiado. —Tenía un aspecto tan lamentable como mi estado de ánimo, con oscuras ojeras y los párpados hinchados por las lágrimas recientes que sin duda había derramado—. Necesitaba un día sin nadie mirándome, esperando a que me desmorone, ¿sabes lo que te quiero decir?

—Sí —respondí—. Lo sé.

Cal empuñó mejor la caña y soltó un poco de sedal. A la luz del sol, su pelo parecía dorado y las pestañas proyectaban suaves sombras en sus mejillas.

—Land me contó lo de Hallie y su madre —me dijo.

Suspiré, levanté la cara al sol y dejé que este dibujara formas en mis párpados cerrados. Era como si unos pulgares calientes me presionaran la piel y la sensación me dio ganas de llorar. Abrí los ojos y volví la cabeza.

—¿Qué pasa? ¿Ahora te has compinchado con Land? —pregunté—. Supongo que tú harás de poli bueno, porque Dios sabe que Land siempre hace de malo.

—¿Por qué dices eso?

—Por nada —murmuré.

Cal me puso una mano en el brazo y tiró de él un poco hasta que me di la vuelta y lo miré.

—No estoy intentando tenderte una trampa ni compincharme con Land ni nada de eso. Me preocupé cuando Land me lo contó. Evie, no puedes ir por ahí en plan chulo, enfrentándote a todo el que...

Me zafé con brusquedad de su mano.

—Ese sermón ya me lo han soltado, pero gracias.

—Por Dios, ¿quieres hacer el favor de escucharme un segundo, joder? No voy a soltarte un sermón. Estoy intentando disculparme.

Aquello me detuvo.

—¿Por qué?

Cal se pasó una mano por el pelo.

—Por no contarte lo de Izzy. Le prometí a Junie que no lo haría. —Levantó una mano para callarme cuando abrí la boca para hablar—. Pero habría terminado contándotelo. Primero quería averiguar qué estaba pasando. Y convencer a Junie de que era mejor decírtelo. Y también a los padres de Izzy.

Dejé caer los hombros, sin fuerzas ya para luchar. Me sentía mejor cuando me corría la furia por la sangre. La ira hacía desaparecer todo lo demás.

—Creía que Junie me lo contaba todo. ¿Por qué querría mantener algo así en secreto?

Cal tardó en hablar y supe que estaba sopesando cuánto debía contarme. Siempre era así de cuidadoso, siempre buscaba asegurarse de que encontraba las palabras adecuadas antes de decirlas. Me dio golpecitos en el hombro con un dedo.

—Siempre has tenido un complejo de inferioridad respecto a los Logan. Junie se daba cuenta, no sé si lo sabes. Es probable que no quisiera darte motivos para que le prohibieras ser amiga de Izzy.

Un calor que agradecí me subió por la espina dorsal y me liberé de la mano de Cal.

—¿De qué estás hablando? No tengo ningún complejo con los Logan. ¡Ni siquiera los conozco!

Cal me miró con las cejas levantadas.

—No, pero sabes la clase de personas que son. Con una casa bonita, dos coches, casados, quizá con ahorros en el banco. —Lo miré con cara de no entender y suspiró, se inclinó hacia delante para apoyar los codos en las rodillas y casi tocó la caña de pescar con la frente—. Venga, Evie, sabes perfectamente de qué te hablo. Son lo opuesto de como crecimos nosotros. Son casi la familia perfecta, comparados con nuestro desastre.

Me crucé de brazos y pegué los codos al cuerpo. Un escudo hecho de extremidades.

—Lo opuesto también de cómo creció Junie. ¿Es lo que me estás diciendo?

—¿Lo ves? A eso me refiero cuando te digo lo del complejo. Ni siquiera estaba pensando en Junie y en ti, pero tus pensamientos van ahí automáticamente, comparando, dando siempre por supuesto que te quedaste corta.

—Es que me quedé corta —repliqué—. Mi hija está muerta.

—Sí, bueno —dijo Cal al cabo de unos instantes—. La de los Logan también.

No quería tener aquella conversación, que me recordaran que los Logan habían sufrido una pérdida igual que la mía. Señalé el sedal de Cal.

—Creo que has pescado algo.

Sacó el pez con la facilidad que da la práctica, le retiró el anzuelo de la boca abierta y lo dejó con los otros en la nevera. Yo había crecido matando cosas, ensartando gusanos vivos en anzuelos punzantes, rajando el estómago de peces aún boqueantes, sacando tripas calientes de ciervos apenas muertos, retorciendo el cuello a pollos con mis propias manos. Nunca me había costado trabajo. Los animales eran comida y la comida no siempre era fácil de conseguir. Ser remilgado equivalía a quedarse con hambre y había pocas cosas peores que el hambre. Pero aquel día tuve que apartar la vista del pez, que seguía abriendo y cerrando la boca cuando mi hermano lo dejó sobre el hielo. Tuve que poner las manos debajo de los muslos para resistir el impulso de devolverlo al agua, de darle otra oportunidad de seguir vivo.

—Creo que igual fue por el tipo ese —dije mientras Cal volvía a echar la caña al agua—. Con el que estaba Izzy. Quizá por eso las mataron.

Por toda respuesta, Cal gruñó.

—¿Cómo sabías lo del tipo si Junie no te lo contó?

Mantuve la vista fija en el agua, la miré discurrir sobre las rocas. Pensé en el diario de Junie, ahora guardado en el primer cajón de mi cómoda. No pensaba entregarlo, no pensaba dejar que unos desconocidos leyeran sobre los pensamientos y los sentimientos íntimos de Junie. Era el único vínculo que me quedaba con mi hija y no tenía por qué compartirlo con nadie.

—En realidad no lo sabía. Solo me llegaron rumores hace poco y supuse que, de ser verdad, Hallie estaría al tanto.

Noté que Cal me miraba mientras probablemente trataba de decidir si le estaba diciendo la verdad.

—Déjame que te limpie un par de peces —comentó por fin—. Has adelgazado. Te los puedes llevar y freírtelos para cenar.

—Tengo comida en casa.

—Pero no te la estás comiendo. —Me puso una mano en la espalda—. No comer no te va a devolver a Junie.

La ira me subió por la espina dorsal, una ira tan caliente y feroz que me pregunté si no le quemaría la mano a Cal.

—¿Y comer sí?

—No —estuvo de acuerdo Cal—. Pero, aun así, tienes que hacerlo.

Recogió el sedal y dejó con cuidado la caña. Cuando éramos pequeños, era el único niño que no clavó a nadie un anzuelo sin querer. Nunca era descuidado con los demás. Solo consigo mismo.

—¿Tenéis alguna idea de quién es el tipo? —pregunté—. ¿Con el que andaba tonteando Izzy?

Cal mantuvo los ojos fijos en el pez al que estaba quitando las escamas y el cuchillo centelleó a la luz del sol.

—Sabes que no podría contártelo, aunque así fuera.

—¿Eso quiere decir que sí? —insistí.

Cal me regaló una media sonrisa fugaz.

—No quiere decir que no.

Respiré hondo, una parte de mí me gritaba que cerrara la boca, consciente de lo estúpida y destructiva que estaba siendo.

—Cuando Hallie me dijo que hablara contigo pensé, por una fracción de segundo, que igual el tipo mayor eras tú.

—¿Que igual era yo? —preguntó Cal con el ceño fruncido. Por un momento pareció verdaderamente desconcertado por mi comentario. Me di cuenta y me sentí como uno de esos maridos que confiesan que tienen una aventura desde hace años en un intento por acallar su conciencia. Puede que ellos se sientan mejor después, pero sus mujeres no.

—Da igual —murmuré. Cogí el otro cuchillo de Cal y un pez—. Fue una tontería.

—Espera. —La mano de Cal se detuvo, tenía escamas plateadas pegadas al dedo—. ¿Pensaste que yo era el tipo que andaba tonteando con Izzy? ¿Una niña de doce años?

—En realidad no —repuse—. Es solo que... nunca sales con nadie, y Hallie me dijo que hablara contigo...

Me callé y vi la conmoción y el enfado y también una decepción perpleja dibujarse en el rostro de Cal. La expresión me sobresaltó. Porque la había visto en la cara de mi hermano unas cuantas veces, pero nunca dirigida a mí.

—¡No salgo con nadie porque estoy siempre trabajando! —dijo Cal—. ¿Y con quién coño quieres que salga, además? —Negó con la cabeza y, cuando volvió a hablar, lo hizo en voz más grave, teñida de cansancio—. No me puedo creer que pensaras una cosa así. Ni por un segundo. ¿Qué he hecho yo que pueda hacerte pensar una cosa semejante de mí?

Abrí la boca para protestar, para defenderme, pero no me salió nada. Porque lo cierto era que lo había pensado, aunque solo fuera por una décima de segundo. Mi vida con Cal se desplegó ante mí: noches acurrucados juntos en una sola cama, manteniéndonos calientes a base de enredar nuestros cuerpos desgarbados; lecciones sobre cómo pescar o cómo destripar a un ciervo; Cal echándose la culpa de cosas que había hecho yo siempre que podía y de la manera que podía, tratando de ahorrarme dolor; cómo se le iluminó la cara la primera vez que Junie dijo su nombre. Todas las veces que me había concedido el beneficio de la duda, hecho la vista gorda, puesto la otra mejilla. Había estado convencida de que mi amor por Cal estaba por encima de las terribles lecciones de vida que me había inculcado mi madre. Pero resultó que, simplemente, no había sido puesto a prueba. Porque la muerte de Junie lo había hecho aflorar todo. Ese instinto primario de protegerte siempre las espaldas, de no fiarte nunca de nadie, de no bajar la guardia jamás. Nuestra familia se mantenía unida frente a los peligros externos, pero eso no significaba que no pudiéramos atacarnos los unos a los otros, veloces y mortales como víboras. Había pensado que la muerte de Junie no dejaba espacio para más dolor, pero la tristeza brotó en mi interior, me subió por la garganta y me oprimió detrás de los ojos.

—Lo siento —conseguí por fin musitar.

No era ni mucho menos suficiente, pero ¿qué otra cosa podía decir?

—Olvídalo.

Cal me hizo un gesto con la mano y, a continuación, abrió el vientre del pez y vísceras viscosas cayeron al agua.

Supe que nunca volveríamos a hablar del tema porque Cal no hacía esas cosas. No era de esos que recuerda los agravios y te los echa en cara pasado un tiempo. Pero también supe que aquel momento seguiría para siempre entre los dos igual que una piedra en el zapato que hace que algunas pisadas sean perfectamente normales y otras te provoquen una punzada de un dolor tan incómodo que tienes que caminar siempre con cuidado, por si acaso. Saberlo me rompía el corazón, pero tenía que hacerle la pregunta. Aquello era más importante que Cal y yo. Aquello tenía que ver con Junie. Y estaba dispuesta a hacerme daño a mí misma y a cualquiera, de mil maneras distintas, si ello significaba hacerle una mínima justicia.

11

Nadie te habla nunca del tiempo que pierdes. Los bienintencionados te traen comida o envían flores. Los preocupados buscan signos de que puedas hacer alguna locura y esconden las pastillas y las armas. Los profesionales te ponen folletos en la mano. Listas de grupos de apoyo y números de teléfono de prefijo gratuito. Comportamientos que demuestren que tu dolor es normal. Pérdida de apetito. Dormir demasiado o no dormir. Ira. Depresión. Desesperanza. Pero nada sobre cómo se te va el tiempo, sobre los minutos perdidos mirando la espalda de un niño rubio que camina delante de ti por la acera, los segundos que transcurren mientras sostienes una camiseta recién salida de la secadora que una vez usó tu hija. Con la mente en blanco y tan vacía como una habitación oscura, solo su nombre, Junie, Junie, Junie, en un bucle de añoranza sin fin.

No sé cuánto tiempo pasé delante de la sección de congelados en el supermercado. Lo bastante para que se me adormeciera la cara del frío, no lo bastante para que un empleado me preguntara si estaba bien. No tenía hambre, mi apetito había desaparecido junto con mi hija. Me quedaba grande toda la ropa, los vaqueros se sujetaban en los huesos marcados de mis caderas. Pero comer se me antojaba algo que Junie habría querido que hiciera, así que seguí allí, con la mirada perdida en los envases de colores de los platos congelados. Pollo, pasta, carne en salsa. Esperando que algo dentro de mi cabeza reaccionara y me dijera cuál coger.

Y entonces ocurrió lo que me había estado temiendo, la mano en mi hombro. La voz vacilante en mi oído.

—Oye, ¿estás bien?

Pero cuando volví la cabeza vi a Zach Logan con la frente arrugada de preocupación. Solté la puerta del congelador y di un paso tambaleante hacia atrás, de manera que su mano resbaló por mi brazo y se alejó.

—Perfectamente. —Señalé el congelador—. No encuentro nada que me apetezca.

—Te entiendo —dijo Zach—. A mí me sabe todo a cartón. Pero es importante que comas. Tienes que conservar las fuerzas.

Me pregunté si no se habría reunido con Cal y preparado con él un guion para hacerme comer. Me pregunté si a Jenny también la estaban presionando para que se llevara un tenedor a la boca.

—Espero que hayas entrado por la puerta de atrás —continuó Zach—. Hay periodistas en la de delante.

Cuando los periodistas hicieron su aparición en el pueblo, pocos días después del funeral de Izzy, no los relacioné con los asesinatos. Vi un grupo de ellos al pasar en el coche de Cal, cámaras y micrófonos y caras rebosantes de falsa preocupación y le pregunté, confusa: «¿Qué ha pasado? ¿Por qué hay periodistas?».

La última vez que recordaba algo digno de salir en los periódicos en Barren Springs fue cuando el río se llenó de peces muertos y la mitad del pueblo decidió que se acercaba el juicio final. E incluso entonces solo había venido la prensa de Springfield.

Cal me miró.

«Han venido por Junie», contestó. «Y por Izzy».

Habló despacio, como si no estuviera seguro de que mi pregunta no hubiera sido una broma.

«Ah», dije sintiéndome como una tonta.

De haber sido la hija de otra persona a la que hubieran abierto en canal igual que a un ciervo abatido por un cazador, yo habría sabido al instante qué hacía allí la prensa.

Hasta ese momento me las había arreglado para que los periodistas no me acorralaran. Para ello usaba el laberinto de calles de Barren Springs. Los reporteros tendían a quedarse cerca de los comercios concentrados a lo largo de la autovía y dejaban las furgonetas en los aparcamientos que había delante de la lavandería y de la ya difunta floristería. No parecían darse cuenta de que yo estacionaba en las calles estrechas detrás de las tiendas, entraba por las puertas traseras y salía de la misma manera. Por si acaso, había empezado a salir siempre con una gorra de béisbol y el pelo recogido en una coleta. Un triste remedo de disfraz.

En el pueblo todos me ayudaban, además. Decían a los periodistas que me habían visto dirigirme a la tienda de todo a un dólar del pueblo de al lado, o que habían oído que estaba almorzando en la tienda de bocadillos, cuando en realidad estaba en mi apartamento esperando a que se marcharan las furgonetas de los equipos de televisión. Nada unía más a las gentes de Barren Springs que el desdén por los forasteros ruidosos. Cal me contó que había oído a uno de los periodistas quejarse de que nunca habían estado en un lugar cuyos habitantes fueran tan reacios a ver sus caras en la portada de un periódico. Como nadie hablaba, lo publicado hasta el momento era un refrito de los hechos atroces que todos conocían acompañado de descripciones cada vez más denigrantes de Barren Springs.

—Gracias por avisar. —Dejé que la puerta del congelador se cerrara sin haber cogido nada—. ¿Ha hablado últimamente con vosotros la policía? —pregunté en un intento por averiguar si sabía lo de Izzy y el hombre mayor. No quería ser yo quien se lo contara, no si podía evitarlo.

—Vinieron ayer —dijo Zach— a preguntar por su móvil.

—¿Qué pasa con su móvil?

—Que no lo encontraron. Las niñas no lo tenían. Supongo que consiguieron un registro de las llamadas y vieron que Izzy había estado mandando mensajes de texto a un teléfono de prepago.

—¿Y saben qué decían los mensajes? —pregunté.

—Todavía no. Están esperando a que la operadora telefónica les dé la información. —Zach cruzó los brazos y negó con la cabeza—. No tengo ni idea de a quién podía estar mandando mensajes Izzy. Le dijimos mil veces que no podía escribirse ni hablar con personas que no conociéramos nosotros.

—¿Le mirabais el teléfono alguna vez? —pregunté y no fui consciente de mi tono acusador hasta que no hube pronunciado las palabras.

—Al principio todos los días, pero no había más que llamadas y mensajes de texto a nosotros y a un par de amigas. Casi ninguna niña de su edad tenía aún teléfono. —Zach se calló y apartó la mirada—. Pero en los últimos meses dejamos de hacerlo. Ninguno de los dos nos acordamos de cuándo fue la última vez que le leímos los mensajes.

—Quizá habría dado igual —le dije, porque parecía estar esperando alguna clase de consuelo—. Quizá el teléfono no tuvo nada que ver con lo que ocurrió.

Zach asintió con la cabeza, pero su gesto daba a entender que no se creía una palabra de lo que le había dicho. Era lógico, tampoco yo lo creía.

—Sigue sin parecerme real —continuó Zach—. Que no estén aquí. —Buscó mi mirada, pero yo la aparté—. En cualquier momento creo que las voy a ver entrar en la cocina, diciendo que quieren merendar. A veces juraría que las oigo reír en la habitación de Izzy, de noche, tarde. —Parpadeó deprisa y tensó la mandíbula—. Por las mañanas voy a la cama de Izzy por si estuviera allí. Sé que es una estupidez, pero todos los días pienso que igual está.

No estaba segura de qué quería de mí. Teníamos una pérdida en común, pero, en realidad, yo no conocía a Zach Logan. No éramos amigos. Éramos conocidos y poco más. Y, a diferencia de él, yo sí sabía, estaba convencida hasta el tuétano, de que mi hija había muerto. Ahora tenía una cosa más que envidiarle.

Desde la muerte de Junie había evitado el parque, y me aseguraba de tomar siempre el camino más largo al supermercado o a la gasolinera. Pero después de dejar a Zach en la sección de congelados y meterme en el coche sin haber comprado nada, me sorprendí a mí misma enfilando la calle Elm y deteniéndome en el parque. Estaba vacío y había un precinto amarillo de los que se usan para proteger el lugar del crimen alrededor de un árbol, al final de la zona infantil. El otro extremo del precinto estaba suelto y ondeaba en el aire. Salí del coche y caminé por la maleza hasta la boca del túnel de cemento donde había muerto mi hija. Había una mancha oscura en el suelo, una mancha que podía ser de sangre que ha empapado la tierra. Me apoyé en la áspera superficie del túnel para serenarme.

—Yo tuve la misma reacción —dijo una voz y cuando levanté la cabeza vi a Jenny Logan sentada en una mesa de pícnic a mi derecha, con los pies apoyados en el banco—. Pero luego me convencí a mí misma de que no era sangre.

—¿Y eso te ayudó? —conseguí preguntar.

Se encogió de hombros.

—¿Es que hay algo que ayude? —Dio una palmadita a la mesa, junto a su cadera—. Igual quieres sentarte. No te veo muy buena cara.

De no haber sabido que era imposible, habría pensado que los Logan me estaban siguiendo, insertando sus vidas, su pena, en las mías. Pero no me consideraba tan importante. Simplemente, vivíamos en un sitio pequeño donde nos pasábamos la vida tropezando unos con los otros. Fui hasta la mesa de pícnic, me subí y el frío súbito de la madera me traspasó los vaqueros hasta la piel.

—Acabo de encontrarme a tu marido en el Piggly Wiggly.

Jenny esbozó una media sonrisa.

—Es un peligro mandar a Zach a hacer la compra. Incluso si le doy una lista, siempre termina con un surtido de porquerías varias. Pensaba acompañarlo, por salir un poco de casa. Pero en el último momento me sentí incapaz.

—¿Demasiadas personas preguntándote cómo estás?

—Sí. —Asintió con la cabeza—. Pero algunos días ni siquiera es eso. Es Zach. No hace más que leer cosas en internet sobre cómo afrontar el duelo. Como si pensara que, si sigue unos pasos, se sentirá mejor de manera automática. Y cuando no es así, pierde los papeles, no tiene ni idea de qué hacer cuando yo estoy llorando y volviéndome loca. La verdad es que es agotador, ¿sabes? Lo de fingir que las cosas no están tan mal solo para que él no se desmorone. Necesito un respiro.

Yo no lo sabía. Supuse que era la ventaja de estar sola después de algo así. No tenía que disimular delante de nadie, podía hundirme en el oscuro abismo cuanto quisiera.

Jenny se inclinó hacia atrás usando las manos para conservar el equilibrio, levantó la cara y cerró los ojos. Iba algo más desaliñada que de costumbre, con el pelo enredado y un poco grasiento en las puntas, ojeras y la camisa arrugada. Incluso su forma de hablar era más relajada, las palabras fluían con naturalidad de su boca. ¿Es que la veía yo distinta desde mi conversación con Cal, consciente, de pronto, de mi complejo? ¿O quizá Jenny siempre había sido más humana de lo que yo la había considerado y hasta entonces no había tenido una buena razón para comprobarlo?

—No pensaba volver aquí, a Barren Springs, al terminar la universidad. ¿Lo sabías? —me preguntó sin abrir los ojos.

Las decisiones vitales de Jenny Logan no era un tema sobre el que yo hubiera reflexionado nunca, pero tampoco ella esperaba una respuesta mía, así que siguió hablando.

—Ni siquiera era algo que pensara, nunca me dije: «Vas a marcharte de Barren Springs sin mirar atrás». —Rio desganada y abrió los ojos. Se inclinó de nuevo hacia delante—. Pero lo daba por hecho. Pensé que iría a la Universidad de Misuri, me graduaría y luego me iría a vivir a Kansas City o a San Luis, quizá incluso a Chicago, un día.

Aquella historia sobre la vida de Jenny Logan no me interesaba gran cosa, pero me gustaba poder centrarme en alguien que no fuera yo, para variar. Era como dar vacaciones a mis frenéticos pensamientos.

—¿Y qué pasó?

—¿Te has ido alguna vez de aquí? —me preguntó, en lugar de contestarme.

Negué con la cabeza. Había ido a Branson en una ocasión, años atrás, a pasar el día. Ese era el total de mis viajes. Lo único que recordaba era el atasco de tráfico, el mar de turistas que atestaban las aceras. Lo ajeno y lejano que me había parecido del tranquilo verdor de casa. Había estado dando vueltas a la idea de mudarme con Junie, de intentar abrirnos camino en el mundo. Allí podía haber ganado algo más de dinero trabajando en una cadena de restaurantes en lugar de en la cafetería. Pero todo habría sido más caro también. Al final, habría seguido siendo pobre, a duras penas habría salido adelante. Solo que habría sido pobre en un sitio donde no estarían Cal, ni Louise ni Thomas, sin la seguridad de Barren Springs, donde conocía cada centímetro cuadrado. Branson era una vida en la que, por mucho que lo intentara, no me veía.

—Pensé que me encantaría. Gente nueva, experiencias nuevas. —Jenny se quitó un hilo de los vaqueros—. Pero resultó que el mundo es muy grande. Incluso un lugar tan pequeño como Columbia me resultaba abrumador. No sabía cómo hablar ni cómo comportarme. Me pasé casi cada día de esos dos años desesperada por volver aquí. Recuerdo una noche en que se me pinchó una rueda en la autovía y no paró nadie para ayudarme. Allí estaba bajo la lluvia, intentando cambiar la rueda, llorando como una niña pequeña y pensando que, de estar en Barren Springs, de estar en casa, diez personas se habrían parado a ayudarme. —Me miró con las cejas levantadas—. ¿Te lo puedes creer? Cómo se puede ser tan ñoña, joder.

Pero no se equivocaba. Era cierto lo que decía de Barren Springs; a pesar de toda su fealdad, tenía también una belleza oculta. La manera en que las personas se apoyaban las unas a las otras en los malos momentos, la capacidad para salir adelante de una comunidad que pasaba desapercibida al resto del mundo, la voluntad obstinada que permitía a las personas seguir respirando cuando habría sido más fácil darse por vencidas. Las colinas ondulantes y el viento en los árboles. Tenía que recordarme a mí misma esas cosas los días que sentía ganas de pegar fuego a aquel lugar y arrasarlo hasta los cimientos.

—Cuando conocí a Zach y me quedé embarazada, me pareció la excusa perfecta para dejar la universidad y volver a casa. Quizá una parte de mí incluso lo planeó. Y, bendito sea, Zach no protestó en ningún momento, y eso que siempre había querido vivir en una gran ciudad y trabajar en una empresa de vanguardia. Creí que, tarde o temprano, me lo echaría en cara. Pero nunca lo ha hecho. Yo soy a quien le entra la impaciencia de vez en cuando, quien intenta convencerlo de que nos mudemos a algún sitio y él, quien se quiere quedar aquí. Dios sabe por qué. —Me miró—. Renunció a sus sueños por Izzy y por mí y ahora mismo lo mataría. —Le brillaban los ojos de lágrimas y unas pocas se deslizaron por sus pálidas mejillas—. Estoy furiosa con él por aceptar esta vida, porque, de no haberlo hecho, nada de esto habría pasado. —Agitó una mano en el aire—. Y soy consciente de lo egoísta y horrible que soy por pensar eso. No hace falta que me lo digas.

—No tenía intención.

Aquello la hizo reír y se secó las lágrimas de las mejillas con el dorso de los dedos.

—Eres un soplo de aire fresco, Eve, te lo digo en serio. Nada parece sorprenderte.

Me encogí de hombros.

—Desde luego haría falta algo más que lo que acabas de contarme. No eres la única que mira al pasado después de todo esto y desearía haber elegido otra cosa.

Jenny me miró con fijeza, como si quisiera descifrar mis pensamientos, colarse en el interior de mi cabeza y sacar las cosas que me estaba callando.

—¿Por ejemplo? —preguntó.

—Nada en concreto —respondí apartando la mirada—. Las elecciones que desembocaron en la muerte de nuestras hijas en este parque.

—Pero no fue culpa nuestra —dijo Jenny con un hilo de voz.

—Puede que no —repliqué sin sonar convencida—. Pero desde luego tampoco suya.

Al otro lado del parque se cerró una puerta y, cuando levantamos la cabeza, vimos la espalda de la señora Stevenson mientras entraba en su casa.

—Por Dios —dijo Jenny—. Ya podía esa vieja cotilla habernos hecho un favor y haber estado mirando por la ventana cuando... —Señaló el túnel—. Vigila el parque igual que un halcón todos los demás días del año, menos ese.

—¿Cómo sabemos que ese no? —pregunté.

—Habló Land con ella. Dijo que, en cuanto empezó a nevar, echó las cortinas y se fue a la cama. Que no quería encender la estufa en abril. —Jenny resopló—. Algo muy propio de ella. Mi madre la conoció cuando eran jóvenes y decía que no había mujer más tacaña. Y eso aquí es decir mucho.

Escudriñé en la débil luz que asomaba por entre una abertura en las nubes ralas.

—¿Te informa Land con regularidad de cómo va la investigación?

—Sí, con bastante regularidad. —Jenny calló un momento—. ¿A ti no? —Cuando dije que no con la cabeza, un rubor de incomodidad asomó a sus mejillas—. Bueno, igual da por hecho que tu hermano te informa de todo.

—Sí —repuse con sarcasmo—. Eso, o que está demasiado ocupado atiborrándose de dónuts.

Paseé la mirada por el perímetro del parque, pero, quienquiera que hubiera elegido aquel lugar para ir detrás de las niñas sin ser visto, había acertado. La casa de los Stevenson era la única de los alrededores y estaba parcialmente oculta por árboles. Barren Springs no estaba trazado como las poblaciones pequeñas que salían en la televisión, con las calles pulcramente dispuestas a partir de una plaza central. Era casi como si los primeros pobladores no hubieran previsto que terminaría convertido en un pueblo, de manera que habían construido sus casas donde les parecía, sin seguir un plan general. Con un espíritu más propio de sálvese quien pueda que de esfuerzo colectivo. Con el tiempo, se habían ido añadiendo calles para hacer sitio a las casas y no al revés,

de modo que algunas calles tenían una única casa o termina-
ban de forma abrupta. Era un laberinto, con los espesos bosques rodeando los límites urbanos como única constante.

Me incliné hacia delante para bajarme de la mesa y poner fin a la conversación, pero Jenny alargó una mano y me
tocó el brazo con suavidad.

—Junie me gustaba —dijo—. Quería que lo supieras.
Me gustaba de verdad. A veces más que mi propia hija, si
te soy sincera. Izzy estaba en esa etapa horrible de la pre-
adolescencia cuando nunca sabes si te vas a llevar un abrazo o un insulto. —Suspiró—. Los últimos seis meses teníamos que andar siempre con pies de plomo. ¿Junie era
así contigo?

Volví a sentarme en la mesa y alejé el brazo de su mano.

—No.

Jenny sonrió un poco.

—Sí, es lo que suponía. Junie tenía... Seriedad, creo que
es la palabra. Parecía más madura que Izzy. Era más madura
que yo a su edad, eso desde luego. —Me dio un codazo ca-
riñoso—. ¿Eso lo sacó de ti?

La pregunta me dejó muda. No porque no tuviera respuesta, sino porque no sabía cómo explicárselo. De niña había sido igual de seria que Junie respecto a la vida y a mi lugar en ella porque aprendí muy pronto que ser frívola, dar
cosas por sentadas con mi madre era buscar un mundo de
dolor. Confiaba en que la seriedad de Junie hubiera salido de otra
parte, que se debiera a que había nacido más sensata que otros
niños, un poco más segura de sí misma, más segura del amor
que siempre, siempre le di.

—No lo sé —contesté por fin—. Es mejor que me vaya
antes de que los periodistas nos encuentren.

—Ha sido muy agradable —comentó Jenny cuando hice un segundo intento de bajarme de la mesa—. Pasar tiempo con alguien que entiende cómo te sientes. Un alivio. —Entendí lo que quería decir. Perder un hijo como lo habíamos hecho nosotras conducía a un aislamiento instantáneo. Después de la primera ráfaga de muestras de cariño, la gente tendía a evitarte, no fuera que tu mala suerte, la nube negra de asesinato y violencia bajo la que vivías, se instalara también sobre ellos. Me sonrió mientras me ponía de pie—. ¿Cómo es que no hemos hecho esto antes? Nuestras hijas eran íntimas amigas y esta es la primera vez que tenemos una conversación.

Me encogí de hombros y miré hacia otro lado.

—Supongo que estábamos ocupadas.

—Bueno, pues más vale tarde que nunca. Aunque prácticamente solo he hablado yo. La próxima vez te toca a ti, ¿vale?

Obligué a mi boca a esbozar una media sonrisa.

—Vale —dije, sabiendo, por mucho que Jenny no lo supiera, que no habría una próxima vez.

12

Cuando por fin me acorraló un periodista, la culpa fue mía y solo mía. Había ido a la lavandería al amanecer, con la esperanza de hacer la colada y estar de vuelta en el apartamento antes de que hubiera nadie en las calles. La suerte me acompañó hasta que crucé la puerta trasera de la lavandería. El olor a toallitas perfumadas para secadora me golpeó la cara y dentro no había ni un alma. Un par de secadoras estaban llenas de ropa de alguien que no se había molestado en recogerla el día anterior, pero las seis lavadoras estaban vacías. Llené una con ropa blanca y otra con todo lo demás y metí monedas en las ranuras sin prestar casi atención, con la vista en el tablón de anuncios de detrás de las máquinas. Anuncios de mercadillos, de servicios de canguro con números de teléfono garabateados en tiras de papel que nadie se había parado a arrancar, peticiones de devolución de perros perdidos y, en el centro, una fotografía de la cara de Junie.

Fue como recibir un puñetazo en el estómago, la cuchillada de dolor agudo me cogió por completo desprevenida. Miré con una mueca de dolor su sonrisa mellada, su nariz pecosa, un número de teléfono al que podía llamar quienquiera que tuviera pistas que había impreso debajo. Combatí el impulso repentino de arrancar la hoja volandera, de esconderla donde nadie pudiera verla. No quería que Junie fuera de todos. Quería que siguiera siendo solo mía.

A mi espalda, la puerta mosquitera se abrió con un chirrido de bisagras y a continuación se cerró. Me separé de las lavadoras y me calé la gorra de béisbol. Por el rabillo del ojo vi acercarse a una mujer tirando de una bolsa de lona llena de ropa sucia.

—Buenos días —dijo.

—Hola.

Le di la espalda y me puse a recoger el detergente y las monedas que me habían sobrado, después lo metí todo en la bolsa de la colada para escapar cuanto antes. Ya sabía que la mujer no era de por allí. Sus vocales no vibraban lo suficiente y llevaba demasiadas mechas caras en el pelo.

—¿Hay algún sitio donde tomar café por aquí a esta hora? —le preguntó a mi espalda.

La oí abrir la tapa de una lavadora y el tintineo de las monedas.

—Bait & Tackle, a un kilómetro y medio. —Señalé hacia el oeste sin girarme, esperando a que empezara a meter la ropa sucia en la lavadora para poder escabullirme sin ser vista.

Suspiró.

—Supongo que debería haber tomado algo en el motel antes de salir esta mañana.

El motel más cercano estaba al este, a ocho kilómetros de allí, donde había una gasolinera y poco más. Y ahora estaba lleno de periodistas, lo que confirmaba mis sospechas.

—Perdona que te pregunte, pero ¿hay algo más que hacer por aquí o esto es todo?

Imaginé Barren Springs como lo veía ella, una triste colección de edificios situados junto a la autovía. La mitad vacíos, sin ni siquiera un esperanzador letrero de «Se alquila» en las ventanas ya. Los que estaban habitados —aquella lavandería, la tienda con sus anaqueles medio vacíos, la bocadillería, el diminuto bar, el banco— no eran lo que se dice lugares de interés turístico. El supermercado Piggly Wiggly, a un kilómetro y medio a las afueras, era la principal atracción, a la que acudían residentes de todo el condado a comprar comida. Lo que nunca vería era el arroyo Jackson, donde pescaba Cal en soledad, o el valle cerca de la caravana de mi madre, con unos bosques tan espesos y frondosos que bastaban diez pasos para perderte en ellos.

—¿Hace mucho que vives aquí? —me preguntó con la voz más despierta y la bolsa con la colada olvidada a sus pies mientras me dirigía a la puerta—. Es que soy periodista. Estoy escribiendo un artículo sobre las niñas asesinadas y me encantaría hablar con alguien que conozca el pueblo. ¿Te interesa?

Se acercó a mí e inclinó un poco la cabeza para verme mejor.

—No —contesté sin mirarla. Empujé la puerta mosquitera y el aire en la habitación cambió, se tensó cuando la mujer contuvo la respiración.

—¿Tú no eres Eve Taggert, la madre de Junie? —Me puso una mano en el brazo.

Entonces sí la miré, vi cómo abría mucho sus ojos castaños al leer lo que fuera que leyó en mi cara. Retiró la mano, empujé la puerta con el hombro, crucé el aparcamiento y metí la bolsa de la colada en el maletero. Me estaba esperando junto a la puerta del conductor, cerrándome el paso con su cuerpo.

—Escucha —dijo, con voz grave y tranquila—. Solo quiero hablar contigo. Ni siquiera tiene que ser sobre Junie. Puede ser sobre cualquier cosa. Lo que tú quieras. ¿No tienes nada que comentar?

—Aparta —masculló, cuando lo que quería en realidad era arrancarle el nombre de mi hija de la boca con una bofetada.

Dio un único paso atrás, que no bastó para permitirme abrir la puerta. Supe lo que habría hecho mi madre de estar allí. Abrir la puerta de golpe y tirar a aquella bruja al suelo. Pero respiré hondo y contuve mi furia a base de fuerza de voluntad, aferrada al marco de la puerta del coche hasta que me dolieron los nudillos.

—Aparta —repetí, luchando por no levantar la voz.

Se apartó, aunque me di cuenta de que le dolía. Tenerme tan cerca y para ella sola y no poder sacar provecho de ello.

—Estaré mañana en la rueda de prensa —anunció mientras corría junto a mi coche mientras yo salía y los neumáticos derrapaban en la grava del aparcamiento—. Quizá entonces tengas algo que decir.

—No cuentes con ello —murmuré para mí.

Eso de hablar con la prensa era para otras personas. Personas que decían las cosas adecuadas con la expresión adecuada. Yo nunca sería una de ellas. Otra cosa más que no había podido dar a mi hija. Pero quizá, para cuando todo aquello terminara, pudiera darle algo aún mejor.

Había accedido a participar en la rueda de prensa con los padres de Izzy con una renuencia cercana al rechazo. Land me citó en la comisaría el día después de encontrarme con Jenny en el parque y me informó de que los Logan ya habían dicho que sí. Al principio me negué en redondo, aduje que no veía de qué serviría tenerme allí. ¿No podían hacerlo solos Zach y Jenny? Si alguien tenía información, ¿había más probabilidades de que hablara solo por verme a mí allí? Contarían sus secretos o no, con independencia de que yo estuviera.

Pero Cal, como tantas otras veces, me convenció, me insistió con paciencia infinita hasta mucho después de que Land hubiera salido de la habitación, asqueado. Cal convino conmigo en que podía dar igual, que era posible que transmitir mi expresión de madre con el corazón roto a familias de todo el país no cambiara nada. Pero ¿y si funcionaba?, preguntó. Y, por último, lo que me convenció: «Es algo que puedes hacer por Junie». Y entonces vi, de primera mano, lo buen policía que era, cómo derribaba las defensas de las personas y las convencía de que hicieran cosas que, posiblemente, iban en contra de sus propios intereses. Con tal labia y amabilidad, que no te dabas cuenta de que te la había jugado hasta que era demasiado tarde.

Y ahora sin duda lo era, con aquellos focos iluminándome la cara y el sudor que me bajaba por la espalda debajo del poliéster de mi vestido barato. Deseé haberme puesto vaqueros, pero en el último minuto me había pasado por la tienda de baratillo del pueblo de al lado y había cogido el primer vestido que había visto. Demasiado grande y de un color marrón feísimo. Empeoraba las cosas que Jenny Logan fuera elegante y pulcra, con una falda negra de tubo, blusa color crema y un sencillo collar de perlas. Que posiblemente fueran falsas no cambiaba nada las cosas. Iba vestida para la ocasión y yo no, así de simple. Ella era alguien con quien la gente podía empatizar. Yo, en cambio, era una pueblerina pobre y tonta que, probablemente, se merecía lo que le había ocurrido. Sabía que había personas que pensaban de esa manera porque yo era una de ellas.

Land nos sentó a los tres detrás de una mesa, con Zach en el medio. Sobre la mesa había fotografías enmarcadas de las niñas y di gracias por estar detrás de ellas. Supe que me sería imposible decir una sola palabra con la cara de Junie mirándome.

Primero habló Land, desde un atril situado a mi derecha. No le escuché, mantuve la vista baja mientras la luz de los focos me quemaba la coronilla. Cuando habló Zach, me obligué a levantar los ojos y a volver la cabeza hacia él. Se le había formado una línea de sudor en el nacimiento del pelo, tan delgada que era probable que las cámaras no la captaran.

—Queremos, los tres —dijo mirándonos primero a Jenny y luego a mí—, pedir a cualquiera que tenga algo de información que, por favor, la comunique. Si visteis algo ese día, por favor, contádselo a las fuerzas de orden.

—Incluso si pensáis que no tiene importancia —le interrumpió Jenny—. O si creéis que no es nada, por favor comunicadlo.

Zach le apretó la mano a Jenny encima de la mesa.

—Eso es. Nunca se sabe lo que puede ser importante. Lo que nos puede ayudar a conseguir justicia para nuestras hijas. Quienquiera que hizo esto sigue libre. Ninguno de nosotros, ninguno de nuestros hijos estará a salvo hasta que lo cojan.

Por un momento nadie habló e inundaron la habitación los chasquidos de los obturadores de las cámaras y el susurro de los cuadernos de notas. Me concentré en las pecas de mis brazos, recordé cómo las recorría Junie con los dedos. Siempre decía que mis brazos eran como ese pasatiempo de unir los puntos. Levanté la cabeza y me esforcé por mirar el mar de periodistas sin guiñar los ojos.

—Señora Taggert —gritó alguien—. ¿Le gustaría decir algo?

Mis ojos empezaban a habituarse a los focos y detrás de los periodistas vi a Cal, con la cara tensa. Louise estaba a su izquierda y sus ojos rebosaban compasión. Sabía que no era posible, pero daba la impresión de que la mitad del pueblo estuviera apretujada en aquella sala, estirando el cuello para no perderse la acción. Y detrás de todos, de pie junto a la puerta, estaba mi madre. Nada en su actitud delataba desvelo o compasión. Tenía los huesudos brazos cruzados y la cara demacrada. Casi me pareció oír lo que habría dicho si un periodista le hubiera preguntado su nombre. «Métete en tus putos asuntos. ¿Qué te parece ese nombre?». Se la veía furiosa, y su furia encendió la mía. Fue como acercar una cerilla a la ira que para aquel entonces me bullía siempre bajo la piel.

Había tardado demasiado en responder y Land intervino y se acercó el micrófono del atril a la cara.

—Este asunto ha sido muy difícil para todos, como pueden imaginar. La señora Taggert no...

—Puedo hablar —dije con voz ronca y demasiado alta.

Todo el mundo se calló, los susurros cesaron de inmediato. A mi lado, Zach se puso rígido y vi que flexionaba la mano que tenía encima de la mesa, como si quisiera reprimir el impulso de tocarme. No supe si para silenciarme o para consolarme. Lo que sí supe es que cualquiera de las dos cosas habría sido inútil.

—Llamad si tenéis pistas —continué—. Hablad con la policía. Haced todas esas cosas y es posible que ayuden en algo. Aunque lo dudo. —Hice una pausa y respiré, temblorosa. Estaba lo bastante alerta para saber que la ira que me quemaba la sangre igual que un veneno de acción rápida era probablemente dolor mal canalizado, pero me daba igual. Resultaba agradable. Era agradable sentir algo que tenía el potencial de hacer daño a alguien que no fuera yo misma—. Pero eso no significa que quien hizo esto deba estar tranquilo, que crea que se va a ir de rositas. —Señalé a las cámaras, levanté el dedo en el aire—. Porque te voy a encontrar, cabrón hijo de puta, y te voy a hacer pedazos.

Casi podía tocarse, la conmoción en el aire, una fracción de segundo en la que nadie se movió ni habló, y a continuación estalló el caos: cámaras que sacaban fotografías, periodistas que gritaban preguntas, flashes que me estallaban en la cara. Por entre los fogonazos de luz atisbé cosas. A Jenny mirándome como si fuera la primera vez que me veía. A Louise, inmóvil como una estatua y con lágrimas en las mejillas. La mano de Cal que se restregaba el rostro cansado, derrotado. La periodista de la lavandería, con las mejillas arreboladas y probablemente furiosa consigo misma por no haber conseguido hacerme hablar cuando tuvo la oportunidad. Entonces Land, con la frente llena de manchas rojas, me cogió del brazo. Simulaba protegerme, pero lo que hizo en realidad fue clavarme los dedos en la carne hasta llegar al hueso, al tendón.

—¿Qué coño ha sido eso? —dijo con la espalda vuelta al público. Lo miré y algo en su expresión se quebró, se ablandó por un instante—. Por Dios, Eve. —Suspiró—. ¿Crees que eso ha sido de ayuda? Estamos intentando que la gente se compadezca de ti, de tu situación. No que apaguen el televisor porque les das miedo, joder.

Pensé en todas las ruedas de prensa que había visto en mi vida, de padres de niños desaparecidos, asesinados, maltratados, exhibidos ante las cámaras. Todo el mundo siente lástima de esos padres, de esas madres, hasta que dejan de hacerlo. Hasta que las madres no lloran lo bastante o lloran demasiado. Hasta que están demasiado enteras o no lo suficiente. Hasta que las madres se enfadan. Porque esa es la única cosa que nunca, jamás se permite a las mujeres. Podemos estar tristes, consternadas, confusas, suplicantes, compasivas. Pero no furiosas. La furia es algo reservado a otros. No hay cosa peor que ser una mujer furiosa, o una madre furiosa.

Pero yo lo estaba y no pensaba fingir lo contrario. Me daba igual lo que dijera la gente de mí. Y si Land de verdad creía que aquel espectáculo cambiaría en algo las posibilidades de descubrir la verdad sobre quién había matado a Junie y a Izzy, entonces es que era más tonto aún de lo que yo creía.

—Quítame las putas manos de encima —dije, soltándome de su presa y echándome para atrás.

Land abrió la boca de par en par, pero yo ya me había dado la vuelta y miraba hacia el fondo de la habitación. Mi madre seguía apoyada contra la pared, seguía cruzada de brazos, su mirada seguía siendo fría. Pero ahora sonreía.

Había llegado a mi coche y tenía una mano temblorosa en la manilla de la puerta, cuando Cal me alcanzó. Me llegaban las voces de los periodistas, pero una hilera de ayudantes del sheriff les cortaba el paso al aparcamiento y formaba un muro de cuerpos que tapaban las cámaras. Aun así, no dejaban de gritarme preguntas: «Eve, ¿tienes alguna idea de quién ha podido ser? ¿Qué vas a hacer si lo coges, Eve?». Me di cuenta de que para ellos había dejado de ser la señora Taggert, de que mi vestido barato, mi mirada dura, mi estallido de furia había eliminado cualquier tratamiento de cortesía. Ahora todos creían que me conocían, me habían encasillado.

Cal me dejó abrir la puerta y sentarme al volante antes de meter la cabeza en el coche. Se aseguró de colocarse donde ni siquiera una cámara con gran angular pudiera sacar otra cosa que no fuera un plano de su espalda.

—¿Por qué, Evie? —preguntó en voz baja—. ¿Se puede saber qué es lo que se te estaba pasando por la cabeza?

—¿Viste a mamá? —le pregunté con la vista al frente. Una mariposa, adelantada a la primavera, revoloteaba cerca del parabrisas con sus alas amarillas.

—¿De qué hablas?

—Estaba en la sala, al fondo.

Cal negó con la cabeza.

—No, no la vi. —Calló un momento y me puso una mano en el hombro—. Por favor, no me digas que ahora sigues los consejos de mamá.

—¿Tan malo sería?

Cal apartó la mano con brusquedad.

—Pues sí, joder.

Cuando lo miré, tenía la cara roja.

—¿Por qué? —quise saber—. No dejaba a nadie irse de rositas. Cuando alguien se portaba mal con nosotros, se lo hacía pagar.

Una risotada corta y áspera salió de la boca de mi hermano.

—¿Estás drogada o qué? ¿Has hecho una visita al alijo de mamá? Porque me parece que te estás olvidando de todas las veces que nos usó de sacos de boxeo. De todas las veces que nos pegó, se olvidó de darnos de comer, nos dijo que éramos unos inútiles. —Se frotó la cara con una mano, señal inconfundible de que se le estaba acabando la paciencia—. No tengo ni idea de a qué viene esto. Te lo juro por Dios, Evie, que últimamente tengo la impresión de que no te conozco.

«Pues, mira», quise contestarle. «Bienvenido al club».

—No estoy diciendo que fuera una buena madre —contesté en cambio—. Y tienes razón, nunca tuvo problemas para darnos una hostia. Pero nadie más nos ponía la mano encima. Nadie se atrevía a levantarnos un dedo. Porque sabían lo que les pasaría si lo hacían. —Tiré del cinturón de seguridad, me lo ajusté y metí la llave en el contacto—. Lo único que digo es que, de haber sido más como ella, nadie se habría atrevido a tocar a mi hija. Es posible que se lo hubieran pensado mejor.

—Ay, Evie —dijo Cal, y la amabilidad en su voz casi me hizo llorar—. Ser más como mamá habría sido lo peor que podrías haber hecho. Por ti y también por Junie.

Pensé en mi querida niña, en cómo se acurrucaba a mi lado en la cama los domingos por la mañana, cuando nos levantábamos tarde, en cómo me pasaba los brazos por el cuello para estrecharme contra ella, con la seguridad de que siempre le devolvería el abrazo, de que le besaría con ternura en la mejilla. En cómo sabía que yo nunca, nunca le haría daño. Entonces la recordé encima de la camilla, con la garganta abierta y sin vida. Y supe que Cal se equivocaba, porque Junie muerta, Junie asesinada, siempre sería lo peor de todo.

13

Después de dejar a Cal en el aparcamiento, conduje un rato sin rumbo. Me escabullí por la salida trasera y lo vi convertirse en un puntito en el espejo retrovisor. Me daba miedo ir directa a casa, no me sentía capaz de enfrentarme a un hatajo de periodistas y tener que abrirme paso entre ellos. Me daba miedo lo que pudiera salir de mi boca en los segundos que tardara en llegar del coche a la puerta. Me detuve en Piggly Wiggly a comprar unos palitos de carne Slim Jim y un pack de seis cervezas, pero me di cuenta de que seguía sin apetecerme el alcohol y dejé la primera lata en el portavasos del coche después de unos poco entusiastas sorbos. A Cal le gustaría saber que al menos había una cosa que no había heredado de nuestra madre.

Al final, puesto que no tenía otro sitio donde ir, entré en el aparcamiento de la cafetería y aparqué marcha atrás en una plaza del fondo, medio oculta en las primeras sombras del atardecer. Por el cristal de la ventana atisbé a Thomas sacando platos para las mesas y miré a Louise y Joan hablar con los clientes, servir té helado y pastel. Casi me imaginé allí con ellas, gritando comandas a Thomas con Junie en una mesa del rincón con los deberes abiertos delante de ella, masticando un sándwich de queso fundido mientras trabajaba.

Supe que Thomas me había visto, vi su mirada detenerse en la ventana, pero cuando terminó su turno y salió, no se volvió ni una sola vez hacia mí. Me dejó disfrutar de ese tiempo que necesitaba y fingir que era invisible. Después de que Joan y él se fueran, miré a Louise limpiar las barras, meter un trozo de pastel en un envase de poliestireno, apagar las luces y cerrar con llave después de salir. Pero en lugar de ir derecha a su coche, atravesó el aparcamiento hasta el mío. Abrió la puerta del pasajero, subió y me pasó el pastel.

—Come —dijo y me dio un tenedor. Luego cerró la puerta y se acomodó en el asiento.

—¿De qué es?

—De crema de plátano. Era lo único que quedaba. Y no me digas que no tienes hambre.

La conocía demasiado bien para ponerme a discutir con ella, así que obedecí y me metí un trozo de pastel en la boca. Me supo seco e insípido y tuve que hacer un esfuerzo para tragar.

—Me dijo Thomas que no viniera a molestarte, pero no lo he podido evitar —continuó Louise—. He estado preocupadísima por ti. Y además... después de lo de hoy... —Hizo una pausa—. Has sido la comidilla de la cafetería.

—Supongo que no ha habido muchas ruedas de prensa como esa.

Louise se volvió para mirarme.

—No tiene gracia, Eve.

—No era mi intención que la tuviera —respondí y comí otro trozo de pastel, consciente de que era el último que conseguiría tragar.

—Probablemente no me corresponde decir esto, pero alguien tiene que hacerlo. —Louise se retorció las manos en el regazo—. Junie no habría querido verte así. Estabas tan enfadada que casi no parecías tú. Le habrías roto el corazón.

Para ser sincera, yo no creía que ninguno supiéramos lo que habría querido Junie. Tal vez su furia porque la hubieran arrancado de este mundo habría sido mayor incluso que la mía. Tal vez ansiara sangre y venganza. O quizá quisiera piedad y a la madre que recordaba. Pero Junie no estaba y lo que ella habría querido ya daba igual. Lo único que importaba era con cuáles de mis actos podría yo vivir después.

Cerré el envase y el olor nauseabundamente dulzón del plátano casi me dio arcadas.

—Si me estás pidiendo que perdone, no puedo hacerlo —dije—. No me sale.

La capacidad de perdonar era una virtud que nunca me habían enseñado y que tampoco estaba demasiado interesada en aprender.

Louise negó con la cabeza.

—Jamás he dicho una palabra sobre perdonar. Pero entre el perdón y la venganza hay todo un mundo, Eve. Un montón de lugares para elegir. —Suspiró y cogió el envase del pastel—. Supongo que dos mordiscos es mejor que nada.

Nos quedamos calladas; miramos las sombras crecer en el aparcamiento y escuchamos el aullido lejano de un coyote. Me recosté en el asiento y cerré los ojos.

—Yo conocí a los padres de tu madre —dijo Louise—. No muy bien, pero tu abuela era de la edad de mi hermana mayor. Eran amigas, pasaban tiempo juntas antes de que tu abuela se casara.

Abrí los ojos y giré la cabeza para mirarla.

—Nunca me lo habías contado.

Mi madre hablaba poco de su familia. Todo lo que Cal y yo sabíamos era que había crecido por allí, que había perdido a su padre siendo joven y que tenía dos hermanos a los que no veía y de los que no había sabido nada en décadas. No le gustaba hablar del pasado, ni del suyo ni del nuestro. Siempre decía que lo pasado, pasado estaba y que sacarlo a relucir era desperdiciar palabras.

Louise me miró con expresión triste.

—Tenía la esperanza de no tener que hacerlo nunca. No es una historia alegre, como seguramente supondrás.

—Cuéntamela —dije.

Hacía tiempo que había aprendido a no preguntar a mi madre, y con los años había perdido el interés. Pero de pronto tuve ganas de oír aquella historia que no conocía. Un pasado que quizá me ayudara a entender mejor las afiladas aristas de mi madre.

—Como te he dicho, no los conocí muy bien. Tu abuela era una adolescente cuando se casaron y después no tuve ocasión de verla demasiado. Tu abuelo tenía una especie de cabaña en el bosque, sin agua corriente, con el retrete fuera. Un sitio duro, incluso para este lugar. —Louise negó con la cabeza—. Era un mezquino y un hijo de puta. No se relacionaba mucho, pero se había hecho una reputación. La gente lo evitaba.

—Me suena —dije pensando en cómo las personas tendían a dejar espacio a mi madre con la esperanza de estar fuera de tiro cuando explotara.

—En cambio, tu abuela era adorable. Es posible que se hubiera hecho ilusiones románticas cuando se casó con tu abuelo. De que conseguiría civilizarlo. —Louise hizo una pausa—. Pero la machacó hasta casi anularla. La veía de vez en cuando en el pueblo y era igual que una sombra, cabizbaja, asustadiza, delgada como un palo. Tirando de tu madre y de sus otros dos niños.

Pensé en mujeres que había visto a lo largo de los años y en sus cuerpos siempre encogidos en previsión de un golpe. Pensé en mí cuando estaba con Jimmy Ray.

—Mi madre tenía un hermano y una hermana, ¿verdad?

Louise asintió.

—Tu madre era la más joven. Su hermano se escapó cuando tenía unos quince años. No volvimos a verlo ni a saber de él. La hermana, Tanya, terminó igual que tu abuela. Casada con un tipo que la trataba peor que a un perro. Se marcharon de aquí hace años. No sé lo que fue de ellos, pero me lo imagino.

—Sé que mi abuelo murió cuando mi madre era joven. ¿Qué fue de mi abuela?

Louise apartó la vista.

—Nadie lo sabe. Dejó de aparecer por el pueblo. Tu abuelo dijo que se había escapado, pero se rumoreaba que la había matado él de una paliza. Que había tirado su cadáver en algún lugar del bosque.

Juro que en ocasiones pensaba que debía de haber más muertos abandonados en los bosques que rodeaban Barren Springs que enterrados en el cementerio.

—¿Y la policía no hizo nada?

—¿Qué iban a hacer? No había pruebas de que la hubiera matado. Y entonces las cosas eran de otra manera.

La gente no se metía en los líos familiares de los demás. Tu madre siempre fue una niña muy observadora. Pero cuando tu abuela desapareció, se volvió dura como el pedernal. Daba la impresión de ir a hacerte papilla si la tocabas. Entonces, unos años después, tu abuelo murió de cáncer de estómago. Tu madre tenía más o menos la edad de Junie cuando se quedó sola en el mundo. La gente del pueblo intentó ayudarla, ser amables, pero era como un animal salvaje. Todo colmillos y garras, mordiendo al que fuera tan tonto como para acercársele. Sé que en algún momento alguien llamó a los servicios sociales, pero tu madre estuvo muy astuta. Se conocía el valle como la palma de la mano, tenía quien la escondiera, sitios donde ocultarse, favores que cobrarse. No sé cómo, pero logró escapar.

No me costó trabajo imaginar a mi madre sobreviviendo sola. La había visto hacerlo toda mi vida. Era una de esas extrañas criaturas que no parecen necesitar gran cosa, ni amor ni dinero ni un propósito en la vida para seguir respirando.

Louise cambió de postura para poder verme la cara.

—Cuando a alguien le pasa algo así, o le transforma o le destroza. Y, que Dios la proteja, a tu madre no la destrozó, eso te lo aseguro. A la mayoría de las personas las habría roto, pero tu madre entendió cómo funcionaba su mundo y se adaptó. Sin embargo, dejó que la transformara en algo feo, dejó que cambiara algo en su interior. O quizá es que había nacido siendo como su padre y estaba destinada a terminar así, no lo sé. Todavía me acuerdo del día en que la vi en el pueblo, embarazadísima de Cal, y en cómo se me cayó el alma a los pies al pensar en la clase de madre que sería. Y luego, años después, entraste tú en la cafetería buscando trabajo, tan parecida a ella, pero sin llegar a ser todavía un caso perdido. Porque tenías a Cal, tenías a alguien que te mantenía a flote. Pero hasta que nació Junie no se encendió una luz dentro de ti. Más brillante que todas las cosas. —Louise me cogió la mano y la apretó entre las suyas—. No te he contado esto para que te compadezcas de tu madre o disculpes su comportamiento. Te lo he contado porque veo cómo tira de ti, cómo te hace creer que sus métodos son los correctos. Pero no es verdad. Junie se ha ido, pero tú no tienes por qué volver a como eras antes, Eve. Hay caminos mejores.

Le dejé que me cogiera la mano un minuto más, que me besara en la mejilla, antes de salir del coche. Le prometí que pensaría en lo que me había dicho y que me esforzaría en comer. Le dije lo que necesitaba oír porque me faltó valor para confesarle que era demasiado tarde, que ya estaba de vuelta a mi oscuridad.

Cuando llegué al edificio donde estaba mi apartamento, apagué el motor y esperé, atenta a los sonidos de la noche: árboles que susurraban en la brisa, el grito lejano de un hombre que llamaba a un perro o a un niño, el ruido metálico de una radio que se escapaba por la ventana abierta de un apartamento. Pero no oí a ningún periodista, no vi furgonetas de la televisión ni pies corriendo a comprobar quién iba en el coche. Debían de haberse cansado e ido a husmear a otro sitio. Quizá estaban acampados delante de la casa de los Logan, que sin duda constituía un entorno más pintoresco.

No estaba segura de tener energías suficientes para bajarme del coche, cruzar el aparcamiento y subir las escaleras hasta mi casa. Para abrir la puerta y enfrentarme a habitaciones vacías que seguían oliendo a mi hija. Pero quedarme dormida en el coche y que me despertaran unas cámaras de televisión en la cara habría sido aún peor. No porque me importara demasiado que me sorprendieran con baba en la mejilla y sueño en los ojos, sino porque no tenía ganas de que Cal me sermoneara. Ni Land. Había un protocolo para llorar a un ser querido con cobertura nacional y yo ya la había cagado una vez. No me permitirían volver a hacerlo.

Mis pisadas resonaron en los peldaños de cemento cuando subí y tuve que frenar de golpe cuando llegué al primer rellano y vi a un hombre sentado a la puerta de mi apartamento, con las rodillas dobladas y la frente apoyada en los antebrazos. Levantó la cabeza al verme, me miró con ojos soñolientos y borrachos de cerveza.

Me crucé de brazos.

—¿Qué haces aquí?

Yo siempre llevaba a Junie a casa de Izzy o recogía a Izzy en su casa. Los padres de Izzy nunca habían estado en mi apartamento. Ni siquiera sabía que Zach Logan conociera la dirección.

Había estado llorando y la luz tenue reveló un rastro plateado en su mejilla.

—Eso que has dicho hoy...

Suspiré. Louise tenía razón. Al parecer, en el pueblo no se hablaba de otra cosa que no fuera el número que había montado en la rueda de prensa.

—No debería haberlo dicho. No en voz alta. Siento haber estropeado la rueda de prensa.

Yo sabía cómo pedir disculpas, incluso cuando no lo hacía de corazón; sabía decir las palabras adecuadas con la esperanza de que suavizaran el castigo que se cernía sobre mí. Con mi madre en ocasiones funcionaba y en ocasiones no. Pero no todo el mundo tenía su olfato para la falta de sinceridad. Era como servir una tarta sin el glaseado. Dejabas fuera lo más importante, pero la gente se la comía igual.

Zach se enderezó y vi que no estaba tan borracho como me había parecido, que sus movimientos eran fluidos y precisos.

—No —replicó—, me alegro de que lo dijeras. Me alegro de que te sientas así. Estoy harto de estar siempre triste. Harto de hacerme el fuerte. Creo que estar furioso puede ser un consuelo.

Le aparté de la puerta y metí con brusquedad la llave en la cerradura.

—No es ningún consuelo. Para esto no hay consuelo.

Cuando me puso la mano en el hombro, me quedé petrificada, no me giré.

—¿Qué haces? —susurré—. Vete a casa.

—No quiero ir a casa —repuso Zach, despacio—. Ya no me parece mi casa.

Abrí la puerta y me escabullí de su mano caliente. Respiré hondo y adopté una expresión de indiferencia antes de mirarlo. Lo tenía lo bastante cerca para oler la cerveza en su aliento y el caramelo de menta que había masticado para disimularla, para ver los pigmentos dorados en sus ojos castaños y la barba oscura que empezaba a cubrirle el mentón.

—Para —dije con voz firme mientras se me encogía el estómago y el corazón me daba un salto—. Te estás portando como un desquiciado.

Zach rio, fue un ladrido triste.

—Es que estoy desquiciado. —Dio un paso y se situó en el umbral de mi apartamento, de manera que no pudiera cerrarle la puerta—. No hago más que pensar en ellas. En lo que pasaron. En lo asustadas que debían de estar. —Se le quebró la voz y tragó saliva—. En cómo debería haber podido salvarlas. —Extendió ambas manos, no supe si hacia mí, hacia Dios o hacia las niñas—. ¿Qué clase de padre es incapaz de proteger a sus hijas?

Algo cercano al terror estalló en mi interior, un pánico paralizante que volvió mi voz débil y aflautada cuando hablé.

—Junie no era hija tuya.

Zach me miró con ojos sobrios, ya no estaba borracho en absoluto.

—Los dos sabemos que sí lo era.

Me tambaleé hacia atrás, mi cuerpo seguía vertical, pero el resto de mí daba vueltas, se precipitaba hacia el pasado, a pesar de que mi cerebro luchaba denodadamente por permanecer en el presente.

—Era mía —respondí con voz ronca—. Solo mía.

Me di cuenta demasiado tarde de que, al retroceder, había dejado espacio a Zach para entrar en el apartamento y cerrar la puerta. Para atraparme. No me daba miedo Zach, pero las palabras que iba a pronunciar a continuación me iban a perforar igual que balas, iban a causarme heridas punzantes, sangrientas. Y yo ya estaba débil, apenas me quedaba nada que usar de escudo.

—No fue la inmaculada concepción, Eve —dijo—. Yo estaba allí. También era mía. —Caminó hacia mí, pero se detuvo cuando retrocedí—. No sabes cuántas veces descolgué el teléfono esos primeros años para llamarte. Me sentaba ahí fuera, en el aparcamiento, de noche y me preguntaba si debía llamar a tu puerta. Pero nunca lo hice porque tú me lo pediste. —Negó levemente con la cabeza—. No tienes ni idea de lo estúpidamente feliz que me sentí cuando Izzy volvió a casa del colegio hace todos esos años hablando de su amiga Junie. Preguntando si podía invitarla para jugar. No pude responder que sí más rápido. La primera vez que Junie estuvo en casa, me pasé el día mirándola. Os había visto a las dos de lejos, pero no sabía que tenía pecas ni cómo sonaba su risa. Me preocupaba que Jenny sospechara algo por mi manera de mirarla.

—¿Lo sabe? —conseguí preguntar—. ¿Lo sabe Jenny?

—No. —Zach negó con la cabeza—. No tiene ni idea. —Miró hacia el rincón donde dormía Junie e hizo un gesto con la mano—. ¿Puedo?

No respondí. Era incapaz. Quería que aquello fuera una pesadilla, algo que olvidar con la luz de la mañana. En mi cabeza, Junie no tenía padre, sencillamente había surgido de mí, era parte de mi cuerpo y del de nadie más. Miré en silencio a Zach entrar en la habitación de Junie. Contuvo un poco el aliento y me dirigió una sonrisa dolorida por encima del hombro.

—Huele a ella —dijo. Un grito se formó dentro de mí y me aporreó el cráneo mientras Zach tocaba la colcha, pasaba la mano por la mesilla de noche, cogía uno de sus libros de texto y lo balanceaba en la mano—. Siempre se me dieron bien las ciencias. Y a ella también. A veces hablábamos de ello cuando venía a casa. Izzy nunca llegó a entenderlas bien, pero Junie sí. —Dejó el libro—. Igual lo heredó de mí.

Me di la vuelta y fui a la cocina. Notaba la respiración jadeante y acelerada y estaba mareada. Tenía el pastel de crema de plátano en la garganta. No me giré ni siquiera cuando las pisadas de Zach se detuvieron a mi espalda y tuve su cuerpo tan cerca que su respiración me erizó el vello de la nuca.

—Les dijiste que no habías vuelto a verme desde aquella noche —susurró.

—¿Qué? —Hablaba sin aliento, sin aire en los pulmones, mientras intentaba huir de algo decidido a clavarme las garras.

—En la funeraria, la primera noche. Con Land. Dijiste que no habías visto al padre de Junie desde que te quedaste embarazada. —Me pasó un dedo por la nuca y mi cuerpo entero latió—. Mentiste.

Me giré y lo sobresalté, de manera que ahora le tocó a él dar un paso atrás. Pero seguía estando demasiado cerca.

—No mentí.

—Sí lo hiciste. Porque no me he movido de aquí, Eve, en todo este tiempo. En todos estos años.

—No. Quien ha estado aquí es Zachary Logan. Con sus camisas abotonadas hasta el cuello, su tienda de barcas y sus bonitas mujer e hija. —Le clavé un dedo en el pecho, pero aparté la mano en cuanto noté su tacto—. No conozco a ese hombre. No lo reconozco. No tiene nada que ver conmigo. —Me agarré a la encimera con las dos manos para serenarme—. No mentí —repetí.

—Vale —replicó Zach con media sonrisa—. Omitiste la verdad, entonces. —Salvó la distancia entre los dos y casi pegó su cuerpo al mío—. ¿Ahora me reconoces? —preguntó con suavidad.

Lo miré, lo miré de verdad, como no lo había mirado en años. Dejé que mi vista se detuviera en él, en lugar de pasar por encima igual que la aguja estropeada de un tocadiscos que salta de una canción a otra, contentándome solo con una vaga impresión antes de pasar a otra cosa. Y lo recordé tal y como había sido, con el pelo oscuro revuelto y desgreñado, la camiseta azul desvaído, el olor a sudor y a loción para después del afeitado. Por primera vez en años, me pareció real.

—¿Me reconoces? —volvió a decir.

—Sí —susurré.

Cuando me besó fue como caer por un precipicio. De cabeza al pasado. El tiempo retrocedió de modo que ambos éramos otra vez inconcebiblemente jóvenes y Junie una mota en un horizonte futuro que ni imaginábamos. Y nos buscamos el uno al otro como si pudiéramos empezar de nuevo, recrear lo que ya había pasado y conseguir que el resultado fuera otro, deshacer lo que estaba hecho.

Pero al final, con los labios hinchados por el contacto con su boca, su espalda con marcas de mis uñas, nada había cambiado. Era demasiado tarde. Seguíamos siendo dos desconocidos. Y nuestra hija seguía muerta.

14

Es posible que mintiera a Land sobre no haber vuelto a ver al padre de Junie, pero el resto de la historia era verdad. Había sido un aquí te pillo aquí te mato, un polvo de una noche. Sexo sin ataduras. Había sido todas esas cosas, pero también algo más. Incluso antes de que naciera la realidad de Junie, aquella noche había ido más allá del tópico.

Los domingos por la noche en la cafetería eran tranquilos. Dejábamos de servir cenas a las cinco y solo se podían tomar bebidas y postres hasta la hora de cerrar, a las ocho. Era la única noche que Thomas descansaba y siempre se iba a las cinco en punto y dejaba una única camarera para atender todo el local. Era un turno de mierda, sin propinas, porque nunca había más de un par de clientes como máximo. Como yo era la camarera con menos antigüedad —me habían contratado a principios de verano—, me tocó trabajar aquella noche calurosa de mediados de julio cuando entró Zach Logan por la puerta.

Nunca lo había visto y cuando miré por la ventana me di cuenta de que tampoco había visto nunca su SUV azul oscuro. No era de por allí, y eso bastaba para volverlo interesante. Y su físico ayudaba. Media sonrisa perezosa cuando me vio, pelo alborotado por el viento, un ligero bronceado en el cuello, donde terminaba la camiseta.

—¿Estáis abiertos? —preguntó y se sentó en un taburete de la barra antes de que me diera tiempo a responder.

—Cerramos en cinco minutos —le dije.

Nunca he sido tímida, pero iba por la vida con cierta cautela, atenta a movimientos y caras inesperados. Pero algo en él me atrajo. Cuando me di cuenta de ello casi tuve ganas de reír. Así que en eso consistía sentirte atraída por alguien. Ya me había acostado con media docena de hombres, había pasado por sesiones interminables de torpes morreos detrás del instituto o en el bosque, cerca de la caravana de mi madre. Siempre esperando sentir ese cosquilleo en el estómago, ese calor en las mejillas que sentían otras personas. Y allí estaba por fin. Había entrado por la puerta de la cafetería cuando menos me lo esperaba.

Le serví un trozo de pastel de lima y una taza de café tibio, cerré las puertas delanteras y colgué el cartel de «Cerrado» mientras él comía. Acepté su invitación de sentarme a su lado, traté de no fijarme en cómo se me erizaba el vello del brazo cada vez que me rozaba la piel con la mano al hablar.

Me contó que iba a empezar su último año de universidad, que era de Illinois y estaba de paso por Barren Springs. De camino a un lugar mejor, supuse. Chicago, me confirmó, donde lo esperaban unas prácticas de verano. No recuerdo qué le conté yo. Alguna versión esterilizada de mi vida real.

Sé que le mentí sobre mi edad, al pensar que mis diecisiete años resultarían demasiado jóvenes para sus veintiuno, temerosa de que lo asustaran y le impidieran rendirse a la chispa que vi en sus ojos. No era tan tonta como para suponer que volvería a verlo, pero, aun así, quise vivir ese momento, esa noche. Con aquel chico que no era de por allí, un trozo de algo que era extranjero y distinto y para mí sola. Un chico que no conocía ni a mi madre ni mi pasado. Un chico que no había adivinado toda mi vida un segundo después de ponerme la vista encima.

Cuando me levanté a apagar las luces, dejé que me siguiera. Acogí de buen grado su mano debajo de mi falda cuando la cafetería se sumió en la penumbra. Cerré los ojos e imaginé que tenía una vida distinta cuando me besó y noté el sabor a nata montada en su lengua. Con él no era más que una chica a la que le gustaba un chico. No era la hermana de Cal Taggert, menos atractiva que él. No tenía restos de un cardenal en la mejilla de un revés de mi madre. No estaba destinada a pasarme el resto de la vida trabajando en aquella cafetería, siempre pobre y hambrienta de algo más, incluso si no tenía la energía necesaria para salir a buscarlo. Durante aquellas pocas horas me olvidé de mí misma y fui una persona nueva.

Cuando se marchó, poco después de medianoche, no esperé volverlo a ver. No suspiré por él ni soñé despierta sobre lo que podría haber sido. Nunca fui una de esas chicas y una noche con Zach no lo había cambiado. El mundo real fuera de Barren Springs lo había engullido, las luces traseras de su coche habían desaparecido en la oscuridad y yo me había quedado atrás. Y así iba a ser siempre. No perdí el tiempo deseando un desenlace mejor, ni siquiera cuando tuve en la mano un test de embarazo que había dado positivo.

Pero por supuesto que volví a verlo. Seis meses más tarde me salió un trabajo de fin de semana de camarera en la boda de Jenny Sable. Se casaba con un chico que había conocido en la universidad, al parecer. Había dejado los estudios y decidido convertirse en «señora de» en lugar de graduarse. Se rumoreaba que estaba embarazada, pero no presté demasiada atención a los detalles. Solo sabía que la recepción iba a ser todo un acontecimiento en Barren Springs. Bufé y aperitivos de pie, servidos por camareros. La comida era del Blue Lantern, el único restaurante medio decente a cien kilómetros a la redonda y, aun así, casi todo era congelado y recalentado en un microondas. Era un día ventoso de finales de enero y había ciento veinticinco invitados apretujados en el viejo motel Elks Lodge, a la salida del pueblo. Habían intentado ponerlo bonito, colgando luces de verbena y distribuyendo flores artificiales por cada rincón, pero el lugar olía a moqueta mojada y humo de cigarrillos viejos y los paneles de madera falsa resultaban un poco pegajosos al tacto.

—Es como pintarle los labios a un cerdo —dijo Louise negando con la cabeza cuando llegamos, ambas con unos vestidos negros baratos idénticos que la madre de Jenny había insistido en que nos pusiéramos. El mío casi no me entraba a causa de la barriga y la madre de Jenny había fruncido la cara con desaprobación al verme.

Cuando llegaron los novios yo estaba en la cocina, poniendo aperitivos de pieles de patata tibias en una fuente, y no entré en el salón donde era el banquete hasta el momento en que estaban terminando las ovaciones del recibimiento. Mi primer atisbo de Zach fue cuando me acerqué con la bandeja a un grupo de hombres y se volvió a mirarme, con una rosa color rosa pálido en la solapa del esmoquin y una alianza de oro brillante en el dedo. Pensé que se haría el tonto, que fingiría no conocerme. Cuando abrió la boca al verme no me sorprendí. En cambio, estuve a punto de perder el equilibrio cuando me tendió la mano y se le llenaron los pómulos de manchas rojas al reparar en mi vientre. Las pieles de patata se me cayeron de la bandeja y las aplasté con los tacones al alejarme.

Después de aquello, intenté evitarlo. Me mantuve en un extremo de la habitación, acechando en los rincones más oscuros igual que un fantasma. Lo vi volver la cabeza, buscarme, incluso mientras hacían brindis en su honor o giraba en la pista de baile con su flamante esposa. No fingía no conocerme, no intentaba evitarme. Aunque yo deseaba fervientemente que así fuera.

Al final me encontró. Fue después de cortar la tarta, la fiesta estaba en pleno apogeo y yo había salido a tomar el aire. Me recosté contra la pared irregular de ladrillo y crucé los brazos para darme calor. Hacía frío, mi aliento salía en forma de vaho en el aire nocturno, pero tenía la nuca y las axilas empapadas de sudor. La niña me daba fuertes patadas a las costillas y le masajeé el pie en un intento por tranquilizarla.

Supe que era él en cuanto se abrió la puerta. El sonido de risas y de música pop de los noventa salió con él.

—Hola —dijo—. Te he estado buscando.

Cerré los ojos, me ordené a mí misma pasar ese trago cuanto antes.

—No hacía falta —respondí sin volver la cabeza ni abrir los ojos—. Estoy perfectamente.

Lo sentí colocarse a mi lado y su hombro rozó el mío cuando se apoyó en la pared. Olía a las flores del ramo de novia de su mujer.

—¿De cuánto estás? —preguntó con voz suave.

Entonces sí lo miré.

—¿Me estás preguntando si es tuyo?

Negó con la cabeza.

—Sé que lo es, por la expresión de tu cara. Estás de seis meses, ¿verdad? Semana arriba semana abajo.

Asentí con la cabeza, me llevé las manos a la boca y me soplé los dedos medio entumecidos de frío. Zach hizo ademán de quitarse la chaqueta, pero lo detuve, con una mano en el brazo.

—No, no lo hagas. Si sale alguien, le parecerá raro.

Zach rio al oír aquello, pero fue una risa afilada, áspera.

—Esa es la menor de mis preocupaciones ahora mismo.

—No te estoy pidiendo nada —le dije—. No espero nada. Deberías entrar.

Zach se puso de lado, con el hombro contra la pared. No me gustaba que me mirara fijamente, que tuviera su cuerpo tan cerca del mío.

—¿Qué vas a hacer?

Alargó una mano y sostuvo los dedos desplegados cerca de la curva de mi vientre. Me aparté y bajó el brazo.

—Voy a terminar el instituto —contesté encogiéndome de hombros—. Y luego empezaré a trabajar a tiempo completo en la cafetería. Me las arreglaré.

Nunca se me había pasado por la cabeza no tener el niño. Era lo que hacían las mujeres que conocía. Daba igual cuántos tuvieran ya o la falta de tiempo o de dinero para cuidarlos; por allí, cuando te quedabas embarazada, tenías el hijo. No tenía nada que ver con los carteles desvaídos que llenaban la autovía advirtiendo de que abortar era matar a un ser vivo, con fotografías de un feto diminuto enroscado igual que un renacuajo. Qué coño, mi madre le habría partido la cara a cualquiera que se hubiera creído con derecho a decirle lo que tenía que hacer. Pero también era cierto que librarse de Cal o de mí nunca se le había pasado por la cabeza.

—Estás en el instituto —murmuró Zach y no fue tanto una pregunta como una constatación horrorizada, con las cejas cerca del nacimiento del pelo—. Dios bendito, eso no me lo dijiste.

Se pasó una mano por el pelo y se lo alborotó.

—Sí, bueno. Tú me dijiste que estabas de paso. No te oí mencionar en ningún momento a esa novia que tenías escondida en el pueblo.

Me dedicó una media sonrisa débil.

—Supongo que somos un par de mentirosos.

—Prefiero pensar que más bien omitimos la verdad —dije y su media sonrisa se transformó en una sonrisa entera, cálida y brillante. El corazón me saltó dentro del pecho.

Luego se puso serio.

—Para que lo sepas, el fin de semana que te conocí, Jenny había roto conmigo. Poco después volvimos, pero no la estaba engañando, eso que conste.

Asentí con la cabeza. Al otro lado de la pared sonó una gran ovación y el volumen de la música aumentó a nuestra espalda.

—La cosa se está animando mucho —le dije—. Te estás perdiendo tu propia fiesta.

—No tengo intención de desaparecer —afirmó Zach—. No estás sola en esto.

—Claro que lo estoy. —Cuando intentó decir algo levanté una mano—. Y no pasa nada. Tú tienes tu vida y es absurdo que la tires por la borda. Además, lo nuestro nunca iba a ser nada serio.

—Si hubiera sabido...

Ahora me tocó a mí sonreír.

—¿Qué? ¿No te habrías casado con Jenny? ¿Te habrías casado conmigo? Venga ya, si ni siquiera nos conocemos.

No me llevó la contraria, pero tampoco volvió a la fiesta.

—¿Quieres que te deje en paz? —Alargó de nuevo el brazo y esta vez me puso una mano en el vientre antes de que pudiera impedirlo. El bebé dio una patada, probablemente porque mi cuerpo entero se tensó al estar en contacto con Zach. El asombro se apoderó de su expresión y, cuando me miró, vi tristeza en sus ojos—. ¿Ya sabes lo que es?

Negué con la cabeza.

—Pero creo que es una niña.

—Quiero conocer a este bebé —dijo mientras retiraba la mano.

Lo imaginé durante una fracción de segundo. Tener a alguien que me ayudara con las facturas, que cogiera al bebé en brazos cuando yo estuviera cansada, alguien con quien compartir la carga. Pero entonces, con la misma facilidad, imaginé la cara de Jenny cuando se enterara. La expresión de la cara de su madre. Los rumores que acompañarían a mi hija, la indignación, la vergüenza. Ser madre soltera no era ninguna novedad en aquel lugar. Pero follarse al marido recién estrenado de Jenny Sable, obligarlo a ser padre antes de que a Jenny le diera tiempo a tener un hijo, eso nos perseguiría para siempre.

Me aparté de la pared.

—Pronto tendrás tus propios hijos. Y te alegrarás de no tener que ocuparte de este. Como te he dicho, vamos a estar perfectamente.

—Oye, espera —dijo Zach y me cogió la mano cuando pasé a su lado—. Si alguna vez cambias de opinión, cuando sea, estaré aquí. Dentro de una hora, la semana que viene, el mes que viene, dentro de un año. Cuando sea. —Me apretó los dedos—. Sabes dónde encontrarme.

No le creí, en el fondo no. Nadie dejaría voluntariamente a otra persona que le arruinara la vida. Estaba convencida de que, de presentarme a la puerta de Zach Logan al cabo de un año con nuestro hijo en brazos, me sacaría a patadas del camino de entrada y negaría conocerme. Pero que me hiciera la oferta me conmovió. Era un buen hombre, o al menos intentaba serlo. Si iba a quedarme embarazada de un desconocido, podría haber elegido uno mucho peor.

Pensé que allí se acabaría todo. Y durante mucho tiempo así fue. Hasta que, en primer curso, Junie volvió a casa hablando de su nueva amiga, Izzy, de cómo las dos tenían los dedos de la mano hiperlaxos y una marca de nacimiento en el codo. Preguntándome con ojos suplicantes si podía quedarse a dormir en casa de Izzy. «Por favor, mamá, por favor, por favor». Y entonces me di cuenta de que algunas cosas siempre terminan volviendo a tu vida, por mucho que desees haberlas dejado atrás para siempre.

15

Mi madre era la última persona que esperaba ver a la puerta de mi casa a la mañana siguiente. Cuando empezaron los golpes en la puerta, pensé: «Periodistas». Y, acto seguido, «Jenny». Había visto los arañazos en la espalda de Zach y venía a marcar territorio. Abrí la puerta preparada para una pelea que no tenía interés en ganar y, por un momento, me quedé paralizada por la sorpresa cuando mi madre entró en el apartamento y cerró de una patada. Me miró de arriba abajo y negó con la cabeza.

—Por lo menos ya no llevas el saco de patatas de ayer. Por Dios, niña, ¿es que te propusiste comprar el vestido más feo de todo el pueblo?

Teniendo en cuenta sus vaqueros cortos rotos y su camiseta demasiado pequeña con el dibujo de una calavera y unos huesos cruzados medio borrados, no me pareció que fuera la persona indicada para dar consejos de moda. Pero mantuve la boca cerrada y me dirigí con desgana a la cocina para hacer café.

—¿Qué haces aquí? —pregunté.

Mi madre no había estado en mi apartamento desde antes de nacer Junie. Había venido a husmear un rato cuando yo estaba embarazada de ocho meses y acababa de instalarme. Cal me pagó el primer mes de alquiler para que pudiera salir de la caravana antes de dar a luz. Entonces le dije que no quería seguir teniéndola en mi vida, pero, aun así, se había presentado en el hospital, borracha y oliendo a sexo, cuando Junie tenía solo un día de vida. Me había puesto a caldo por no dar a luz en la caravana, me había llamado bruja estirada, pusilánime, una niña mimada que se creía demasiado buena para la partera que nos había traído a Cal y a mí al mundo. Gritó tanto que los de seguridad tuvieron que acompañarla a la puerta. Aquella fue la primera y la última vez que estuvo en la misma habitación que mi hija.

Se sentó en una de las sillas de la cocina, sacó un cigarrillo y se lo encendió sin pedir permiso.

—¿Es esa forma de hablar a tu madre? —dijo.

Suspiré, saqué dos tazas del armario encima del fregadero. No estaba de humor para sus juegos, sus tira y afloja. De niña no me quedaba otro remedio que aguantar, pero ahora era una mujer adulta.

—¿Qué quieres, mamá?

—Me sorprende que estés levantada tan temprano. —Dio una larga calada a su cigarrillo y le salió humo por la nariz—. Puesto que tuviste visita a altas horas de la noche.

Me paré en seco delante de la nevera con el cartón de leche en la mano y mantuve la cabeza girada para que no pudiera verme la cara.

—¿De qué hablas?

No necesité mirarla para oír el desdén en su voz.

—Del padre de esa Izzy Logan. Salió de aquí como si fuera medio borracho. Y no de alcohol. —Soltó una risa gutural—. Déjame adivinar, vino en busca de consuelo. —Se recreó en la última vocal de la palabra haciéndola sonar sucia y repugnante. Y, a ojos de la mayoría, podía ser así. Un hombre casado y la madre soltera de su hija que se revuelcan en el mísero apartamento de ella mientras su mujer llora en casa, sola. Pero la historia era mucho más complicada. No se había tratado de sexo. Sino de Junie. Y, a la mañana siguiente, Zach había vuelto a donde tenía que estar.

—No sabes de qué hablas —murmuré. Cuando me serví café, se me derramó y me abrasó los dedos—. Mierda. —Agité la mano en el aire—. Y, además, ¿qué hacías aquí anoche?

Confiaba en hacerle así cambiar de tema, aun sabiendo que era una batalla perdida. Cuando mi madre la emprendía con algo, percibía una debilidad, era peor que un perro con un hueso.

—Vine a verte. Pero cambié de opinión cuando vi a Logan salir con cara de haber sido malo.

Se levantó y mojó papel de cocina en la pila, me hizo un gesto de que extendiera la mano y me envolvió los dedos en la servilleta húmeda. Yo usé la mano que tenía libre para señalar la cicatriz oval que lucía en el dorso de la mano, debajo del borde del papel.

—¿Te acuerdas de esto? —dije.

Asintió con la cabeza.

—Te lo ganaste a pulso.

Ni remordimientos ni disculpas. Yo tenía siete años y estaba gimoteando porque quería comer. No me callé ni cuando mi madre me lo advirtió. Cal no debía de estar en casa; de lo contrario me habría hecho callar, me habría sacado de allí antes de que las cosas se pusieran feas. Pero no estaba y mi madre cogió la cucharilla caliente que había estado usando para derretir metanfetamina y me la puso en el dorso de la mano. Había sido la única constante en mi infancia. Una frase que me resultaba tan familiar como mi propio nombre. «Te lo has ganado a pulso». Seis sencillas palabras que justificaban cualquier clase de maldad. Gracias a Louise, ahora sabía más cosas sobre el pasado de mi madre, pero eso no cambiaba en absoluto nuestro presente. Aunque quisiera que nuestra relación fuera otra, incluso si lo intentara, nunca ocurriría, porque ella no veía nada censurable en su comportamiento anterior.

Hice además de retirar la mano, pero me la apretó más fuerte.

—Logan es el padre de Junie, ¿verdad? —dijo.

—No —respondí.

Chasqueó la lengua.

—No se lo voy a contar a nadie, si es lo que te preocupa. Sé mantener la boca cerrada como el que más.

Dejé caer los hombros y me recosté contra la encimera. Estaba sin fuerzas, sin ganas ya de negar las cosas.

—¿Cómo lo has sabido?

Que alguien dedujera la verdad, después de tanto tiempo, no me reportaba el alivio que había imaginado.

Mi madre se encogió de hombros y me soltó la mano.

—Tuve un presentimiento cuando os vi a los dos en la rueda de prensa. Por la manera en que te miraba.

Negué con la cabeza.

—No me mira de ninguna manera.

—Pues claro que sí. Ese hombre tiene debilidad por ti. Lo vi clarísimo. Y, luego, algo en la forma en que mueve los brazos al andar me recordó a Junie. —Se encogió otra vez de hombros—. No tuve más que sumar dos y dos.

A eso me refiero precisamente cuando digo que no hay que subestimar a mi madre. Da igual cuántas drogas se meta o lo pasada de rosca que parezca. Siempre está alerta. Calculando. Tomando nota de cosas. Siempre tiene la munición necesaria para cada momento. Y, antes de que te des cuenta, terminas emboscada y con un tiro en el cuerpo, a sus pies, mientras ella te mira triunfal.

—Bueno, por lo menos yo sé quién es el padre de mi hija —le contesté—. Es más de lo que puedes decir tú.

Expulsó el humo con los labios fruncidos.

—Da lo mismo quién fuera. Me trae sin cuidado. En cualquier caso, no hizo más que donar el esperma.

Típico de mamá. Pretender avergonzarla siempre acababa volviéndose contra ti porque no tenía la capacidad de sentir esa emoción. Cuando era niña traté por todos los medios de que me hablara de mi padre. Incluso una vez lo intenté llorando, que siempre era una táctica peligrosa con mi madre, porque lo habitual era que terminaras recibiendo una bofetada en lugar de consuelo. Le conté que en el colegio los niños se reían de mí. Me pellizcó lo bastante fuerte para hacerme una herida y me ordenó que cerrara mi mentirosa boca si no quería que me la cerrara ella. Dijo que sabía que a esos niños les importaba tres cojones quién fuera mi padre porque la mayoría no tenían padre tampoco. Durante mucho tiempo yo había acariciado la idea de que mi madre estuviera ocultando un secreto grande y turbio. Como, por ejemplo, que mi padre fuera un hombre famoso que la había obligado a guardar silencio. Pero con el tiempo me entró la sensatez y me di cuenta de que mi madre decía la verdad. No tenía ni idea de quién era mi padre y probablemente no lo hubiera identificado en una rueda de reconocimiento.

—Aún no me has dicho qué hacías aquí anoche —le recordé—. De qué querías hablarme.

Agitó una mano en el aire como dando a entender que, fuera lo que fuera, no tenía demasiada importancia.

—Venía a decirte que fueras a hablar con Marion. —Tiró el resto de su café al fregadero—. Pero hazlo cuando no tengas prisa. Esa mujer nunca ha sido capaz de contar nada sin tardar medio día.

Ladeé la cabeza. Veía a Marion cada vez que iba al Bait & Tackle, pero no conseguía imaginar de qué podía querer hablar conmigo.

—¿Hablar con Marion de qué?

—De ese tipo con el que andaba tonteando Izzy.

—Espera. ¿Qué...? —De pronto sentí que era la última en enterarme de todo—. ¿Tú cómo has sabido eso?

Mi madre sonrió y enseñó unos dientes amarillos.

—Igual que sé todo lo demás, Eve. Prestando atención.

En realidad, mi madre no tiene amigos. Al menos, no lo que se suele entender por tal cosa. Alguien con quien quedar a comer o a quien hacer confidencias. Alguien con quien contar cuando la cosa se pone fea. Pero si la obligaran a dar un nombre, seguramente daría el de Marion. Se conocen de toda la vida, hasta donde yo sé. Decir que se gustan la una a la otra sería probablemente exagerado. He oído más veces a mi madre hablar de Marion mal que bien. Pero están hechas del mismo patrón y se rigen por el mismo código de honor. Mantenerse unidas, no delatar, pegar primero y pegar más fuerte. Se entienden la una a la otra, Marion y mi madre.

Yo no veía a Marion con la asiduidad de antes, cuando visitaba con frecuencia la caravana de mamá. Su familia había sido propietaria del Bait & Tackle durante generaciones, pero era un lugar que yo trataba de evitar, oscuro, atestado y maloliente. Solo lo pisaba cuando necesitaba desesperadamente algún artículo básico y tanto el Piggly Wiggly como la tienda estaban cerrados. Siempre me pareció que un litro de leche del Bait & Tackle te dejaba un regusto a pescado podrido en la boca. Comprar algo allí te hacía sentir pobre y sucia. Puede que el Bait & Tackle fuera una institución en el pueblo, pero quienquiera que pudiera permitírselo prefería conducir quince kilómetros para comprar anzuelos y gusanos en otra parte.

La única cosa invariable dentro de la tienda, aparte del olor, era Marion. Te recibía siempre desde detrás del agrietado mostrador, con una caja registradora antiquísima a un lado y un cenicero de barro rebosante al otro. Mi madre fuma, pero lo de Marion es otra cosa. Se ventila un cartón de tabaco como si nada. De manera que no me sorprendió demasiado encontrarla con un Marlboro sin filtro en los labios.

—Pero bueno, ¿será posible? —exclamó Marion con voz sonora—. ¡Pero si es la pequeña Evie Taggert!

—Hola, Marion —saludé mientras esquivaba unos cubos rebosantes de gusanos vivos.

—No hagas ni caso —dijo Marion—. El puto Earl Willows se cree que se va a hacer rico por excavar medio jardín trasero y traérmelo aquí. Es un gilipollas. —Negó con la cabeza y sacudió un largo cilindro de ceniza de su cigarrillo—. ¿Cómo estás, niña?

—Bueno... —respondí y miré para otro lado.

—No muy bien, me parece. Vaya mierda lo que le pasó a tu Junie.

En cualquier otro lugar, el asesinato de dos niñas pequeñas habría sembrado el horror en la población. Allí no era más que otro mal día. Vacilé, sin saber cómo responder al comentario, antes de decidirme por un poco entusiasta:

—Pues sí.

—¿Tienes hambre? —preguntó Marion—. Porque tengo un pote con chili de carne de animales atropellados en la trastienda. Me ha quedado un poco picante, pero te puedo servir un cuenco.

El chili de Marion era legendario y yo había comido cien cuencos a lo largo de mi vida. Cuando iba allí con Junie, esta se esforzaba por no arrugar la nariz al verlo. No le cabía en la cabeza meterse en la boca una cucharada de carne de mapache o de comadreja aplastados por los neumáticos de un coche. Le preocupaba vomitar antes de conseguir tragar y que Marion le diera una colleja igual que hacía con los niños que intentaban robar barras de Slim Jims en el mostrador. Siempre me había enorgullecido un poco que a Junie le diera asco aquel chili. Era la demostración de que no estaba tan hambrienta como para llenarse la barriga con cualquier cosa. La prueba tangible de que yo era mejor madre de lo que lo había sido la mía.

—No, gracias. Hoy no me apetece chili.

Marion me miró por encima del cigarrillo que se estaba encendiendo.

—¿Qué te trae por aquí? No eres de las habituales, precisamente.

Su voz era cordial, pero su mirada era dura. Sabía que quería algo de ella, que no había ido allí a pasar el rato o comprar una hogaza de pan. Y que me conociera de toda la vida no me garantizaba ningún trato especial. En ese sentido, Marion era igual que mi madre. Con ella tenías que ganártelo todo.

Me acerqué al mostrador. La tienda parecía vacía, pero podía haber alguien agazapado en alguno de los rincones oscuros, escuchando. Me apoyé en el congelador del año de la polca que tenía el cristal revestido de una capa de escarcha sucia y, dentro, pescados sin tripas junto a polos quemados por el hielo y sándwiches de helado.

—Me ha dicho mi madre que igual sabes algo sobre Izzy Logan. —Hice una pausa—. Y del hombre al que estaba viendo.

—No me digas. —Marion negó con la cabeza—. No es propio de tu madre andar con chismes.

La irritación se apoderó de mí como una ola negra y desbordante. No tenía tiempo para esas gilipolleces. Para seguirle el juego a Marion. Mi hija estaba muerta y la gente podía, o bien ayudarme, o bien apartarse de mi puto camino.

—¿Me lo vas a contar o no?

Marion me echó el humo.

—Sí, te lo voy a contar. —Me sujetó la muñeca con la mano y cerró los dedos hasta que hice una mueca de dolor—. Pero no te subas a la parra, ¿me oyes? Si le cuento a tu madre cómo me has hablado, es muy posible que te dé una lección sobre el respeto a los mayores.

La miré hasta que me soltó la muñeca.

—Me arriesgaré.

No sé lo que me había esperado, pero desde luego no la atronadora carcajada que soltó Marion.

—¡Qué te parece! —aulló—. Ya me creía que esa boca tuya había desaparecido.

—No —dije—. Solo la tenía a buen recaudo.

Esa boca mía era otra cosa más que había enterrado cuando nació Junie. Porque quería enseñarle una manera mejor de abordar el mundo. Una que no la llevara a ser catalogada como basura blanca y poco más. Pero ahora me pregunté si tal vez una boca como la que había tenido yo antes no la habría ayudado a salvarse. Quizá la habría llevado a gritar. A mandar a alguien a tomar por culo. A resistirse. O quizá solo habría servido para que el cuchillo se moviera más rápido. Lo cierto es que no hay forma fácil de ser una mujer en este mundo. Si te expresas, si dices que no, si te mantienes firme, entonces eres una bruja y una arpía y todo lo que te pase es merecido. «Te lo has ganado a pulso». Pero si sonríes, dices que sí, sobrevives a base de buenos modales, eres débil y estás desesperada. Un blanco fácil. Una presa en un mundo de depredadores. No hay opciones seguras para las mujeres, no hay decisiones que no terminen volviéndosenos en contra. Eso Junie no lo había aprendido aún. Pero con el tiempo lo habría hecho. Todas lo hacemos, antes o después.

Otro bufido de Marion.

—A buen recaudo. Siempre has sido ingeniosa con las palabras, incluso cuando eras una niña.

Di un golpecito en el mostrador con los nudillos y se me pegó algo viscoso.

—¿Qué pasó con Izzy? —insistí.

Marion dio otra calada del cigarrillo.

—Directa al grano, así me gusta. —Calló un momento y me apuntó con un dedo manchado de nicotina—. No me preguntes cómo me he enterado porque no te lo voy a decir. —Agitó el cigarrillo en el aire—. Una maga nunca revela sus trucos.

—No te lo preguntaré —dije intentando acelerar la cosa. Dios mío, cómo le gustaba a aquella mujer tener público. En eso mi madre tenía razón.

Marion se inclinó hacia delante.

—Se veía con ese tal Matthew. El que trabaja para Jimmy Ray. El que se peina con esa coleta tan ridícula. Tengo entendido que era como una gatita en celo cuando estaba con él.

—¿Matt? —dije, muda de sorpresa por un momento.

El barman del club de *striptease*. El gilipollas integral. La peor de todas las malas elecciones posibles. «Ay, Izzy, ¿en qué estabas pensando?».

—Pero ¿cómo se conocieron?

—No tengo ni idea —contestó Marion—. Imagino que coincidirían en algún momento y se gustaron. No sé hasta dónde llegó la cosa ni nada por el estilo. Pero sé de buena tinta que él no le puso mala cara precisamente.

—Izzy tenía doce años.

Marion se encogió de hombros.

—Y él es un cabrón con polla. No sé por qué te sorprendes tanto. Estas cosas pasan desde que el mundo es mundo.

Quería que Marion estuviera equivocada. Quería vivir en un mundo en el que los hombres adultos no abusaran de niñas de doce años. Pero Marion tenía razón, por supuesto. No era nada nuevo. Nada que no se hiciera cada segundo de cada día en cada rincón del mundo. Las niñas pequeñas no estaban a salvo. Y yo debería saberlo mejor nadie. Porque había sido una de ellas.

16

En su origen, Barren Springs había sido un pueblo abstemio en un condado abstemio, pues los colonos desarrapados estaban decididos a poner en primer lugar a Dios por haberlos salvado del hambre y el desastre. Su resolución no duró mucho; en cuanto entendieron lo difícil que era allí la vida —descubrieron que un paisaje bonito no implica que la tierra sea cultivable—, decidieron que el alcohol era vital para mitigar las penas, para hacer los días soportables. Pero la mayoría de los habitantes de Barren Springs bebían en privado, como si Dios no fuera a tener en cuenta las cosas que no se hacían ante sus ojos. Cerveza comprada en el Piggly Wiggly y consumida por cajas junto al río o petacas con whisky debajo de asientos de coche para dar traguitos en el camino de vuelta a casa del trabajo. Aparte del club de *striptease* de Jimmy Ray, el único bar de Barren Springs era Cassidy's, un local diminuto encajonado entre la lavandería y la dudosa tienda de bocadillos. Era algo más refinado que el club de Jimmy Ray porque su carta incluía un par de cócteles y olía a toallitas de secadora en lugar de a *stripper*. Por supuesto, para la mitad de los habitantes del pueblo eso eran defectos y no virtudes. Yo solo había entrado unas pocas veces, por lo general con Louise, cuyo marido, Keith, trabajaba en la barra casi cada noche. Cassidy's solo tenía capacidad para unas treinta personas y era un espacio largo y estrecho. La barra estaba a la derecha e iba de pared a pared y las botellas expuestas siempre temblaban un poco cuando las secadoras del local contiguo estaban a pleno rendimiento. En el lado izquierdo había unas cuantas mesas altas para dos. Aquella noche, cuando faltaba media hora para la hora de cierre de los martes, solo había un hombre desmoronado sobre la barra y, detrás de esta, Keith recogiendo.

—Hola, cariño —dijo cuando entré, en pijama, con una sudadera encima y chanclas—. Siento haber tenido que molestarte, pero no quiero que conduzca. He intentado cogerle las llaves, pero no ha querido dármelas.

La llamada de Keith me había despertado del primer sueño profundo que dormía en lo que me parecían siglos. Un sueño de verdad, no un duermevela con pensamientos sobre Junie flotando contra mis párpados cerrados.

—No pasa nada —repuse—. ¿Cuánto lleva aquí?

—Casi toda la noche —contestó Keith. Estaba limpiando la barra y se interrumpió en el lugar donde tenía apoyada Cal la cabeza—. Pobre hombre. Supongo que se le ha venido todo encima. No pensaba molestarte, pero las sospechosas habituales andaban rondando por aquí. Brenda Longmont, esa Candy con la que ibais al instituto. Me imaginé que ya se iba a sentir lo bastante mal mañana como para encima despertarse con una de ellas.

—Pues sí —dije—. Has hecho bien. —Me senté en el taburete contiguo al de Cal y le pasé una mano por el pelo—. Oye, Cal, vamos, despierta.

Cal nunca había sido bebedor. Ni siquiera cuando éramos más jóvenes y yo era demasiado amiga de la botella. Él había observado a mamá y se había ido al extremo contrario, una decisión que yo imité en cuanto me quedé embarazada. Pero mientras que yo había dejado de beber para siempre, Cal se tomaba una cerveza de vez en cuando después del trabajo o viendo un partido. Pero solo lo había visto muy borracho en una ocasión, cuando su novia del instituto, que se había marchado de Barren Springs y seguido con su vida tiempo atrás, se casó con un abogado de San Luis. No creo que fuera un corazón roto lo que empujó a Cal a la botella tanto como darse cuenta de que la vida que tenía en Barren Springs —trabajar con Land, ayudarme a criar a Junie, llevarle a mamá la compra de vez en cuando para evitar que se muriera de hambre— era la que probablemente tendría siempre. Pero nunca hablábamos de ello, porque Cal no habría reconocido eso delante de nadie. Ni siquiera de mí.

Le empujé con suavidad el hombro, repetí su nombre y entonces levantó la cabeza y clavó en mí sus ojos somnolientos.

—¿Eve? —dijo y me aparté, para esquivar el olor a whisky de su aliento—. ¿Qué pasa?

—Que estás borracho —respondí mientras me esforzaba por encontrar mis reservas de paciencia, de amabilidad. Porque si alguien se merecía una noche de olvido era Cal. No era justo esperar que siempre fuera el fuerte. Me pregunté cuántas horas extra habría trabajado desde la muerte de Junie. Cal era siempre quien se preocupaba de mí, pero

¿quién se preocupaba de él? ¿Quién se aseguraba de que comía y dormía? ¿Quién insistía en abrazarlo incluso cuando se resistía? ¿Quién le decía que todo iría bien? Me prometí a mí misma que cuando todo aquello terminara, me esforzaría más. Suponiendo que siguiera allí para cumplir mi promesa.

—Vamos —le dije—. Te llevo a tu casa.

—No —contestó cuando le tiré del brazo—. Siéntate un minuto conmigo, Evie. —Me sonrió—. Por favor.

Miré a Keith con impotencia.

—No pasa nada —repuso—. Tengo que ir a la parte de atrás a lavar unos vasos y echar el cierre. Podéis quedaros unos minutos.

—Gracias, Keith —dije—. No tardaremos mucho.

Cal miró el reloj detrás de la barra con los ojos entornados.

—¿Qué hora es?

—La una y media —respondí.

—Joder —murmuró—. Lo siento. No hacía falta que Keith te llamara. Estoy bien.

Reí.

—De bien nada, vaquero. Casi no puedes mantener ni los ojos abiertos ni el culo en el taburete.

Cuando dije eso, Cal se agarró a la barra con las dos manos y se enderezó un poco.

—¿Has visto los periódicos? —me preguntó.

—¿Qué? —Negué con la cabeza—. ¿De qué hablas? No.

Se soltó de una mano, buscó en el bolsillo de su chaqueta, sacó un periódico doblado y lo tiró encima de la barra. Mi propia cara me abofeteó desde la portada del *Kansas City*

Star. Pálida, ojos de loca, boca en una mueca furiosa. Me la habían hecho durante mi salida de tono en la rueda de prensa. A nadie que viera aquella fotografía le interesaría saber quién había matado a mi hija. El monstruo ahora era yo.

—Es de hace unos días. ¿Te suena? —preguntó Cal con un golpecito del dedo en la fotografía—. Porque, de no saber que es imposible, habría dicho que era mamá. La viva imagen.

No se equivocaba. Más joven, menos ajada, quizá. Pero mi madre, al fin y al cabo.

—Ya te dije que no tenía que haberlo hecho. ¿Qué más quieres de mí? —Le di la vuelta al periódico para no tener que verlo—. ¿Por eso estás así? ¿Por verme a toda plana en el periódico con pinta de psicópata? Por lo que a mí respecta, deberías darme las gracias.

Cal pestañeó mientras intentaba asimilar mis palabras.

—¿Y eso por qué? —preguntó por fin.

—Porque gracias a mí y a mi monumental cagada en esa estúpida rueda de prensa los periodistas se han largado. En busca de noticias más interesantes.

Lo dije en tono frívolo, pero en el fondo me dolía. No me gustaba tenerlos allí siguiéndome a todas partes, acorralándome con sus preguntas entrometidas. Pero que se hubieran marchado significaba que ya no les importaba, que el mundo se estaba olvidando ya de Junie. La capacidad de atención que suscitaba una tragedia ya era limitada de por sí. Si a eso añadías que la víctima era basura blanca y tenía una madre hostil, se reducía casi hasta quedar en nada.

Cal se frotó la cara con una mano y, al tirar de la piel, esta se quedó flácida, en un pequeño adelanto de lo que le esperaba en el futuro.

—¿No piensas a veces que seguimos atrapados en la caravana de mamá? —No esperó a que le contestara, a que le dijera que, con semejante cambio de tema de conversación, me costaba trabajo seguirlo—. Porque yo sí. A veces me parece que todo esto es un sueño y seguimos siendo unos niños que no consiguieron escapar. —Negó con la cabeza, apuró los restos de su whisky antes de que yo pudiera impedírselo y dejó el vaso en la barra con brusquedad—. Cuando pienso en nuestra infancia, en el tiempo que pasábamos con mamá, ¿sabes lo que más recuerdo? Una vez que estábamos fuera jugando a construir un fuerte o algo así. Creo que teníamos unos cinco o seis años. Más o menos. Era invierno, hacía frío y yo llevaba gorro y mitones nuevos. Al menos nuevos para mí. A saber de dónde los habría sacado mamá. Conociéndola, se los habría robado a algún niño. El caso es que estábamos en el bosque y ese mierdecilla de Randall... ¿Cómo se apellidaba? ¿Te acuerdas?

—Goff —dije. Me acordaba a la perfección de la historia y deseé no tener que oírla. Pero Cal había cogido carrerilla, el alcohol le había soltado la lengua—. Siempre fue un grano en el culo.

Cal asintió con la cabeza.

—Me quitó el gorro. Me lo cogió y me desafió a que se lo impidiera. Y cuando llegamos a casa mamá me miró y me preguntó dónde estaba el gorro. A esa mujer le importaba un bledo cómo pasábamos el tiempo, podía estar borracha e inconsciente el noventa por ciento de las veces que cruzábamos la puerta, pero precisamente aquel día estaba atenta.

Recordé yo también cómo se me había encogido el estómago cuando mi madre había hecho aquella pregunta. Cal y yo nos habíamos cruzado una mirada fugaz, pero habíamos sido incapaces de inventarnos una mentira lo bastante rápido para apaciguar a nuestra madre. Recordé su mano huesuda agarrando a Cal del brazo y obligándolo a mirarla mientras yo me pegaba a la pared y deseaba hacerme invisible.

—Dios, nunca olvidaré la expresión de su cara cuando se lo conté. El asco y la desilusión tan brutales. —Cal imitó la voz de nuestra madre y se me puso la carne de gallina—. ¿Dejas que alguien te quite lo que es tuyo? ¿Y vuelves aquí como si tal cosa? ¿Respirando normalmente mientras ese niñato gilipollas va por ahí con tu gorro? ¿Pero tú de qué vas? No puedes dejar que nadie te quite algo tuyo, no mientras estés vivo para impedírselo.

La lección de verdad había empezado después de ese ataque verbal, cuando despojó las manitas de Cal de sus mitones y le dijo que intentara quitárselos, que no permitiera que ella se los quedara. ¿Cómo podía ser tan nenaza de dejar que se los robara? No terminó hasta que le hubo dado una buena tunda y le tiró los mitones a la cara. Luego se agachó delante de mí, que me había acurrucado en un rincón, y me abofeteó con fuerza.

«Nunca dejes que nadie te quite nada, ¿me oyes? O lo recuperas o mueres en el intento».

Si algo podía decirse de mi madre era que sus lecciones se te quedaban. Yo nunca he olvidado una.

Cal se sacó la cartera y la placa de policía del bolsillo trasero de los pantalones y dejó algunos billetes de veinte en la barra.

—Es la razón por la que me hice policía —dijo mientras pasaba los dedos por la placa—. Nuestra madre.

—¿Porque tienes la esperanza de arrestar su triste trasero algún día?

Cal sonrió, pero los ojos no se le iluminaron.

—Los dos sabemos que me mataría con sus propias manos antes de dejar que le pusiera unas esposas. No, lo hice porque quería hacer las cosas de manera distinta. Demostrarle a ella y a mí mismo que no lo sabe todo de cómo funciona el mundo. Que no todo es feo. Que no todo el mundo es malo. Que yo podía hacer el bien. —Se bajó del taburete y evitó mi mano cuando quise sujetarlo para que no se cayera. Su risa sonó como una rama quebrada cuando se tambaleó en dirección a la puerta—. Ahora resulta que ha sido una pérdida de tiempo. Porque esa vieja bruja tenía razón. Tenía razón en todo.

—Lo que le pasó a Junie no fue culpa tuya —le dije a su espalda mientras se alejaba. Porque, aunque Cal no lo hubiera dicho de forma explícita, yo sabía que aquella era la razón de la borrachera.

Mi hermano se detuvo y me miró por encima del hombro; a continuación, deslizó la mirada hacia el periódico que había dejado en la barra y, de nuevo, a mí.

—No estaba hablando de Junie —replicó—. Estaba hablando de ti y de mí, Eve. De que somos exactamente como mamá nos educó.

17

Era muy consciente de que presentarme en la propiedad de Jimmy Ray sin una invitación expresa era algo cercano al suicidio. Pero necesitaba encontrar la manera de hablar con Matt a solas, sin el escudo protector del club de *striptease*, donde podría echarme o, sencillamente, largarse. Me había pasado dos días tratando de hallar una alternativa, pero necesitaba cogerlo desprevenido si aspiraba a hacerle hablar. Pensé en llamar a Land, informarle de lo que había descubierto. Pero presentía que la policía ya estaba al tanto de mi información y que las posibilidades de que consiguieran hacer hablar a Matt eran remotas. Tenía serias dudas sobre si yo sería capaz. Lo más probable era que saliera de aquel encuentro con un ojo morado o unos dedos rotos, y eso teniendo suerte. Pero debía intentarlo.

Sin embargo, no estaba tan loca como para ir a ciegas, sin posibilidad de rescate si las cosas se torcían por completo. Encontré a Cal agobiado y exhausto cuando contestó al teléfono. No habíamos hablado desde que lo llevé a su casa dos noches atrás. Había estado esperando a que se pusiera él en contacto conmigo. Quería darle la oportunidad de decidir qué hacer, pues sospechaba que preferiría simular que no había tenido aquel momento de debilidad. No querría que le recordara que, para variar, él me había necesitado a mí. O lo mucho que lo afectaban los recuerdos de mamá después de tantos años.

—Hola —dije y me sujeté el teléfono entre la oreja y el hombro. Subí la ventanilla del coche para silenciar el fuerte viento.

—Hola —contestó Cal—. ¿Todo bien?

Parecía algo sorprendido y me di cuenta de que ya nunca lo llamaba por teléfono. Antes de morir Junie, hablaba con él al menos dos veces al día, solo para charlar un rato, para saber cómo estaba. Pero aquella rutina de tantos años se había interrumpido cuando el corazón de mi hija dejó de latir. Lo cierto era que me había quedado sin cosas que contar y no tenía energías para fingir que me interesaba lo que pudiera decir nadie más, a no ser que fuera información sobre quién había asesinado a mi hija.

—Sí, todo bien —mentí, mientras parte de mi cabeza calculaba lo lejos que estaba de la casa de Jimmy Ray y lo que tardaría Cal en llegar adonde iba yo—. Pero, escucha, tengo una pista del tío con el que estaba tonteando Izzy y...

—Eve —dijo Cal en voz alta y clara—. ¿Qué estás haciendo?

Me castañetearon los dientes cuando el coche empezó a traquetear por el suelo abrupto del camino de entrada al recinto de Jimmy Ray. Empezaba a oscurecer y me sentí expuesta y vulnerable, pues los faros y el motor renqueante del coche anunciaban mi presencia.

—No te preocupes —le contesté a Cal, cuyo resoplido de incredulidad me confirmó lo poco probable que eso era—. Estoy bien. No pienso hacer ninguna tontería. —A aquellas alturas, las mentiras salían de mi boca como agua—. Quería que supieras que he venido a casa de Jimmy Ray, por si pasara algo.

—No —repuso Cal—. Da la vuelta ahora mismo. Lo digo en serio, Eve. Da...

Colgué, apagué el teléfono y lo tiré al asiento del pasajero. Calculé que tenía treinta minutos, quizá, antes de que Cal me alcanzara. Me bastarían para averiguar si Matt estaba dispuesto a hablar o no.

Más adelante vi la pequeña garita de seguridad que había construido Jimmy Ray con contrachapado y trozos de metal. Estaba en el límite de la propiedad y era imposible llegar a la casa sin pasar por ella. En el techo torcido brillaba un foco y el aire improvisado de la construcción habría resultado simpático, de no ser por el analfabeto armado que yo sabía que había dentro.

Pero cuando me detuve junto a la garita, vi que estaba vacía. Había estado practicando mentalmente lo que iba a decir, la colección de palabras que confiaba que me sirvieran para pasar la barricada, y, cuando resultó que no eran necesarias, no supe muy bien qué hacer. La gruesa cadena que por lo general cerraba el paso a la propiedad de Jimmy Ray cuando no había vigilancia estaba enrollada en la maleza. La aparente facilidad para entrar me produjo un cosquilleo de preocupación en el estómago. Nunca había visto a Jimmy Ray desatender su seguridad. Pero poner trampas tampoco era su estilo. Jimmy Ray no era retorcido. No ideaba tretas para pillarte desprevenida. Atacaba de frente y a todo gas. Tal vez el hombre de la garita había ido a echar un pis y se había olvidado de la cadena. Quizá algo en la casa había requerido su atención inmediata. Lo que podía terminar favoreciéndome. Si todos estaban pendientes de otra cosa, dispondría de más tiempo con Matt.

Dejé atrás la garita con una mueca de horror al recordar las pocas veces que me había dejado convencer por Jimmy Ray para llevar allí a Junie. Mis peores momentos como madre me acecharon igual que las sombras que proyectaban los árboles a ambos lados de la carretera. Por aquel entonces, Matt vivía en una caravana en el extremo oeste de la propiedad de Jimmy Ray y supuse que así seguiría siendo. Una vez los sicarios de Jimmy Ray se instalaban en un trozo de tierra, eran reacios a abandonarla. Y, si mi memoria no me engañaba, por mucho que la caravana de Matt fuera un cacharro destartalado como la de mi madre, estaba cerca del río y desde las ventanas traseras disfrutaba de la vista de las colinas de alrededor.

El camino hizo una curva y lo abandoné para enfilar unos senderos que conocía de memoria, no de vista. Las ramas golpearon las ventanillas y di gracias a Dios por que no hubiera llovido los días anteriores. Lo último que necesitaba era quedarme atascada en el fango, atrapada sin poder escapar. Cuando empezaba a pensar que me había desviado demasiado pronto, vi la cabaña medio derruida que me había enseñado una vez Jimmy Ray. Era la casa original de la familia pionera a la que habían pertenecido aquellas tierras años atrás. Sepultada entre la maleza y oculta. Habíamos tenido relaciones sexuales allí, yo pegada contra las paredes cubiertas de musgo y con Junie dormida en el coche. Sabía que había un claro donde podría dar la vuelta con el coche y dejarlo preparado para escapar deprisa si era necesario.

Era imposible acercarse con discreción a la propiedad de Jimmy Ray en coche. Se extendía en la base de una colina. Incluso con los faros apagados, una vez coronabas la pendiente, estabas perdido. La única manera de acercarse sin ser visto era a pie, y cuanto más lejos te mantuvieras de Jimmy Ray más seguro estabas. Si las cosas iban bien, podría atajar por el bosque, hablar con Matt y estar de vuelta antes de que Jimmy Ray se diera cuenta. Matt era también el primer interesado en que así sucediera. A Jimmy Ray solo le gustaba la acción protagonizada por él. Las movidas de los demás no le hacían gracia. Cuanto antes me permitiera Matt salir de allí, mejor para los dos.

Cogí una linterna de la guantera y me interné en la vegetación. Plantas de kudzu se me enganchaban en los tobillos y podía oír murciélagos aletear en el cielo cada vez más oscuro. A mi izquierda, algo reptó entre la maleza y mi reacción fue pisar más fuerte. Pero no estaba asustada. Había crecido en aquellos bosques, los conocía tan bien como el latido de mi corazón. Nada de lo que había allí podía atacarme sin que le plantara cara.

Aflojé el paso cuando los árboles empezaron a espaciarse y entreví el brillo de unas luces lejanas. Vi el sempiterno círculo de camionetas a la puerta de la casa de Jimmy Ray, pero se encontraban demasiado lejos para apreciar si había actividad, sobre todo ahora que anochecía. Más adelante, a mi izquierda, estaba el sendero que conducía a la caravana de Matt. Era inevitable abandonar la protección que brindaban los árboles y quedar a la vista, al menos por unos instantes. Me había puesto vaqueros y una camiseta negra y confié en que quien me viera estuviera lo bastante lejos para confundirme con uno de los suyos. Casi todos los compinches de

Jimmy Ray tenían mujeres o novias, en ocasiones ambas cosas, que vivían en la propiedad, de manera que mi presencia no tenía por qué llamar la atención.

Aguardé un momento y agucé el oído, pero solo oí el viento que soplaba a través de las copas de los árboles y el ulular lejano de una lechuza. Era el momento de salir, pero, aun así, esperé. No supe con seguridad si lo que impedía moverse a mis pies era el miedo o un vestigio de mi cerebro reptiliano que me aconsejaba permanecer quieta. Conté despacio hasta cien y, cuando terminé, volví a contar. Nada. Respiré hondo y salí de entre los árboles, a paso ligero, con la mirada al frente, hacia el sendero que llevaba a la caravana de Matt. La sensación de estar desprotegida, de ser un blanco fácil me erizó el vello de la nuca y tuve que resistir el impulso de echar a correr. Ya estaba a medio camino cuando oí el ruido de un motor de coche procedente de la casa de Jimmy Ray. El corazón me saltó dentro del pecho, como si quisiera impulsar a mi cuerpo hacia la seguridad del sendero; cuando miré a mi derecha, vi unos faros de coche en lo alto de la colina que iluminaban la alta hierba delante de mí.

No tenía donde ir. No podía volver al bosque sin que los faros me alcanzaran, así que eché a correr, después de tropezar un poco, hacia donde el sendero desaparecía después de una pendiente. Me tiré a la hierba y rodé y el hombro se me enganchó en algo afilado antes de detenerme.

Esperé, jadeante, atenta al sonido de voces o de portezuelas de coche que se abrían. Jimmy Ray se cebaría conmigo. Comparado con lo que me haría, una muñeca rota sería un trabajo de aficionados. Pero el coche no se detuvo, siguió circulando por el camino, se alejó. Seguí tumbada un momento más, me presioné la herida del brazo y los dedos se me tiñeron de rojo.

—Mierda —murmuré y me puse de pie. Me invadió una extraña sensación de vergüenza. ¿Qué hacía yo allí, dándomelas de gran vengadora? ¿Qué habría dicho Junie de verme? Se me ocurrió que era más probable que reaccionara poniendo los ojos en blanco que dándome ánimos. Pero ya había llegado hasta allí, veía luces brillar en las ventanas de la caravana de Matt, a lo lejos.

Bajé la colina con algún que otro resbalón en la hierba aplastada. Por allí nadie cerraba las puertas con llave. Podía entrar y pillarlo desprevenido. Pero todos tenían siempre un arma cargada cerca. Y, si entraba por sorpresa, igual terminaba con una bala en la barriga. Decidí que lo más inteligente sería llamar a la puerta. Por algún motivo, presentía que Matt no me negaría la entrada. La curiosidad le podría, era algo que le ocurría a la mayoría de las personas.

Estaba a menos de cincuenta metros cuando oí el tañido de una canción country salir por las ventanas. Me acerqué unos pasos y olí los restos de una comida en el viento. Carne a la parrilla y salsa barbacoa. Otros cinco metros y un extraño zumbido me hizo parar en seco. No era el viento. Traté de identificarlo y, cuando lo hice, se me cayó el alma a los pies. Era el ruido de succión que hace una caldera cuando se enciende el piloto. Y entonces el mundo entero saltó por los aires.

18

Caí al suelo y quedé mirando a las estrellas; frente a mí rugía el fuego y a lo lejos alguien gritaba. Pero todo me llegaba amortiguado, como si tuviera la cabeza envuelta en una gruesa capa de algodón. Me giré hasta quedar de costado y el mundo se desprendió de su eje y me subió bilis por la garganta. Bajé despacio la cabeza hasta que mi frente tocó la hierba y tomé aire por la nariz y lo solté por la boca hasta que mi estómago regresó a su posición habitual.

Tardé un minuto en recordar dónde estaba y lo que había pasado. Me puse de rodillas con una palma de la mano en el suelo para conservar el equilibrio, y miré hacia donde había estado la caravana de Matt. Todo lo que quedaba de ella eran trozos de metal en llamas, restos dispersos por el suelo. Al otro lado del claro, a lo largo de la hilera de árboles, había fuego.

—¿Qué coño? —dije y la voz me salió en forma de graznido ronco.

Sabía que tenía que volver al coche, salir de allí, pero no parecía ser capaz de conseguir que mi cuerpo obedeciera las órdenes de mi cerebro. A mi espalda oí ruido de pisadas corriendo y, aunque logré ponerme de pie, supe que no podría ser más rápida que quienquiera que fuera. Un hombre bajaba por el sendero en dirección a mí, la hierba le hacía resbalar y me preparé para lo que estuviera por venir. Entrar sin permiso en la propiedad de Jimmy Ray ya era bastante malo. Pero que me encontrara allí cuando uno de sus hombres acababa de volar por los aires era mucho peor.

Entrecerré los ojos para protegerme del humo y el alivio se apoderó de mí cuando vi que quien corría hacia mí era Cal y no Jimmy Ray. Cal abrió los brazos cuando me abalancé hacia él y me sujetó cuando las piernas me fallaron.

—¡Eve! —casi gritó—. Por Dios bendito. ¿Qué coño está pasando aquí? ¿Qué ha sido eso?

Negué con la cabeza.

—No lo sé. Vine a hablar con él y... —Extendí un brazo—. Y explotó. No he llegado a verlo.

Cal miró por encima de su hombro.

—Tienes que irte —dijo— antes de que llegue Jimmy Ray. —Me dio un empujón—. ¡Vete!

—Pero...

Me empujó otra vez, más fuerte.

—Por una vez en tu vida, Eve, no me discutas. ¡Vete! ¡Ahora!

Me alejé de él corriendo como pude, pues las piernas tardaban medio segundo en obedecer las instrucciones de mi cerebro. A mi espalda oí a Cal informar por radio de la explosión, pedir refuerzos y una ambulancia, aunque ya era tarde para Matt, o lo que quedara de él. Había llegado a la linde del bosque cuando apareció una camioneta en lo alto de la pendiente. Me detuve, oculta detrás del tronco de un árbol, y vi a seis de los hombres de Jimmy Ray bajar, gritar y echar a correr hacia Cal.

Parte de mí quería quedarse y asegurarse de que mi hermano estaría bien, de que Jimmy Ray y sus hombres no pagarían su furia con él. Pero tenía que suponer que la placa de Cal lo protegería, al menos hasta que llegaran refuerzos. Y, además, lo que había dicho era cierto: yo tenía que salir de allí. Cuanto más me quedara, mayores eran las posibilidades de que alguien me encontrara.

No recuerdo gran cosa del resto del camino hasta el coche, que hice tropezando con raíces de árboles y trastabillando en la oscuridad. Me temblaban tanto las manos que necesité tres intentos para meter la llave en el contacto y los dientes me castañetearon por conducir demasiado rápido por la propiedad, para evitar encontrarme con la policía, que sabía que se dirigía hacia allí. Cuando llegué a la carretera principal, me crucé con dos coches, con las luces y la sirena encendidas, de camino a la propiedad de Jimmy Ray. Seguí sus faros traseros por el espejo retrovisor hasta que desaparecieron, medio esperando que se dieran la vuelta y se pusieran a perseguirme a mí. Mis manos no se aflojaron y mi mandíbula no se soltó hasta que no detuve el coche junto al complejo de apartamentos donde vivía. Cuando por fin me bajé del coche, tenía el cuerpo como si Jimmy Ray me hubiera dado una de sus palizas y caminé encorvada y coja hasta la puerta de mi apartamento.

Me encerré en el cuarto de baño y me desnudé. Tenía la camiseta pegada a una herida en el hombro y me dolió al quitármela. Tenía la cara sucia de hollín y en la mejilla izquierda asomaba una contusión, que probablemente me había hecho al caer al suelo por la explosión. Me agarré a los bordes del lavabo para que dejaran de temblarme las manos e hice un esfuerzo por recordar lo ocurrido en la última hora. Que la caravana de Matt saltara por los aires en el momento preciso en que me dirigía a hablar con él no tenía sentido alguno. Si Matt había sido el asesino de Izzy y Junie, ¿por qué iba a suicidarse? Yo no creía que alguien como Matt supiera lo que son los remordimientos. Sospechaba que, a diferencia de Jimmy Ray, Matt no se regía por ninguna clase de código. Era probable que matar a dos preadolescentes no le quitara un minuto de sueño. Y, si no las había matado él, ¿qué podía importarle al asesino que hablara yo con Matt? En todo caso, le estaría dando a la policía una pista que investigar. Que Matt estuviera vivo para explicar su relación con Izzy solo podía beneficiar al asesino. Porque todas las miradas estarían fijas en el objetivo equivocado.

Algo me rondaba la cabeza, un fleco de información que se me escapaba cada vez que mi cerebro intentaba darle alcance. Pero me dolía todo el cuerpo, sobre todo la cabeza, y supe que, cuanto más lo intentara, más se me escaparía. Estuve largo rato en la ducha, hasta que el agua que me caía del hombro pasó de rojo a rosa claro y luego a transparente. Tanto, que el agua caliente dio paso a una rociada tibia. Y, aun así, el pensamiento no se concretaba. Quizá una noche de sueño reparador hiciera aflorar a la superficie lo que quiera que fuera. O quizá no era nada.

Me envolví en una toalla y me examiné a conciencia la herida del hombro para asegurarme de que me sangraba menos, antes de tapármela con una gasa y un par de tiritas, y salí al pasillo. A mi izquierda, un tablón del suelo crujió y, cuando volví la cabeza, algo pesado me golpeó desde un lateral, me empujó contra la pared y estrelló mi cabeza contra la jamba de la puerta. Una mano me rodeó la garganta, los dedos eran callosos y ásperos.

—¿Qué has hecho? —dijo Jimmy Ray y noté su aliento caliente en la cara—. Estúpida zorra.

Esperaba que yo me encogiera, le suplicara, lo apaciguara. Porque así era como funcionaban las cosas entre los dos. Él se enfurecía cada vez más y yo intentaba desesperadamente calmarlo, contenerlo, de manera que Junie no tuviera que presenciar algo que la dejaría marcada para siempre. Pero ahora el mundo era un lugar distinto, sin mi hija en él. Y yo era otra mujer.

Levanté fuerte y rápido la rodilla y le acerté de pleno en los huevos porque no se lo esperaba, ni siquiera se le había ocurrido protegerse. No de mí. Me soltó el cuello, se dobló en dos como una marioneta a la que han cortado los hilos y cayó de rodillas. Me aparté de él, eché a correr y di dos pasos antes de que su mano se cerrara alrededor de mi tobillo y tirara. Caí al suelo con violencia y aterricé sobre la cadera, luchando en vano por agarrarme a algo. Di una patada con la pierna que tenía libre y golpeé a Jimmy Ray en la nariz con un crujido audible que lo obligó a soltarme el tobillo y le hizo caer de espaldas con las dos manos en la cara.

—Joder —gimió—. ¿Por qué has hecho eso? —dijo con el tono lastimero que usan los matones de todo el mundo, esos que saben pegar, pero no encajar un golpe.

Usé la pared para recuperar el equilibrio y me puse de pie con esfuerzo. Cogí la toalla del suelo y me envolví de nuevo con ella.

—Porque te lo merecías —contesté.

Cosa sorprendente, no me replicó. Parecía haberse quedado sin ganas de pelea después de la patada y tenía la nariz completamente desplazada. Me pregunté si algo así habría bastado, años atrás, para poner fin a lo nuestro. Sin necesidad de largas peleas tras las cuales era mi cara la que terminaba ensangrentada y llena de contusiones. Sin necesidad de hacerle a Land una mamada en su coche para que Jimmy Ray desapareciera por fin de mi vida. Tal vez habría funcionado. O tal vez habría terminado muerta y tirada en el bosque y Cal o, Dios no lo hubiera querido, mi madre habría criado a Junie. Pero pensar en lo que podría haber sido no iba a servirme de nada. De lo único que podía estar segura era de aquella noche, de aquel momento.

Miré con cautela a Jimmy Ray sentarse y apoyar la espalda contra la pared.

—¿Me das una toalla? —preguntó.

Fui a la cocina, envolví un poco de hielo en un paño y se lo llevé. Se limpió la sangre de la cara y echó la cabeza hacia atrás. Después se pegó el hielo a la nariz con un gemido.

—Joder, niña —dijo—. Me has hecho polvo.

Me deslicé por la pared hasta quedarme sentada a su lado, con las piernas extendidas y cruzadas a la altura de los tobillos puesto que seguía envuelta en una toalla.

—Yo no he volado la caravana de Matt.

Jimmy Ray me miró.

—Sí, sabía que era poco probable.

—¿Y aun así decidiste venir a mi apartamento y estrangularme?

—Estaba cabreado —dijo Jimmy Ray encogiéndose de hombros—. Se me ha llenado la casa de polis. Además, si te quisiera muerta, lo estarías. Y a tu madre que le den.

Me volví a mirarlo.

—¿Qué tiene que ver mi madre con eso?

—Cuando estábamos juntos tu madre no hacía más que darme el coñazo. Me decía que, si iba demasiado lejos, usaría mi polla de cebo para pescar.

Lo miré. Por un instante me quedé sin palabras. Claro que cuando era niña mi madre había ido como un rayo contra cualquiera que me tratara mal. Pero no pensaba que se preocupara tanto de mí desde que era adulta. En una ocasión en que Jimmy Ray me puso un ojo morado me dijo que me había metido yo solita en un lío y que tenía que ser lo bastante fuerte para salir de él. Nunca se me pasó por la cabeza que hubiera amenazado a Jimmy Ray.

—¿Qué pasa? —dijo este divertido—. ¿Por qué crees que una muñeca rota fue lo peor que te pasó? Joder, reconozco que esa vez me preocupé un poco. Pensé que igual me quedaba sin rabo.

—Entonces supongo que es una buena cosa que no hayas conseguido estrangularme.

Jimmy Ray me cogió la mano y la apretó hasta hacerme el daño justo.

—No estoy de coña, Eve —dijo—. Te tengo cierto afecto. Solo Dios sabe por qué, porque la mayor parte del tiempo no me has dado más que problemas. Pero ese afecto tiene un límite. —Me soltó la mano y se señaló la cara—. Como vuelvas a hacer algo así, o algo como lo que ha ocurrido en mi casa esta noche, tu hermano va a tener que sacarte a trocitos del río. Trocitos muy pequeños. ¡Y a tu madre que le den por culo! —Me sostuvo la mirada—. ¿Me has entendido?

—Sí —respondí, porque así era. Había agotado todas mis papeletas con Jimmy Ray. Y no era de los que te hacen un préstamo—. La verdad es que no tengo ni idea de lo que ha pasado esta noche. Quería hablar con Matt, nada más. Estaba tonteando con la amiga de Junie, Izzy.

—Así que se te ocurrió ir a espiar a mi propiedad. —Jimmy Ray negó con la cabeza—. Para alguien que no quiere que la estrangulen, te encuentro de lo más suicida, Eve.

Me encogí de hombros.

—Supongo que tienes razón. —Me alisé la toalla a lo largo del regazo—. ¿Tienes alguna teoría sobre Matt?

—Ni puta idea —contestó Jimmy Ray. Pero la breve pausa antes de contestar, la vacilación en sus palabras me hicieron pensar que tenía una sospecha creciente—. A veces cocinaba metanfetamina en la caravana. Nosotros nos hemos pasado a la heroína. Ahora mismo es un mercado mayor. —Hablaba de su negocio de narcotráfico como podía hablar del tiempo o de lo que había comido ese día. Como si fuera algo normal. Que se da por hecho—. Pero a Matt le gustaba cocinar metanfetamina para su consumo. Igual se descuidó. Se voló a sí mismo por los aires. Siempre fue bastante gilipollas.

—Puede ser —dije—. O puede que alguien le echara una mano.

Jimmy Ray volvió a mirarme. Sus ojos oscuros me taladraban la cara.

—¿Por qué? ¿A quién beneficia que Matt esté muerto?

—No lo sé. Igual sabía algo de lo que les pasó a Junie e Izzy. Igual alguien no quería que hablara.

Jimmy Ray me dio un capirotazo en la pierna.

—Pues siento decirte, cariño, que Matt no te habría dicho nada. Y, en cualquier caso, dudo mucho de que tuviera información sobre los asesinatos. Ese tío casi no era capaz de distinguir su culo de un agujero en el suelo.

Me di con la cabeza contra la pared.

—Entonces no tengo ni idea. De nada. —Callé y cerré los ojos—. No hago más que intentar encontrarle sentido. A las muertes. A lo que pasó. A cuál fue la razón.

—Pierdes el tiempo, Eve. Es como mear al viento. Tratar de contestar esa pregunta, buscar el porqué de algo así te va a volver loca. El porqué no importa.

—¿Y entonces qué importa?

—Importa quién. La persona que empuñó el cuchillo. Eso es lo único que debe preocuparte.

La extrañeza de la conversación no me pasó desapercibida. Jimmy Ray y yo sentados lamiéndonos las heridas y dándole a la lengua igual que viejos amigos. Qué narices, tal vez él pensaba que lo éramos. Aquello me recordó, en el mal sentido, a mi madre y a la relación que teníamos. Por muchas veces que creyera que me había librado de ella, sin saber cómo, siempre terminábamos sentadas una enfrente de la otra. Debía reconocer que tanto ella como Jimmy Ray tenían cierto poder de permanencia en mi vida.

—Sigo pensando que sabes más de lo que me cuentas —dije mientras me recogía el pelo mojado en la nuca.

—Qué va —contestó Jimmy Ray. Se puso en pie y me ofreció la mano. Me ayudó a levantarme—. Sé lo mismo que tú.

—¿Y eso qué quiere decir exactamente?

Agaché la cabeza para verle los ojos porque estaba mirando para otro lado. Jimmy Ray, que usaba el contacto visual como arma, de seducción, de intimidación. Era un hombre consciente del poder de su mirada. Supe que el que no quisiera mirarme significaba algo.

Se separó de mí y vi que cojeaba un poco como resultado de mi rodillazo en la entrepierna. Algo que, he de reconocer, me produjo cierta satisfacción.

—¿Sabes qué es lo que más me gustó siempre de ti? —dijo.

Intenté recordar los cumplidos que me había hecho a lo largo de los años.

—¿Las piernas?

Entonces sí me miró, por encima del hombro, y sus ojos fueron de mis caderas a mis tobillos desnudos.

—Siempre me encantaron tus piernas. Siguen estando muy bien, joder. —Sonrió sarcástico—. Aunque serían más bonitas aún alrededor de mi cintura.

De pronto fui consciente de mi desnudez, de que bastaría un tirón para que mi toalla desapareciera. El pensamiento vino seguido de una oleada de excitación, de inmediato reemplazada por una sensación de vergüenza. Lo mío no era normal. ¿Cómo era posible que un hombre como Jimmy Ray hiciera reaccionar mi cuerpo con tanta facilidad, que me provocara calor en el vientre y humedad entre las piernas con solo unas palabras? Teniendo en cuenta que ese mismo cuerpo conocía el dolor que era capaz de provocarme. Di un paso atrás para alejarme de él.

—Si no son las piernas, ¿entonces qué?

Traté de sonar enérgica y formal, pero percibí la ronquera de excitación en mi voz. Jimmy Ray también lo hizo, a juzgar por cómo su sonrisa burlona se había transformado en una de oreja a oreja.

Me guiñó el ojo para hacerme saber que no le había engañado, y a continuación adoptó una expresión seria.

—Me gusta lo inteligente que eres. Las otras chicas con las que he salido —se llevó el dedo a la sien— no tenían demasiadas luces.

—Creía que te gustaban así —dije—. De esa forma hay menos probabilidades de que te lleven la contraria.

Jimmy Ray dio un manotazo en el aire que se llevó mis palabras.

—Escucha lo que te estoy diciendo. Eres lista, Eve. Tienes algo dentro de esa cabeza. La mayor parte del tiempo eso te convertía en un grano en el culo, pero nunca me aburrí contigo, lo tengo que reconocer.

Pensé que el intento de cumplido de Jimmy Ray era probablemente una patraña, sospeché que me había llamado zorra estúpida cien veces a mis espaldas. Me sujeté mejor la toalla con las manos.

—¿Por qué me dices eso?

—Porque está todo aquí dentro. —Se tocó de nuevo la sien—. Vas a encontrar la respuesta.

—¿Y si no soy tan lista como crees?

—Lo eres —dijo Jimmy Ray—. Pero quizá te estás centrando en lo que no debes.

—¿Te refieres a Matt?

—Me refiero a que la gente mata por una serie de razones. —Las fue contando con los dedos—. Sexo, dinero o simplemente furia.

Empezaba a irritarme, no sabía a ciencia cierta si Jimmy sabía algo o me estaba tomando el pelo.

—¿Y cuál de ellas ha sido, ya que sabes tanto?

—No estoy diciendo que sepa nada —contestó Jimmy Ray—. Estoy diciendo que es posible que hayas elegido el camino equivocado, nada más.

Lo que, al menos en parte, me sonó a argumento interesado. Jimmy Ray no me quería husmeando en sus negocios y en su propiedad. Matt estaba fuera de la película y ahora yo tenía que seguirle la pista.

—Igual le hiciste volar por los aires tú para evitar que hablara conmigo.

Jimmy Ray rio.

—Niña, tú has visto demasiadas películas. ¿Me voy a molestar en preparar una explosión cuando puedo ir y pegarle un tiro? Una pistola hace mucho menos ruido y no te trae a la policía a casa. —Abrió la puerta—. Además, ¿a mí qué me importa si Matt habla contigo? Ya te he dicho que no he tenido nada que ver con la muerte de tu hija. —Se detuvo en el umbral de la puerta entornada—. Por lo que he oído, el sexo no tuvo nada que ver con los asesinatos. Y tampoco me parece que fuera un ataque de furia. No por cómo las dejaron, tan pulcras y bien colocadas. ¿Qué nos queda entonces? —Me miró por encima del hombro mientras cerraba la puerta y vi en sus ojos una compasión tan inesperada en él que me pregunté si no habrían sido imaginaciones mías—. Sigue el dinero, Eve. Sigue el dinero.

19

Sigue el dinero? ¿Qué coño significaba eso? No teníamos dinero. Ni Junie ni yo. Cal y mamá tampoco. En general, mi familia nunca había tenido donde caerse muerta. Así que solo quedaba Izzy. Su familia tenía sin duda más dinero, pero tampoco eran lo que se dice ricos. Qué narices, en cualquier otro sitio habrían sido, como mucho, de clase media. Y tampoco me imaginaba a Izzy metida en una gran estafa de millones de dólares. Por Dios, pero si tenía doce años. Estaba más interesada en lacas de uñas, mensajes de texto o enamorarse de imbéciles como Matt. Pero quizá había algo que no veía porque no estaba lo bastante cerca. Algo oculto dentro de una familia a la que solo conocía por encima.

Conseguí vestirme y recogerme el pelo en una coleta antes de que apareciera Cal. Estaba sudoroso y oliendo a humo, tenía una manga del uniforme rasgada y los zapatos cubiertos de ceniza. No estaba tan furioso como Jimmy Ray, pero casi.

—Joder, Eve —dijo mientras caminaba de un lado a otro en mi cuarto de estar. Cada pisada dejaba pequeñas marcas negras de hollín en la desgastada alfombra—. ¿Se puede saber qué hacías ahí? ¡Podías haber acabado con una paliza o muerta! Y eso antes de que la caravana de Matt volara por los aires.

Se pasó una mano por el pelo y se dejó los sucios mechones de punta.

—Ya te lo dije por teléfono —contesté—. El tipo que andaba con Izzy era Matt.

—¿Y qué? —gritó Cal—. ¿Desde cuándo es trabajo tuyo presentarte allí sin más? ¡Para eso está la policía!

—Entonces, ¿por qué no habíais hablado todavía con él? —grité yo también—. Ahora está muerto y es demasiado tarde, joder.

Cal dejó de caminar y se volvió para mirarme. Yo estaba hecha un ovillo en una esquina del sofá.

—¿Qué te hace pensar que no hablamos con él?

Aquello me detuvo y lo que me disponía a decir se me quedó en la punta de la lengua.

—¿Por qué no me lo dijiste cuando te llamé?

—¡Porque me colgaste y te fuiste a encararte con él como una trastornada!

Hacía años que Cal y yo no nos hablábamos de aquella manera. Así era como interactuábamos cuando éramos más jóvenes. Yo, beligerante, impulsiva y bordeando la autodestrucción. Y Cal intentando siempre arreglar los daños que yo causaba, esforzándose por hacerme ver lo erróneo de mi comportamiento e irritándose cuando yo no lo escuchaba. Pero con la llegada de Junie nuestra dinámica había cambiado. Tener una hija me había vuelto vulnerable de una manera en que no lo había sido nunca. Cuando era más joven no me había importado lo que fuera de mí. Pero Junie me necesitaba. Así que acepté la protección y las preocupaciones de Cal y las usé para envolvernos con ellas a Junie y a mí como si fueran plástico de burbujas. Me pregunté si aquella noche en que Cal se emborrachó en el bar, cuando, arrastrando las palabras, dijo aquellas verdades sobre nuestra infancia, no abrió alguna compuerta entre los dos. Y ahora el dolor se había desbordado y nos devolvía a las antiguas versiones de nosotros mismos.

—¿Qué te dijo cuando le preguntaste por Izzy?

Cal se dejó caer en el sofá a mi lado, echó la cabeza hacia atrás y cerró los ojos.

—Poca cosa. Al principio trató de negarlo, pero lo presionamos.

—¿Land y tú?

—Ajá. Al final dijo que habían coqueteado un poco, pero que no habían ido más allá de hablar.

Me giré para mirarlo.

—¿Y te lo crees?

Cal abrió los ojos.

—No, pero que se la estuviera ligando no quiere decir que la matara.

—Pero cuando hablaste con él, ¿te pareció que mentía?

Cal suspiró.

—¿Quién coño sabe con un tío como ese? Mentía con la misma facilidad con la que respiraba. Casi todo lo que dijo iba destinado a protegerse el culo. —Se acercó más a mí—. Tenemos los mensajes de texto del teléfono de Izzy.

—¿Qué? ¿Cuándo? ¿Qué le decía?

—Echa el freno —dijo Cal—. El único reseñable es uno de la mañana en que murieron. El asesino le escribió aquella mañana. Le dijo que se reuniera con él en el parque. Ninguno de los dos mencionó nada sobre que Junie fuera también.

—Se encogió de hombros con impotencia—. De momento estoy dando por hecho que se trata de un hombre.

—¿Alguien a quien Izzy conocía? —pregunté. Aquello debería haber supuesto un consuelo. Que el hilo que unía al asesino y sus víctimas condujera a la hija de los Logan y no a la mía. Pero desconfié de aquel sentimiento, pues un hormigueo en el estómago seguía diciéndome que, de alguna manera, Junie formaba parte de lo ocurrido.

—Eso parece.

—¿Decía el mensaje algo sobre dinero?

Cal arrugó el ceño.

—¿Dinero? ¿Te refieres a un chantaje? ¿Qué quieres decir?

Me puse de pie, cogí unos vasos sucios de la mesa baja.

—No sé lo que quiero decir. —Fui a la cocina y dejé los vasos en el fregadero—. Alguien me ha dicho que el dinero puede estar en la raíz de lo ocurrido.

Me concentré en abrir el grifo y echar un poco de lavavajillas.

—¿Quién es ese alguien? —preguntó Cal desde el cuarto de estar y me arrepentí de haber dicho nada porque, en cuanto pronunciara el nombre de Jimmy Ray, sería imposible mantener una conversación racional con mi hermano—. ¿Quién, Evie? —preguntó otra vez Cal, que se había levantado y me miraba desde la puerta de la cocina. Cuando no contesté, dio un puñetazo a la jamba—. Ha sido el puto Jimmy Ray, ¿a que sí? Ese pedazo de mierda. ¿Cuándo has hablado con él?

—Ha estado aquí hace un rato.

A Cal se le pasó el enfado de manera automática; se acercó a mí y me puso una mano en el brazo con suavidad.

—¿Te ha hecho daño?

Me encogí de hombros y miré a otra parte.

—No tanto como pretendía. Creo que le he roto la nariz.

Cal dio un largo silbido.

—Hostias, Eve. Bien hecho.

Se me escapó una pequeña carcajada.

—Entre los dos vamos a terminar haciéndole una nueva cara a Jimmy Ray.

La sonrisa de Cal duró unos segundos, hasta que se puso serio.

—Supongo que sabes que lo más probable es que esté jugando contigo. Que busque provocarte.

—¿Para qué querría hacer eso? —pregunté.

Pero era una pregunta estúpida. A Jimmy Ray le encantaba jugar con las personas, le gustaba manejar los hilos y hacer bailar a los demás a su antojo.

—Porque puede —dijo Cal, exasperado—. Porque le divierte. Porque le gusta sentirse poderoso. ¿Quieres que siga?

Dejé los platos sucios a remojo en el fregadero y cogí un trapo de la encimera para secarme las manos.

—¿Me estás diciendo que no tiene ni idea? ¿Que el dinero no tiene nada que ver con esto?

—No estoy diciendo eso. Hasta ahora no hemos encontrado ese vínculo. Claro que eso no quiere decir que no exista. Pero, de ser así, Jimmy Ray habría acertado por casualidad. No tiene ni puta idea de lo que pasó, Evie. Está intentando comerte la cabeza.

Lo que decía Cal tenía todo el sentido del mundo. Era el *modus operandi* de Jimmy Ray desde siempre. Aun así, no conseguía sacarme la idea de la cabeza. No dejaba de pensar en la cara de Jimmy Ray cuando me habló, en ese repentino atisbo de ternura, tan inesperado que casi me había pasado desapercibido. Esa luz en la mirada que brillaba con algo parecido a la sinceridad.

El duelo no le había quitado a Jenny Logan su buena mano para la jardinería. Las macetas que flanqueaban las escaleras de entrada a la casa eran un festín de colores primaverales: el rosa, el blanco y el amarillo estallaban en forma de caras diminutas vueltas al sol. Me pregunté si mirar las flores haría más soportable su dolor, si conseguiría que la esperanza asomara por entre las grietas de su corazón. Por mi parte, me dieron ganas de arrancar las flores de su lecho de tierra y triturarlas con el tacón de los zapatos. Pero supuse que no sería una buena forma de empezar una conversación.

Si a Jenny le sorprendió encontrarme en el porche delantero de su casa, no lo demostró. Me invitó a pasar con un gesto de la mano y un ofrecimiento de café. Vi que su mirada se detenía en las magulladuras morado pálido que me había dejado Jimmy Ray cerca de la clavícula, pero su educación le impidió hacer preguntas incómodas. O quizá es que le daba igual.

Nos instalamos en una pequeña mesa de la cocina, pegada a una ventana que daba al jardín trasero. Este estaba menos cuidado, la maleza y hierba crecida se habían impuesto a los débiles intentos de Jenny por poner orden. Supuse que solo se molestaba en arreglar el jardín delantero, porque era el que estaba a la vista de todos. La casa en general estaba en peor estado de lo que me había esperado. Las habitaciones por las que pasé eran pequeñas y claustrofóbicas, con techos demasiado bajos, y la luz exterior no conseguía penetrar la penumbra interior. Quizá había sido siempre así o quizá también la casa estaba de luto. Seguía habiendo tres sillas en la cocina e imaginé que la de Izzy les aullaría durante cada comida.

A Jenny parecía bastarle con que nos tomáramos el café y picoteáramos los bordes de un bizcocho que había puesto en un plato. No parecía tener prisa por saber qué hacía yo allí. No hizo intento alguno de mantener una conversación cortés. Empezaba a darme cuenta de que Jenny Logan tenía una cara que mostraba al mundo —compuesta, amable, indefectiblemente educada— y otra en la intimidad. A aquella Jenny de la intimidad no le importaba tanto lo que pensara la gente. Me pregunté qué habría hecho aquella Jenny de enterarse de que Junie era hija de Zach.

Dejé mi taza en la mesa y carraspeé para llamar su atención.

—He estado pensando en el móvil —dije.

—¿El móvil? —Pronunció la palabra como si no la hubiera oído en su vida.

—Sí, la gente solo mata por una serie de razones.

Me di cuenta de que estaba repitiendo lo que me había dicho Jimmy Ray como un papagayo y cerré la boca de golpe.

—La gente mata porque es malvada —dijo Jenny y empujó el plato del bizcocho como si mi afirmación la hubiera ofendido.

—Lo es —convine—. Pero eso no explica por qué lo hace. Tiene que haber un motivo. —Esperé unos instantes—. ¿Tenéis Zach y tú problemas de dinero?

Jenny ladeó la cabeza. No parecía enfadada, solo confusa.

—No. Nos vendría bien tener más, pero ¿a quién no? —Paseó la vista por la cocina, los electrodomésticos viejos, los azulejos pasados de moda—. A la gente se le olvida que Zach no es más que un empleado del concesionario. No el dueño. Y Zach tiene muchas virtudes, pero la de persuasivo vendedor no es una de ellas. ¿Qué pinta el dinero en esto?

—Alguien me ha dado a entender que el dinero puede estar en el fondo de esto.

—¿Crees que alguien las mató por dinero? —Jenny movió la cabeza de un lado a otro en señal de incredulidad.

—Yo no creo nada. Solo pregunto. Y, para que se sepa, mis problemas de dinero son los de siempre. No tengo suficiente. Pero no le debo a nadie, aparte de a la compañía eléctrica de vez en cuando.

Esbocé una sonrisa débil que Jenny no devolvió.

—¿Y qué hay de tu madre? —preguntó al cabo de un instante.

Mi mano se detuvo y el trozo de bizcocho que sostenía se me resbaló de entre los dedos.

—¿Qué pasa con ella?

Jenny se revolvió en la silla, pero siguió con los ojos fijos en mí, no apartó la vista como hacía la mayoría de las personas cuando mi madre era el tema de conversación.

—Venga, Eve —dijo—. Aquí todo el mundo sabe lo de tu madre. La gente con la que anda. Los negocios en los que está metida. Si esto ha tenido algo que ver con dinero, lo lógico es que ella esté relacionada.

—Ni siquiera conocía a Junie —me defendí—. Haciendo daño a Junie no hacían daño a mi madre.

Jenny dejó de moverse y cerró con fuerza la mano alrededor de la taza de café.

—Las dos sabemos que eso no es verdad. Hay dos hechos indiscutibles sobre tu madre. Uno es que anda con gente chunga y el otro es que su familia es intocable. Toda ella. Y, si alguien quisiera darle una lección, supongo que ahí es por donde empezarían.

El corazón se me salía del pecho. Quería rebatir las palabras de Jenny con justa indignación, burlarme de sus afirmaciones y obligarla a disculparse. Pero de sus labios no había salido ni una sola falsedad. ¿No sabía yo, en mi fuero interno, que aquello terminaría por volverse en mi contra, en contra de mi familia? Había intentado fingir que la clave del asesinato estaba en Izzy, pero sabía que no era así. La clave estaba en Junie. Estaba en mí.

Pero no podía poner la otra mejilla. Porque admitir algo así en voz alta era ir demasiado lejos. Una cosa era saberlo; otra desnudar mis pensamientos delante de Jenny Logan.

—¿Y qué me dices de Izzy y ese hombre mayor con el que se veía? —me oí preguntar y odié la facilidad con que habían salido las palabras de mis labios.

Jenny echó la cabeza hacia atrás como si la hubiera abofeteado y abrió los ojos de par en par. Pero lo que había en ellos era sorpresa, no conmoción. Me di cuenta de que sabía lo de Izzy, pero no que yo estuviera al tanto.

—¿Cuándo te enteraste? —le pregunté.

—Cuando me lo dijo Land. Hace unos días. —Negó con la cabeza—. Antes no sabía nada.

—¿Nunca la viste con Matt?

—No. De haberlo sabido le habría puesto fin. —Su tono daba a entender que no concebía que su hija hubiera podido ser una rebelde con secretos. Que lo desconocía todo de las múltiples maneras que tienen las niñas de saltarse las reglas de sus padres. Puertas mosquiteras rotas, escaleras de mano en las ventanas del dormitorio, notas y mensajes secretos entregados por amigas, «sí mamás» seguidos de ojos en blanco y sonrisas burlonas.

—Me habría gustado oír lo que tenía que decir Matt al respecto. Verle la cara mientras le hacía algunas preguntas.

Jenny torció el gesto y su mirada se endureció, fija en algún punto distante.

—Sí, bueno. Pues está muerto. Así que no nos va a decir gran cosa.

La miré y me sostuvo la mirada. No parecía la Jenny Logan pulcra y cortés de siempre. Tenía aspecto de madre con cuya hija se ha cometido una injusticia: la criatura más aterradora del mundo. Después de los asesinatos, yo había tomado sus lágrimas por debilidad sin pensarlo dos veces, pero poco a poco estaba descubriendo que Jenny Logan no tenía nada de débil. Recordé el silencio inquietante, sibilante, justo antes de que la caravana de Matt saltara por los aires. El calor y la luz que me golpearon y me derribaron igual que un camión sin frenos. ¿Habría sido capaz Jenny Logan de encender esa cerilla, de dar a ese interruptor? La miré a la cara y no tuve ninguna duda. Por primera vez sentí que teníamos algo en común. Era posible que sufrir la misma pérdida no nos hubiera unido, pero quizá sentir la misma rabia sí lo haría.

Abrí la boca para decir algo, para verbalizar de alguna manera lo que veía en sus ojos, pero, en cuanto empecé a hablar, su expresión se disipó y volvió a ser la Jenny Logan anodina y amable de siempre.

—Mira quién está aquí —dijo fijando la vista en algún punto situado a mi espalda—. ¿Te apetece un café?

Me di la vuelta, sabía lo que me iba a encontrar y me horrorizaba. Zach estaba en la puerta con una camisa de cuadros medio desabotonada debajo de la cual asomaba una camiseta blanca. Llevaba vaqueros, iba descalzo y tenía el pelo húmedo de la ducha. Se me encogió el estómago al verlo y recordar la sensación de su piel contra la mía. Él miró a su mujer y luego a mí y tardó tanto en reaccionar que me dieron ganas de cruzar la habitación y abofetearlo, de obligarlo a quitarme los ojos de encima. Pero lo que hice fue darme la vuelta y concentrarme en mi taza de café.

—Hola —dijo Zach y su voz se acercó—. ¿Qué me he perdido?

Jenny estaba ocupada en la encimera, sirviendo café con un chorrito de leche, con los movimientos bien ensayados de una esposa que no necesita pensar las preferencias de su marido porque tiene interiorizados todos sus deseos.

—Nada —respondió—. Eve quería saber qué tal estoy.

Se dio la vuelta y le dio la taza a Zach.

Empujé hacia atrás mi silla, que chirrió contra el suelo.

—Os dejo tranquilos. Gracias por el café.

—Te acompaño —dijo Zach.

—No, no hace falta. Tómate el café tranquilamente. —Crucé la cocina hacia el vestíbulo de entrada y Zach me siguió—. ¿Qué haces? —susurré cuando me tocó el codo.

—No has venido aquí a ver a Jenny —dijo en voz tan baja como la mía.

Reí, una carcajada sonora y seca, y me volví a mirarlo.

—Pues la verdad es que sí.

Su mano encontró mi clavícula, me alisó el pelo que me caía sobre los hombros y sus dedos recorrieron mi piel magullada. Frunció el ceño.

—¿Qué ha pasado?

—Nada. Estoy bien.

Sus dedos siguieron donde estaban y se me puso la carne de gallina.

—Pienso en ti. Todo el tiempo.

Le pegué en la mano.

—¿Estás loco? No hemos hablado más de cuatro palabras en más de diez años ¿y de repente no piensas en otra cosa? ¿Te crees que soy imbécil?

—En absoluto —dijo Zach con expresión seria—. Y no ha sido de repente.

Eso era lo que me hacía tan difícil seguir enfadada con él; ni siquiera enfadarme a secas. Su franqueza. La convicción con la que decía las cosas. A ti podían parecerte insensateces, pero para Zach nunca lo eran. Lo que, en cierta manera, lo convertía en alguien más peligroso que Jimmy Ray. Porque al menos con Jimmy Ray lo que veías era lo que había.

Abrí con brusquedad la puerta de la calle y me volví a mirar a Zach.

—Para —le dije lo más alto que me atreví—. Fue solo sexo. Y estuvo bien. Pero no significó nada. Vuelve a esa cocina y tómate un café con tu mujer. No soy lo que quieres. Créeme.

Incluso en una situación así, me esforzaba por no herir sus sentimientos. Los comportamientos aprendidos que tenemos las mujeres son algo increíble. Me estaba centrando en lo que podía beneficiarle en lugar de en lo que me perjudicaba a mí.

—¿Y qué quieres tú? —preguntó Zach como si de verdad pensara que la respuesta pudiera ser él. Casi sentí lástima de él, era como un niño pequeño. Seguía sin entender que ya daba igual lo que podía haber habido entre los dos. Una noche de pasión, amor verdadero, amistad de por vida. Todas las posibilidades dejaron de importar en el instante en que murió Junie.

—Quiero despertarme mañana y tener una hija. O quiero despertarme el día que te conocí y llamar a la cafetería para decir que estoy enferma y no puedo ir a trabajar. Reescribir la historia. —Me encogí de hombros—. Quiero que este dolor desaparezca. ¿Sabes cómo hacerlo?

Zach negó con la cabeza y sus ojos eran los de un anciano.

—No.

Salí al porche.

—Pues entonces deja de portarte como un niño, porque no tienes nada que ofrecerme.

20

Había visitado más veces la caravana de mi madre desde la muerte de Junie que durante todos los años en que esta vivió. Me asustaba lo familiar que me resultaba todo, el hecho de que me hubiera acostumbrado a ello como si en realidad nunca hubiera escapado. Alimentaba mi creciente sospecha de que era allí donde estaba destinada a terminar mis días. De que mis años de maternidad no habían sido más que una incidencia, un alejamiento provisional de mi verdadera naturaleza. Que yo en realidad era, y siempre lo había sido, digna hija de mi madre.

La camioneta negra herrumbrosa seguía aparcada delante de la caravana, pero esta vez tuve el dudoso placer de conocer al hombre que la conducía. O al menos supuse que el tipo inconsciente en el ajado sofá de cuero falso de mi madre era su dueño. Un tatuaje casero le cubría el brazo con el que se tapaba la cara y una porción de panza cervecera peluda me saludaba por entre el hueco entre su camiseta y la cintura de unos vaqueros sucios. Se ajustaba tan bien al tipo de mi madre que podía haberlo encargado por catálogo.

Casi ni se movió cuando entré y la mosquitera destartalada se cerró de golpe detrás de mí.

—¿Mamá? —la llamé—. ¿Estás aquí?

Me encontraba demasiado nerviosa para tener cuidado y olvidé todos los protocolos necesarios para no alterar a mi madre. Nada de gritos, de exigencias, ni de sorpresas. En ese sentido, mi madre era como un perro rabioso, si te equivocabas al abordarla más te valía estar muerta.

—Por Dios, baja la puta voz —siseó mi madre desde la cocina. Salió de detrás de la nevera con una cerveza en una mano y un cigarrillo en la otra—. Me dan ganas de patearte el culo —dijo—. Dando gritos como si estuvieras en tu casa.

Aquello que había estado rondándome los pensamientos, resonando en mi cabeza igual que una cuerda de violín que alguien pulsara una y otra vez hasta casi volverme loca, se me había manifestado con claridad al salir de casa de los Logan aquella mañana. Era la primera vez que dejaba de darle vueltas en lo que había parecido una eternidad y de pronto ahí estaba, mi cabeza me lo presentaba igual que un cochinillo asado en una bandeja, listo para consumir. Señalé a mi madre con el dedo y di dos pasos hacia ella.

—¿Por qué sabías cómo caminaba Junie? —pregunté.

Mi madre arrugó el ceño.

—¿Se puede saber de qué hablas? —Se llevó a la sien la mano que sostenía el cigarrillo—. ¿El dolor te ha hecho perder el juicio o qué?

El hombre del sofá bajó el brazo y me miró con ojos somnolientos y entrecerrados.

—¿Quién coño eres tú? —preguntó—. ¿Qué pasa?

—Cállate —le ladré sin mirarlo, con los ojos fijos en mi madre—. El otro día en mi casa, en la cocina. Dijiste que sabías lo de Zach porque Junie y él caminaban igual.

Mi madre apagó el cigarrillo en la encimera y lo tiró al fregadero.

—Sí, ¿y?

—¿Cómo lo sabías? ¿Por qué conocías la manera de andar de Junie lo bastante bien para reconocerla en Zach? Y no me vengas con cuentos de que la veías de lejos. Nunca estuviste lo bastante cerca de ella, no durante el tiempo suficiente.

Quería que esas palabras fueran verdaderas, necesitaba que lo fueran, aunque sospechaba que no era así sin necesidad de que mi madre abriera la boca y lo confirmara.

—Hay que tener mucha cara para presentarse así en mi casa y acusarme. —Calló un momento y dio un sorbo de cerveza—. Además, ¿de qué me estás acusando exactamente? ¿De saber cómo andaba tu hija? —Su voz adquirió un timbre agudo y lleno de falso pánico—. Rápido, que alguien llame a la policía. Deberían arrestarme. Soy una puta amenaza para la sociedad.

Cuando mi madre hacía eso sabías que se sentía acorralada, empujada contra la pared por sus propias mentiras. Reaccionaba con furia, salvaje y cruel, sin importarle a quién se llevaba por delante.

Me dejé caer en una de las endebles sillas que había alrededor de la gastada mesa de la cocina y me incliné hasta casi tocarme las rodillas con la frente.

—La conocías —dije más para mis adentros que dirigiéndome a ella—. Conocías a Junie.

Era mi peor pesadilla hecha realidad. Todo aquello de lo que había tratado de proteger, de aislar, a Junie venía ahora a mi encuentro como si tal cosa.

—Era su abuela.

Me levanté tan deprisa que se me nubló la vista.

—Y yo su madre. Y te dije que no. ¡Te dije que no te acercaras a ella, joder! —Di un golpe en la mesa y me pregunté cuál sería el precio que pagaría por sobresaltar a mi madre—. ¿No es lo que decías siempre cuando éramos pequeños a cualquiera que tratara de entrometerse, de meter la nariz en nuestros asuntos para ayudarnos a Cal o a mí? ¿Que tú eras nuestra madre y que tú ponías las reglas?

Me miró, esta vez tranquila, sin alterarse.

—Sí lo decía.

—Siempre supe que eras venenosa. Y me había resignado a ello, a esa parte de mí que he heredado de ti. Pero se suponía que no podías tocarla, que Junie no podía saber nada ni de tu porquería ni de tu crueldad ni de tus pésimas decisiones. —Hice una pausa cuando me vino a la cabeza un pensamiento horrible—. ¿Tú eres quien presentó a Matt a Izzy? ¿Así es como lo conoció?

—No tengo ni idea de qué estás hablando —dijo mi madre con el ceño fruncido—. Ni siquiera conocía a Izzy.

La creí solo porque sabía que no se molestaría en mentir respecto a algo que le importaba tan poco como meter a alguien como Matt en la vida de Izzy. Me sequé las lágrimas con la palma de la mano. Paseé la vista por la caravana con ojos llorosos. Había latas de cerveza medio vacías en todas las superficies, un pegote de un sospechoso polvo blancuzco en el otro extremo de la mesa, el olor espeso y penetrante a basura en descomposición, el estruendo de voces diciendo tonterías en el televisor del rincón. Algo parecido al horror me creció dentro del pecho.

—¿Venía aquí Junie? ¿La traías aquí?

—¿Te avergüenzas de haber crecido pobre? —preguntó mi madre—. ¿Por eso te pones así?

—¡Sigo siendo pobre! —grité—. ¡Junie fue pobre todos los días de su vida! Ese no es el problema. El problema eres tú.

—Si tan horrible era, si tan malo fue crecer aquí, sabías dónde encontrar la puerta. —Señaló con la barbilla hacia la parte delantera de la caravana—. Pero nunca te vi usarla. Siempre parecías encantada de comerte mi comida y dormir bajo mi techo.

Puse los ojos en blanco y deseé que Cal estuviera allí para poder cruzar con él la mirada.

—Ya empezamos.

Me preparé para el numerito de la pobre madre incomprendida cuyos hijos eran unos mocosos ingratos. Era una versión de la historia que mi madre nunca se cansaba de contar. Un cuento hecho a medida repleto de mentiras.

—Entonces, ¿qué quieres que diga? —preguntó—. ¿Quieres que me disculpe por ver a mi propia nieta? ¿Sangre de mi sangre?

—No —respondí—. Tus disculpas no significan una mierda. Las dos sabemos que no te has arrepentido de nada en toda tu vida. Excepto quizá de habernos tenido a Cal y a mí.

—Te equivocas —dijo, pero torció la boca en una mueca cruel—. Nunca me he arrepentido de tener a Cal.

No era nada que no me hubiera dicho antes, pero aún tenía la capacidad de hacer daño. No fue un golpe de esos que te noquean, como cuando era niña, sino una patada rápida y directa al corazón.

—No te preocupes, mamá —contesté—. No me estás diciendo nada que no sepa.

Me dio la espalda, tiró la botella de cerveza vacía a la basura.

—No estoy de humor para esto. —Suspiró—. Quería conocer a Junie, eso es todo. Mi intención era limitarlo a un único encuentro, pero luego la seguí tratando. —Hizo una pausa y encogió el hombro en un gesto de indefensión, el gesto de alguien que se dispone a hacer una confesión que le avergüenza—. La quería —dijo por fin.

Nada podía haberme sorprendido más. Fue como oír a un perro hablar o ver el sol caer del cielo. Algo tan imposible que verlo con tus propios ojos no lo hacía real.

—La querías —repetí sin entonación.

—Sí —me confirmó mi madre. Parecía tan sorprendida como yo.

Yo sabía que mi hija era especial, siempre lo había sabido. Pero ¿tanto como para ablandar el corazón de mi madre? Ni siquiera Cal había conseguido eso. El adjetivo «especial» se quedaba corto. Dios mío, no tenía ni idea. Me revolví en la silla, quería irme de allí, pero al mismo tiempo quería oír el resto de la historia. Aquella era probablemente mi única oportunidad. No era propio de mi madre recordar cosas pasadas, recrearse en los detalles. Una vez zanjara aquel tema, estaría zanjado para siempre.

—¿Y qué hiciste? ¿Te acercaste un día a ella en la calle y te presentaste? ¿Hola, Junie, soy la abuela contra la que te advirtió tu madre, ¿quieres ser mi amiga?

—Siempre he pensado que no conocía tu verdadera personalidad. La que guardaste bajo llave cuando nació Junie. Al menos esa Evie tenía agallas. —Mi madre negó con la cabeza—. Pero resulta que sí la conocía. Tus salidas de listilla acaban cansando.

Reí. Fue un ladrido áspero.

—He aprendido de la mejor. Y ahora contesta a mi pregunta.

Mi madre se apoyó en la encimera y cruzó los brazos.

—¿Cómo crees que la conocí? Usa la cabeza. No es difícil adivinarlo.

Tardé más de lo que habría debido en imaginar todas las posibilidades y pasé por alto la más obvia porque no quería creerla.

—¿Cal? —dije por fin.

La pronuncié como una pregunta, pero conocía la respuesta. Fue como recibir un puñetazo en el estómago, saber que Cal se había aprovechado de la confianza que había puesto en él. Me lo había prometido. Y se lo había prometido a Junie. Cuando era una recién nacida la había cogido en brazos y le había jurado que siempre estaría a salvo, lo que equivalía a decir que la mantendría lejos de nuestra madre. Y nos había traicionado a las dos.

—Sí. Le dije que me merecía conocerla al menos. A mi única nieta. —Me sonrió burlona—. Y accedió. Ni siquiera me lo discutió.

Pues claro que no. Porque, por mucho que me quisiera Cal, por mucho que odiara a nuestra madre, seguía siéndole leal. Se presentaba al menos una vez al mes en la caravana con comida o un sobre con dinero. La visitaba el día de Navidad, el día de la madre y por Pascua. No como yo, que antes de morir Junie no había visto a mi madre, salvo de lejos, en más de cinco años. Pero ejercía una influencia enfermiza en Cal, incluso después de tanto tiempo. Tenía la capacidad de doblegarlo a su voluntad cuando Cal tendría que haber sabido lo peligroso que era eso. Parte de mí apenas podía culparlo. Aunque presumiera de ello, la realidad era que yo tampoco había sido capaz de romper ese último vínculo que me unía a mi madre.

—Si tuviste algo que ver con lo que le pasó a Junie, si descubro que estás implicada, aunque sea un poco, mamá...

No quise terminar la frase.

—¿Crees que si supiera algo de lo que pasó estaría aquí bebiendo cerveza y charlando contigo? —Encendió otro cigarrillo con un mechero rosa fluorescente—. Yo no pierdo el tiempo con amenazas, Eve. —Me miró acusadora desde detrás de una pantalla de humo—. Yo no hablo, yo actúo. Si de mí dependiera, quien le hizo daño estaría ya muerto en una zanja.

Empujé mi silla hacia atrás con fuerza y al caer chocó con la pared a mi espalda.

—Hemos terminado —dije—. No por ahora ni por hoy. Para siempre. Haz como si no me conocieras. —Mientras hablaba, tenía la descorazonadora sensación de que mis palabras llegaban demasiado tarde. La muerte de Junie había desencadenado una serie de acontecimientos que no podían pararse. Fui hasta la puerta y me detuve antes de salir—. Haz como si nunca hubieras tenido una hija. No creo que te cueste demasiado trabajo.

Quería hacerle daño, pero supe con total certeza que no lo había logrado. En cuanto me fuera, mi madre abriría otra cerveza, follaría con el tipo del sofá y metería una cena congelada en el microondas. Terminaría la velada inyectándose heroína entre los dedos de los pies. Y la hija que acababa de perder, la hija que en realidad nunca había querido tener, no le ocuparía un solo pensamiento.

21

No estaba preparada todavía para enfrentarme a Cal, para mirarlo a los ojos y oír su disculpa titubeante, avergonzada. La combinación de palabras que nunca serían lo bastante grandes para describir lo insondable de su traición. Lo peor de todo era que sabía que ya le había perdonado. Él era todo lo que me quedaba. Mi único vínculo con el mundo. Y, muy a mi pesar, entendía por qué lo había hecho. Entendía por qué en ocasiones era incapaz de resistirse a nuestra madre. Era esa parte de él que seguía siendo un niño pequeño, desesperado por demostrarle su valía. Pero aun así... Junie. No conseguía aceptar que Cal hubiera metido a Junie en aquello. Debió de pensar que podría controlar a mamá, controlar la manera en que intervendría en la vida de Junie. Yo, en cambio, no me engañaba. Era imposible controlar a mamá; solo se podía contenerla, e incluso esa era una tarea peligrosa, puesto que rebasaba constantemente los perímetros que habías establecido. Era como la mala hierba. Podías arrancarla en un sitio, pero, en cuanto te dabas la vuelta, crecía de nuevo.

Seguía sin haber recuperado el gusto por el alcohol. En realidad, era posible que nunca lo hubiera tenido, ni siquiera de joven. Claro que por aquel entonces tomarme demasiadas cervezas hacía la vida más fácil de tragar. Pero cuando pasé junto al club de *striptease* de Jimmy Ray mientras el sol empezaba a bajar por el horizonte, me detuve en el aparcamiento. Me dije que no entraría a ver a Jimmy Ray, que me era indiferente que estuviera o no allí, pero la melodía de la canción autodestructiva en mi sangre era bien distinta.

A aquella hora tan temprana el lugar estaba prácticamente vacío. Solo había una *stripper* bailando y una única mesa ocupada por dos tipos que me miraron mientras me dirigía a la barra. Me sorprendió ver a Sam atendiéndola y tardé un segundo en recordar que Matt estaba muerto. Que había estallado en mil pedazos delante de mis propias narices.

—Hola, Eve —dijo Sam y una sonrisa le asomó debajo de la barba—. ¿Qué te pongo?

—¿Qué tal un vodka con hielo?

Sam asintió, pero su mirada se detuvo en mí un instante.

—¿Cómo estás? —preguntó mientras colocaba un vaso en la barra y le ponía hielo.

—He estado mejor —contesté.

No tenía ganas de hablar. Quería beber. Y olvidarme de todo un rato. Necesitaba consuelo y, si este estaba en el fondo de una botella, lo iría a buscar allí.

—Jimmy Ray no está —dijo Sam y me puso la copa delante—. Últimamente no se deja ver mucho. Cuentan por ahí que casi le arrancas la nariz.

Me bebí la mitad del vodka de un trago y tosí un poco al dejar el vaso en la barra. Me ardían los ojos y un calor se extendió por mi pecho como unos tentáculos.

—Sí, señor.

Sam rio.

—Me hubiera encantado verlo. —Se inclinó hacia mí y bajó la voz—. Pero tú no me has oído decir esto.

Esbocé un simulacro de sonrisa, me terminé la copa y le hice un gesto a Sam para que me sirviera otra. Me daba cuenta de que quería hacer algún comentario sobre mi nueva afición al alcohol. Pero no estábamos en esa clase de bar y nosotros no éramos de esas personas que dicen cosas como: «Despacio, no bebas tanto». Allí uno iba a emborracharse, no a tomar cócteles adornados con sombrillitas en compañía de amigas. La segunda copa me la bebí algo más despacio, pero no demasiado. Me giré en el taburete para que Sam desistiera de intentar entablar conversación. Entonces me vi obligada a mirar a la *stripper* solitaria, una mujer más o menos de mi edad, con melena grasienta y roja de bote y caderas anchas y con estrías. Las borlas que llevaba en los pezones trazaban arcos más bien tristones mientras bailaba.

Hasta que no terminó la canción y bajó del escenario no la reconocí. Antes era castaña y vivía con su hermana mayor a pocos kilómetros de allí. No habíamos sido lo que se dice amigas, pero habíamos pasado juntas el último año de instituto. No porque nos cayéramos bien, sino porque éramos dolorosamente conscientes de que procedíamos de entornos parecidos y de que la unión hace la fuerza. Por lo que podía recordar, no había llegado a terminar el instituto.

—Hola, Crystal —dije cuando la tuve cerca.

Hablé arrastrando un poco las palabras y con voz algo más aguda de lo normal. Notaba el vodka en las entrañas igual que un fuego vivo. La mujer me miró sin entender y me pregunté si no me habría equivocado de nombre. Puede que no fuera Crystal después de todo, aunque era uno de los favoritos en el mundo de mi madre. Quizá se llamaba Diamond. Ese nombre también era muy común en la profesión. Como si el centelleo y el fulgor de los nombres pudieran compensar las tristes vidas que estaban destinadas a llevar las *strippers*. Supongo que debía de sentirme agradecida de que mi madre leyera algo de la Biblia en algún momento y hubiera escrito Eve en mi certificado de nacimiento en lugar de Sapphire o Destiny.

—Ah, hola —dijo por fin—. Eres Eve, ¿verdad? Hace siglos que no te veía.

—Sí, hace mucho tiempo.

Crystal se apoyó en la barra y yo giré mi taburete.

—¿Me pones una Bud Light? —le pidió a Sam y este asintió con la cabeza y le dio una botella helada—. Dios —dijo—. Qué rica. Ya sé que no lo parece, pero esas luces dan un calor de la hostia. —Me miró por encima de la botella—. ¿Has venido a pasar el rato?

Me encogí de hombros y señalé mi vaso hasta que Sam cogió la indirecta.

—Sí.

—Uf, pues se me ocurren media docena de sitios mejores en los que estar. Incluido el salón de tu casa. —Dio otro trago de cerveza—. ¿Por qué coño quieres estar en este agujero si no tienes necesidad?

—En su momento me pareció una buena idea.

Aquello le arrancó media sonrisa y atisbé un colmillo y el refulgir de un empaste plateado.

—Te entiendo. Cuando necesitas una copa, necesitas una copa.

No le aclaré que no tenía por costumbre beber. Lo cierto era que, por la manera en que apuraba los vodkas, era lógico que pensara que seguía empinando el codo. Y aunque seguía sin gustarme el sabor, sí estaba disfrutando de la visión borrosa, de la pared difusa entre yo y el resto del mundo que crecía con cada trago.

Crystal soltó una carcajada.

—¿Te acuerdas de cuando, en octavo curso, le robamos una botella a mi hermana? ¿De Wild Turkey o alguna mierda de esas y terminaste vomitando en clase de literatura? Todavía me parece ver la cara de la señora Johnson cuando le llegó el olor. ¿Cuántos días te expulsaron esa vez?

—Dos.

Para entonces el director me había dado por perdida y ni siquiera se molestó en soltarme el sermón sobre dejar de hacer el tonto y pensar en mi futuro. Sabía tan bien como yo que no tenía ningún futuro, más allá de terminar como mi madre. Es probable que pensara que ya había tocado fondo, aunque luego resultó que aún podía caer más bajo. Más expulsiones por beber y meterme en peleas en el instituto, la amenaza de que me echaran definitivamente e incluso un viaje en el asiento trasero del coche patrulla de Land con las manos en la espalda, esposada, por amenazar a un profesor. Y entonces llegó Junie y me salvó.

Crystal empujó su botella de cerveza medio vacía y empezó a desenredarse las borlas con mano experta.

—Pensé que igual habías venido a buscar a tu hermano, pero no lo he visto últimamente.

—Espera, ¿cómo dices? —pregunté despacio y tartamudeando—. Mi hermano no viene por aquí.

—Pues claro que viene —replicó Crystal mientras se colocaba la otra borla y desenredaba los flecos negro brillante. Me miró—. A ver, no a meterme billetes en la entrepierna ni nada de eso.

Moví la cabeza de un lado a otro, pensando que quizá me ayudara a despejar las telarañas del alcohol, pero la sala empezó a dar vueltas.

—¿Mi hermano? —Para entonces, más que arrastrar las palabras, las pronunciaba como si fueran una única y prolongada exhalación—. ¿Cal?

—A ese me refiero —dijo Crystal—. Atractivo. Policía. —Puso los dedos en forma de pistola y simuló apretar el gatillo—. ¡Eh, cuidado! —Me sujetó por el hombro—. Me parece que no sabes beber sin emborracharte.

—No... —Me retiré el pelo de la cara—. No estoy acostumbrada a beber. —Me aparté de su mano y tuve que sujetarme a la barra para no caerme del taburete—. ¿Qué hacía aquí Cal?

Crystal no volvió a tocarme, pero mantuvo la mano cerca, preparada para sujetarme si me caía hacia delante.

—Huy, esa información yo no la tengo. No estoy lo que se dice al tanto de lo que se cuece por aquí que no tenga que ver con tetas y culos. Pero andaba mucho con ese tipo, Matt. El gilipollas que voló por los aires hace unos días. Es todo lo que sé.

Habría dado cualquier cosa por desembarazarme de la incapacidad para concentrarme que tanto había agradecido unos minutos atrás. Nada de lo que decía Crystal tenía sentido y no conseguía despejar mi cabeza lo bastante para encajar las piezas del puzle.

—Tengo que irme —dijo Crystal—. ¿Vas a estar bien?

—Sí, pero espera —conseguí contestar—. Quédate un momento.

—Imposible —repuso Crystal ya de espaldas—. Esta es mi canción.

La miré caminar en zigzag con los tacones de aguja baratos resonando en el suelo y subirse al escenario. Una máscara pareció cubrirle el rostro entonces, su mirada se volvió inexpresiva y distante. Llamé la atención de Sam apoyando con fuerza el vaso contra la barra y se acercó corriendo con el ceño fruncido.

—¿Has oído eso? —le pregunté—. ¿Lo que ha dicho de mi hermano y Matt?

—No —respondió Sam—, pero yo no haría mucho caso de lo que diga Crystal. No es demasiado digna de confianza. Le encanta remover la mierda. —Limpió el trozo de barra delante de mí—. ¿Te pongo agua?

Miré mi vaso vacío. Agua era lo que necesitaba, pero no lo que quería. Quería olvidar. Por primera vez desde la muerte de Junie, el dolor me parecía algo lejano. No había desaparecido, pero tampoco era una herida abierta, en carne viva. Ahora estaba oculto detrás de una pared traslúcida. Le veía los contornos, pero no los detalles. De manera que me bebí un cuarto vodka. Y quizá un quinto, no lo recuerdo. Mi último recuerdo coherente fue tener la frente apoyada en la barra, el estómago revuelto y un reguero de sudor que me bajaba por la espalda. Luego, una voz de hombre al oído. Y después nada.

Me desperté desnuda, entre sábanas de algodón. En el techo zumbaba un ventilador. Techo de gotelé con una filigrana en la esquina. Conocía aquel techo. Conocía aquel ventilador. Mierda. Giré la cabeza y Jimmy Ray me miró desde la otra almohada. Me quedé quieta, como si evitando moverme, no reconociendo su presencia, pudiera volver a dormirme y despertarme de nuevo en otra parte.

—Hola, Eve —dijo—. Tienes muy mala cara.

—Gracias —murmuré.

Estiré una pierna y me detuve cuando rozó la suya.

Jimmy Ray soltó una carcajada que me perforó el cráneo.

—Deberías verte la cara ahora mismo. Cualquiera diría que es la primera vez que estás desnuda en mi cama.

Cerré los ojos y forcé a mi dolorido cerebro a hacer memoria. No recuperé más que fragmentos, temblorosos e imprecisos. Una mano por debajo de mis piernas que me levantaba. La portezuela de un coche que se cerraba. Mi brazo enredado en el tirante del sujetador y mi risa, sonora y desquiciada. La cara de Jimmy Ray cerca de la mía, mi mano en su nuca.

—Estaba borracha —dije.

Tenía la voz espesa y ronca y el estómago en la garganta.

—Sí —contestó Jimmy Ray—. Como una cuba. —Me dio un empujoncito con la rodilla—. Nunca te había visto así.

—Y nunca volverás a hacerlo. —Me senté mientras me tapaba el pecho con una sábana. Apoyé la frente en las rodillas dobladas. Poco a poco.

—Desde luego querías emborracharte. —Jimmy Ray me pasó un dedo por la espalda, a lo largo de mi espina dorsal. Me odié por no odiar su tacto—. ¿Era por Junie? —Hizo la pregunta con una voz tan suave, tan sincera que lo miré para ver si me estaba tomando el pelo. Pero su expresión era solemne y me miraba a los ojos.

—Todo es por Junie —le dije. Pronunciar el nombre de mi hija prendió una chispa. Como una cerilla que chisporrotea entre los dedos sin terminar de encenderse. Me presioné las sienes, sin saber si quería que el recuerdo de la noche anterior se transformara en algo nítido o que se perdiera por los pasillos en sombras de mis pensamientos—. Ayer vi a mi madre. Resulta que pasaba tiempo con Junie. ¿Tú lo sabías?

—Sí. Las vi un par de veces en el Bait & Tackle. Parecían dos gotas de agua, siempre muy juntas, en el rincón del fondo.

—¿Haciendo qué? —Me había vuelto a mirarlo demasiado deprisa y tuve que apoyar una mano en la cama para recuperar el equilibrio. Me subía bilis por la garganta—. ¿De qué hablaban?

—Joder, niña, y yo qué sé. Espiarlas no es que fuera mi prioridad. —Hizo una pausa mientras pensaba—. Sí que oí a Lynette contarle a Junie que no llegó a terminar el primer año de instituto, que los libros no le interesaban demasiado. Por lo que me pareció, estaba animando a Junie a seguir con los estudios. —Se encogió de hombros—. Me pareció todo muy inofensivo.

Levanté las cejas.

—Mi madre nunca es inofensiva. Eso lo sabes. No me puedo creer que no me contaras que las habías visto juntas.

—Tampoco es que tú y yo hayamos hablado mucho estos años —me recordó—. Joder, pero si intentaba saludarte y me fulminabas con la mirada antes de que pudiera decir una palabra. Y creo recordar que Land me dio una buena charla después de nuestra última pelea. Me dijo que me metiera en mis asuntos y te dejara en paz. Además, por lo que yo sé, que tu madre y Junie se vieran no era ningún secreto. Eran familia, ¿o no? —Jimmy Ray subió un poco su almohada con una mano y se recostó otra vez—. ¿Por eso fuiste al club anoche? ¿Querías montarme un pollo porque tu madre y Junie se conocieran?

Sonaba escéptico, por decirlo suavemente.

—No iba buscándote a ti, si es lo que estás pensando —dije y tuve deseos de borrarle la sonrisa de satisfacción de la cara. No funcionó. Quizá era porque, de una manera u otra, había terminado otra vez en su cama—. No sé muy bien por qué fui. Quería olvidarme de todo por un instante, supongo. —Callé e intenté hacer memoria de lo sucedido, me preocupaban los cabos sueltos. Era consciente de que aquel camino no iba a llevarme a ninguna parte, pero era incapaz de dejar de seguirlo. Porque, a la luz del día, la ausencia de Junie volvía a ser enorme. El dolor había vuelto en toda su magnitud y con él, la ira. Que hervía y bullía bajo la superficie—. Estuve hablando con Crystal.

—Crystal —resopló Jimmy Ray—. Un nombre de lo más apropiado, dada su afición a la metanfetamina.

—Algo me contó de Matt y Cal —continué con la esperanza de que Jimmy Ray la contradijera, de que me dijera que era una mentirosa—. Que siempre estaban hablando. Que pasaban tiempo juntos. Algo así.

—Eso tendrás que preguntárselo a tu hermano —repuso Jimmy Ray al cabo de demasiados segundos.

Se me cayó el alma a los pies y me dejó un doloroso vacío en el pecho.

—¿Me estás diciendo que es verdad?

Jimmy Ray negó con la cabeza.

—No estoy diciendo nada. Solo que tendrás que hablar con tu hermano si quieres respuestas a una pregunta como esa.

—Muy bien —dije—, pues eso es lo que haré.

Apoyé las piernas en el suelo. Respiré hondo, cogí mis bragas y mis vaqueros del suelo y me los puse, sin darme por enterada de los ojos de Jimmy Ray en mi culo. «No es nada que no haya visto antes», me dije. «Anoche, sin ir más lejos».

—Por cierto, ¿no fuiste tú el que me dijo hace unos días que no estaba haciendo las preguntas correctas? «Sigue el dinero, Eve», ¿no es lo que me dijiste? Y ahora, de pronto, ¿no tienes nada que añadir?

—Pues no —contestó Jimmy Ray. Parecía divertido.

—¿Dónde está mi sujetador? —pregunté mientras me volvía hacia él y me tapaba el pecho con el brazo.

—Tiene que estar por aquí. —Me sonrió—. Estás loca si te crees que voy a ayudarte a buscarlo. Estoy disfrutando demasiado con el espectáculo.

—Eres asqueroso —le dije.

Aparté mantas y revolví montones de ropa en el suelo hasta que lo encontré, y también mi camiseta, hecha una bola cerca de la cómoda.

—¿Me acercas al coche?

—No hace falta. Lo tienes aparcado en la puerta. Le dije a Sam que lo trajera anoche.

El Jimmy Ray de siempre. A primera vista, aquel podía parecer un gesto considerado, pero en realidad era una manera de asegurarse de que no me quedaba en su casa demasiado tiempo. Me agaché para coger los zapatos, despacio, para que no se me pusiera el estómago en la boca, y Jimmy me sujetó por la muñeca. Me enderecé de golpe, olvidándome de los zapatos, y traté de liberarme.

—Siéntate —me dijo y me tiró del brazo. Me eché para atrás, pero él me sujetó con más fuerza—. Siéntate —repitió, esta vez con menos amabilidad, y dio un golpecito a la cama, cerca de su cadera, con la mano que tenía libre—. Un segundo.

Me senté con cuidado, tocando apenas la cama con las nalgas y con el cuerpo en tensión preparado para escapar. No me parecía que estuviera en un estado de ánimo agresivo, pero con Jimmy Ray nunca se sabía. Suspiró, como si mi comportamiento le pareciera ridículo, pero me soltó la muñeca y se arrellanó de nuevo en las almohadas—. ¿Te acuerdas de Libby Lang? —me preguntó.

—Sí —dije—. Claro que me acuerdo.

Cuando era pequeña, la gente contaba la historia de Libby Lang con una suerte de regocijo depredador, de la misma manera que, sospechaba yo, los niños de ciudad contaban historias de niñas raptadas en la calle por desconocidos o de casas habitadas por fantasmas asesinos. Una leyenda mítica pensada para advertir, pero también para fascinar. Daba igual si la historia era cierta, lo importante era la moraleja. «No seas como Libby. Que no te pase lo que le pasó a ella». Porque, de alguna manera, la responsabilidad de lo ocurrido terminaba siendo solo de Libby y los demás implicados quedaban libres de toda culpa. La historia variaba un poco según quién la contara, pero la versión que más veces oí era que Libby había crecido en la caravana de su madre no muy lejos de donde lo hice yo. Tenía siete o nueve hermanos, el número variaba de un narrador a otro. Todos ellos de padres diferentes, esa parte nunca cambiaba. Pero cuando Libby tenía doce o trece años se le metió entre ceja y ceja encontrar a su padre biológico. Quizá se había cansado de quien hubiera puesto su madre a hacer ese papel, algún fracasado con la mano muy suelta y muy larga. O quizá era una de esas chicas fantasiosas que imaginan que, en algún lugar, esperándolas, hay una familia de verdad que las salvará, les dará cariño y las tratará como las princesas que están destinadas a ser. En otras palabras, una tonta. El único vínculo que tenía Libby con su padre era su abuela paterna, una mujer a la que veía, como mucho, una o dos veces al año. Cuando Libby le preguntó por su padre, la abuela la advirtió. Le dijo que no tenía ningún interés en conocer a Libby, que no era un buen hombre. Lo cual, dados los rumores que circulaban sobre la abuela, era un consejo que más valía escuchar. Si aquella mujer —que criaba perros de presa y echaba a sus hijos de casa como quien saca la basura— pensaba que alguien era mala persona, sin duda lo era. Pero Libby era obstinada y siguió haciendo preguntas. Siguió metiendo la nariz donde no debía. Este es el momento de la historia en el que todos bajaban la voz y las palabras salían como un siseo. Con el tiempo, Libby descubrió dónde estaba escondido su padre, en lo más profundo del valle (se dedicaba a destilar alcohol o a fabricar metanfetamina, eso, una vez más, dependía de quién contara la historia) y Libby fue en su busca. Todos sabían que aquello acabaría mal y se demostró que tenían razón cuando regresó, cerca de un mes después, medio muerta a golpes, sin un dedo y embarazada. La cuestión era que nadie se apiadó de Libby, la cual debería haber tenido más cabeza. Escarbar demasiado o intentar encontrar a personas que no quieren ser encontradas, no aceptar un no por respuesta, forzar los límites entraña consecuencias. Libby era la prueba viviente del «Te lo dije». La cara de infelicidad que acompaña a la definición de «Te lo has ganado a pulso».

—Lo más probable es que esa historia ni sea cierta —observé—. Que sea un cuento para atarnos corto a las mujeres.

—Claro que es cierta —replicó Jimmy Ray—. Yo la conocí. Tenía mi edad. —Tanto su tono como su expresión eran serios y se le dibujaron arrugas alrededor de la boca—. Tuvo el niño y lo mató. También se mató ella. Se bebió un frasco de lejía. Creía que sabía de lo que era capaz, lo que podía soportar. Pero se equivocaba.

Se me erizaron los pelos de la nuca; me crucé de brazos y me cogí los codos porque de pronto sentía frío.

—No te preocupes —dije—. Yo no me parezco en nada a Libby Lang. Ella era una cría. Yo soy una mujer adulta.

—El dolor no discrimina, Eve. No sabe si eres adulta. Y tampoco le importa. Sea como sea, golpea duro. Libby quería saber quién era su padre, pero más le valdría haberse quedado sin saberlo. —Jimmy Ray se inclinó hacia delante y sus ojos verdes brillaron en contraste con las sombras violáceas que rodeaban su todavía herida nariz—. A veces las respuestas son peores que las preguntas. A veces es mejor no saber.

—Lo necesito —susurré. No sabía cómo explicar aquello a un hombre que nunca había querido a nadie, no de corazón. Explicarle que el hecho de que Junie ya no estuviera en el mundo no evitaba que siguiera presente. Estaba imbricada en todo mi ser. En cada músculo, cada gota de sangre de mi cuerpo, cada aliento, cada pensamiento, deseo, recuerdo. No podía dejar eso atrás, seguir adelante y olvidar lo que le habían hecho a mi hija. No podía ser tan cobarde de huir de la verdad, incluso si la verdad acababa matándome.

—Muy bien, como quieras —dijo Jimmy Ray lavándose las manos. Volvió a recostarse en las almohadas y me miró mientras me levantaba y calzaba—. ¿Te volveré a ver?

—No —dije.

Pasara lo que pasara a partir de aquel momento, Jimmy Ray y yo habíamos terminado. Tenía el presentimiento de que pronto encontraría otra manera de seguir con mi auto-destrucción.

22

Logré llegar hasta el coche y sentarme al volante antes de quedarme sin energías. La cabeza me palpitaba al ritmo del corazón y sentía la lengua espesa y extraña en la boca. Cerré los ojos y me obligué a contener las lágrimas justo cuando asomaban los primeros rayos del sol en el horizonte. No recordaba haber estado nunca tan cansada, exhausta hasta la médula, ni siquiera durante las primeras semanas de vida de Junie. Quizá Jimmy Ray tuviera razón. Quizá era hora de dejarlo estar, de parar de husmear por ahí igual que un niño tonto jugando con un nido de serpientes cascabel. Incluso era posible que Junie me perdonara por rendirme. Pero sabía que no me perdonaría a mí misma, que no tendría un segundo de verdadera paz hasta que no llegara al fondo de aquello. Abrí los ojos y arranqué el coche.

Mi primer instinto fue ir a enfrentarme a Cal, preguntarle a la cara qué narices estaba pasando. Pero entonces recordé su expresión aquel día en el río cuando prácticamente lo acusé de haber tonteado con Izzy. Si daba otro paso en falso como aquel, si sacaba conclusiones sin tener pruebas, no estaba segura de que pudiéramos superarlo. Y bajo esa preocupación había otra, una posibilidad que nunca antes había contemplado con Cal. Que me mirara a los ojos y me mintiera. Necesitaba reflexionar sobre aquello antes de enfrentarme a él, necesitaba tenerlo todo atado y bien atado antes de hacer ninguna maniobra.

El problema era que no sabía por dónde empezar. Encontré la respuesta mientras pasaba despacio por delante del aparcamiento de la cafetería. Land, que se ajustaba los pantalones y se disponía a entrar para su café del amanecer. Y, a juzgar por su creciente barriga, probablemente acompañado de una ración de pastel de cereza.

Di la vuelta para entrar en el aparcamiento, frené justo delante de él y me incliné sobre el asiento del pasajero para bajar la ventanilla.

—Joder, Eve —dijo Land cuando se agachó para mirarme apoyando un brazo en el techo del coche—. Casi me aplastas las puntas de los pies.

—Perdón —dije y él puso los ojos en blanco ante mi tono displicente—. Me preguntaba si hay alguna novedad del caso.

—Nada que podamos contar, de momento.

—¿Qué significa eso?

Land suspiró.

—Estamos haciendo todo lo que podemos, Eve. —Percibí la impotencia en su voz y también la sinceridad. Aquello me sorprendió un poco. En ocasiones olvidaba que a Land podía importarle de verdad quién había matado a Junie e Izzy, más allá de que quisiera cerrar el caso—. Ojalá tuviera más información que darte. Te lo digo en serio.

—¿Y qué pasa con Matt? —pregunté, echando el anzuelo para ver qué pescaba.

Land retrocedió un poco con el ceño fruncido.

—¿Matt? ¿Te refieres a ese tipo que fue tan tonto como para andar por ahí con Izzy Logan y a continuación volarse por los aires?

Sentí un cosquilleo diminuto en el estómago.

—Sí —respondí con cautela.

—No tuvo nada que ver con los asesinatos —dijo Land, y se acercó más a mí—. Desde luego me habría encantado tener la oportunidad de hablar con él de por qué andaba detrás de Izzy. Me habría asegurado de que no volviera a hacer algo así en toda su vida. Pero tenía turno en el club de *striptease* cuando las niñas murieron. Hay por lo menos media docena de testigos. Tenía una coartada tan ajustada como esos pantalones que tanto le gustaba ponerse.

El hormigueo en mi estómago perdió intensidad y desapareció, dejando un vacío. ¿Qué había dicho Cal cuando le pregunté si habían hablado con Matt? «Al principio trató de negarlo, pero lo presionamos». Cal y Land habían interrogado a Matt sobre su relación con Izzy. Y ahora resultaba que Land no sabía nada del asunto. Era una mentira tan insignificante, tan tonta. Y, sin embargo, no se me ocurría ninguna razón para que Cal la contara, a no ser que quisiera ocultar algo más gordo y más feo.

—¿Pensabas que Matt había matado a las niñas? —preguntó Land—. Es lógico sacar esa conclusión después de lo suyo con Izzy. Pero, como te he dicho, él no fue.

—Supongo que pensé que tal vez estaba implicado. Que sabía algo. Por eso te he preguntado. —Estaba desvariando, las palabras me salían atropelladas y me obligué a respirar y tranquilizarme—. Últimamente hay demasiadas muertes por aquí. Es probable que sacara una conclusión precipitada. —Intenté sonreír—. Es lo que pasa cuando no puedes dormir. Que le das vueltas a todo.

Land me miró un instante con fijeza.

—Ya —contestó por fin—. Bueno, pues intenta descansar, Eve. En cuanto sepamos algo te lo diremos, ¿de acuerdo?

—De acuerdo. —Asentí con la cabeza—. Gracias.

A modo de respuesta, Land golpeó dos veces el techo de mi coche y a continuación lo rodeó por delante y entró en la cafetería. Fue la primera vez en mucho tiempo que no tuve ganas de hacerle daño.

Esperé a que Cal se fuera a trabajar, lo miré salir en el coche y dirigirse al oeste, hacia la comisaría. Yo había aparcado a una manzana de su casa baja de dos pisos, pero aun así me agaché hasta casi la altura del salpicadero, aunque no me pareció que Cal mirara hacia mí en ningún momento.

Había entrado cien veces en casa de Cal sin que él estuviera. Tenía la llave junto a la de mi casa en un llavero gastado. Pero aquella mañana entrar fue distinto, un acto encubierto, sospechoso. No es que lo hiciera furtivamente, pero tampoco caminé de la manera habitual. Estaba muy atenta a mis movimientos y a lo que me rodeaba, al sonido de mis pisadas, al viento que soplaba entre los árboles, a las persianas subidas en la ventana del cuarto de estar de Cal, al sol que me calentaba la nuca. La otra mitad del dúplex de Cal la ocupaba una mujer mayor que apenas salía a la calle. Casi todo el contacto que tenía con Cal consistía en dar golpes a la pared cuando este ponía demasiado alto un partido de fútbol. No era probable que se fijara demasiado en mi llegada. Aun así, entré deprisa y no respiré tranquila hasta que hube cerrado la puerta con llave detrás de mí.

—Qué estupidez —me dije. ¿Qué creía que estaba haciendo? ¿Qué esperaba encontrar? Lo más probable era que Crystal se equivocara cuando dijo que Cal pasaba tiempo con Matt. Y sin duda había una explicación lógica a que Cal hubiera dicho que Land y él habían hablado con Matt sobre Izzy. Ninguna de esas cosas tenía por qué significar nada. Pero ¿y si significaban algo?, me susurraba mi cabeza.

La casa de Cal era objetivamente más agradable que la mía: más grande, algo más moderna. Pero solo la usaba para ducharse y dormir, como un lugar de paso. Pasaba la mayor parte del tiempo en el trabajo o, antes de que muriera Junie, en mi apartamento. No había demasiados indicios de su presencia. No había un escritorio con los cajones rebosantes ni estanterías llenas de baratijas perfectas para esconder algo. Empecé por la cocina, aunque no parecía el lugar más sospechoso. Tampoco ayudaba que yo no tuviera ni idea de lo que estaba buscando. Pero la mitad de los cajones de la cocina se encontraban vacíos y la otra mitad contenían cosas de lo más normales: una espátula, un batidor todavía con la etiqueta, una manopla que le había tejido Junie a ganchillo como regalo de Navidad unos años atrás.

Entré a continuación en el dormitorio, pasé la mano por el cabecero de madera clara de roble y por la cómoda a juego que le había ayudado a comprar cuando se instaló. Le había dado igual lo que compráramos, se habría contentado con dormir en un colchón en el suelo y guardar la ropa en cajas de leche, pero yo quería que tuviera algo acogedor, que ayudara a transformar aquella habitación beis cuadrada como una caja en un espacio propio. Sin embargo, aparte de los muebles, Cal no había puesto gran cosa. Ni cuadros en las paredes ni objetos personales en la mesilla de noche. Mirar la habitación de Cal me produjo una tristeza difícil de definir. Estaba demasiado vacía, era demasiado impersonal. Como una vida que no llega a vivirse del todo.

De niña siempre había usado el hueco entre el colchón y el somier de escondite. No era el más ingenioso del mundo, pero tampoco había tenido demasiadas cosas que esconder. Cal siempre había sido más listo. Tampoco él había tenido demasiadas cosas que ocultar, pero, cuando así era, se tomaba muchas molestias para asegurarse de que nadie las encontrara. De manera que inspeccioné todos los sitios que se me ocurrieron, pero sin grandes esperanzas de encontrar nada.

Terminé en el armario. Pasé la mano por los rincones del estante superior y luego me agaché y la pasé por las tablas del suelo. Estaba a punto de rendirme cuando noté que el borde de la moqueta estaba separado del suelo. Tiré y se desprendió con facilidad dejando al descubierto un recuadro de suelo que en algún momento alguien había cortado y después reemplazado. Me quedé un momento acuclillada, con el corazón a mil por hora y las palmas cubiertas de sudor. ¿Quería levantar aquel trozo de suelo? ¿Hasta qué punto necesitaba respuestas?

—Deja de ser tan cobarde, joder —me dije con voz que resonó demasiado en la quietud. Intenté levantar el recuadro de conglomerado con las manos, pero tuve que sacar las llaves y usar una para separar uno de los bordes lo bastante para meter los dedos. Después de aquello, el recuadro salió con facilidad y escudriñé con cuidado el espacio negro que había debajo. No vi nada y albergué la esperanza de haberme equivocado. Quizá aquello era algo que había dejado así el constructor. Tal vez el escondrijo no tenía nada que ver con mi hermano.

Metí la mano, temerosa de encontrar insectos o ratas, pero mis dedos chocaron con algo liso y frío. Lo saqué. Era una bolsa de cremallera del tamaño de una nevera portátil llena de dinero. Dejé escapar un sonido, una especie de grito lastimero, y me tumbé boca abajo y metí de nuevo la mano en el agujero. Cuando terminé había siete bolsas con dinero en el suelo, a mi lado. Miles de dólares. Más dinero del que había visto en toda mi vida.

«Sigue el dinero». Bien, pues allí estaba, desplegado delante de mí en el suelo del armario de Cal, pero no entendía qué relación podía tener con la muerte de Junie. En parte porque no la veía y en parte porque no soportaba la idea de encajar las piezas de aquel puzle. Mi garganta emitía un zumbido grave, animal, y me obligué a hacer varias respiraciones profundas y uniformes hasta que dejó de hacerlo. Revisé mentalmente las distintas posibilidades con la esperanza de que alguna tuviera sentido. ¿Tal vez Cal y Matt había estado robando a Jimmy Ray? ¿La muerte de Junie era un castigo? Pero, entonces, ¿por qué me había dirigido Jimmy Ray hacia el dinero, hacia algo que lo inculpaba a él? Quizá Cal había robado a Matt y este había ido a por Junie. Había enviado a alguien a entregar el mensaje mientras él trabajaba en el club y se aseguraba una coartada.

Me senté y apoyé la espalda en la pared del armario. Tenía que hablar con Cal, necesitaba averiguar qué papel tenía en todo aquello. Porque era innegable que estaba implicado. Me incliné hacia delante para tapar el agujero y atisbé una luz. Algo que había pasado por alto y que brillaba. Mi cabeza supo de inmediato de qué se trataba, pero mi corazón se negó a creerlo hasta que lo saqué del agujero y lo sostuve ante mis ojos. Un teléfono. Con una funda de purpurina rosa y la pantalla agrietada. El teléfono desaparecido de Izzy. La había visto escribir mensajes en él docenas de veces. El teléfono de Izzy estaba escondido en la casa de Cal. No había explicación para algo así, no había ninguna razón para que lo tuviera que no terminara con dos niñas muertas en la nieve.

Pensé en el mensaje que había recibido Izzy aquella mañana y que la había arrastrado a su muerte. En el ojo a la funerala que le había dejado Cal a Jimmy Ray y en mi precipitada conclusión de que mi hermano había estado interrogando a Jimmy Ray, cuando era posible que estuviera cubriéndose las espaldas. En la manera en que Cal me había intentado quitar de la cabeza el consejo de Jimmy Ray de seguir la pista del dinero, en una maniobra sutil y delicada, pero maniobra al fin y al cabo. En lo rápido que se había presentado cuando la caravana de Matt saltó por los aires, casi en el instante de la explosión. Porque ya estaba allí, pensé. Porque había matado a Matt para evitar que yo descubriera lo que sabía, para evitar que Land le hiciera las preguntas correctas.

El armario pareció cerrarse a mi alrededor igual que una ola gigante y puse la cabeza entre las rodillas. Hasta aquel momento, una parte de mí había albergado la esperanza de que solo fuera cuestión de dinero. De que aquello en lo que estaba envuelto Cal, por terrible que fuera, no tuviera nada que ver con las niñas. Pero el teléfono lo cambiaba todo. El teléfono era la prueba de que la persona en quien más confiaba yo en el mundo era responsable de la muerte de mi hija. Ahora tenía que comprobar si tenía valentía suficiente para hacer algo al respecto.

Zach sonrió cuando abrió la puerta de su casa y vio que era yo, pero la sonrisa no se reflejó en sus ojos.

—Hola —dijo—. Adelante.

Dio un paso atrás para invitarme a entrar, pero no se adentró en la casa y echó un vistazo rápido en dirección a la cocina. Por mi parte, estaba tan agitada que me quedé bailando sobre las puntas de los pies mientras mis ojos iban de Zach a la puerta y de vuelta a él. En lo único que podía pensar era en el tiempo que estaba desperdiciando. Pero, por alguna razón que se me escapaba, sentía que le debía una oportunidad.

—Bueno —dijo cuando rechacé su poco entusiasta ofrecimiento de café—. ¿Qué pasa?

—Sé quién lo hizo —dije.

Había sido mi intención contárselo poco a poco, no vomitárselo a los pies, pero en mi interior todo eran nervios y agitación descontrolados.

Zach me miró, pálido.

—¿Qué?

Agité una mano en el aire y la miré como si no formara parte de mi cuerpo.

—Quiero decir, es posible que no lo hiciera él, pero está implicado.

—¿Quién? —La pregunta salió en forma de exhalación exánime.

—Cal —repuse obligándome a pronunciar la palabra.

Zach arrugó toda la cara en un gesto de incomprensión total.

—¿Tu hermano? Pero si es policía.

—Ya lo sé —dije, impaciente por zanjar aquella parte. Quería dejar atrás cuanto antes las preguntas tipo «¿cómo?», «¿qué?», «¿por qué?». Lo cierto era que no tenía repuesta para ninguna de ellas. Y Jimmy Ray tenía razón. A aquellas alturas, el porqué no me importaba. Solo el quién—. Voy a hablar con él. ¿Quieres venir conmigo?

—¿Yo?... ¿Y qué pasa con la policía? Con los otros policías. ¿No deberíamos llamar a Land ahora mismo?

Giró en dirección a la cocina y lo sujeté por el brazo.

—No. No se lo vamos a decir a nadie. Todavía no.

—¿De qué hablas?

La voz de Zach se iba elevando con cada palabra que decía e intenté silenciarlo con un gesto de la mano.

—Tranquilízate —le indiqué—. Enseguida se lo vamos a contar. Pero primero quiero hablar con Cal. Es mi hermano. Quiero oír lo que tiene que decir antes de que Land y un puñado de abogados se metan por medio.

Zach soltó una risa forzada y se pasó una mano por el pelo, que quedó de punta, en mechones irregulares.

—¿Qué pasa? ¿Te vas a poner en plan justiciero con él? ¿Ese es tu gran plan?

—No he dicho nada de ir a por él. Solo quiero hablar —repetí—. Creo que tengo derecho.

—No... —Se dejó caer en el banco que había junto a la puerta. Yo me quedé callada, dándole unos instantes para pensar—. Me parece muy mala idea, Eve —dijo por fin.

—Puede ser —admití.

Un sonido en el pasillo captó mi atención, el levísimo susurro de una pisada. Pero cuando me di la vuelta, no había nadie.

—¿Y si te hace daño?

Me volví de nuevo hacia Zach.

—No creo que lo haga. —Por supuesto, hasta ese día habría apostado cualquier cosa, arriesgado cualquier cosa a que Cal nunca le haría daño a Junie. Que habría preferido morir antes de tocarle un pelo de la cabeza. De modo que era muy posible que estuviera equivocada. Pero lo cierto era que no me importaba demasiado—. Mira, no he venido aquí en busca de tu permiso o de tu bendición. Pero eras su padre. Pensé que tenías derecho a saber, y quería darte la oportunidad de acompañarme.

Zach miró su taza de café como si la respuesta correcta pudiera estar dentro de ella.

—Me parece que no —dijo—. No me sentiría cómodo, Eve. No me gusta hacer así las cosas. No le diré nada a Land, ni tampoco a Jenny. Al menos, no de momento. Pero tampoco voy a ir contigo.

Para ser sincera, esa era la respuesta que había esperado. La que en realidad quería. Porque demostraba que, después de todo, yo tenía razón. Que Junie no había sido nunca suya. Que había sido única y exclusivamente mía.

—Vaya, maldita sea —dijo mi madre cuando abrió la puerta de su caravana vestida con la misma ropa que la última vez que la había visto—. ¿No me dijiste ayer que me buscara otra hija? Entonces, ¿quién coño eres tú? Aquí no pueden entrar desconocidos.

Sonrió burlona ante su propio ingenio.

Aquel iba a ser el momento que lo decidiría todo. Si cruzaba ese umbral, si le pedía ayuda, si confiaba en ella, no habría marcha atrás. No podría volver a fingir que era algo más que la hija de mi madre. Que era mejor que ella. Distinta.

—Déjame pasar, mamá —dije—. Tenemos que hablar.

23

Estaba sentada en una roca cerca del río cuando me encontró. Había estado mirando el agua discurrir durante más de una hora, perdida en sus ondulaciones y remolinos, con el centelleo ocasional de las escamas de un pez. Me sorprendí al levantar la vista y comprobar que el sol se deslizaba por el cielo vespertino, besaba el horizonte y lo encendía con serpentinas color rosa.

—Hola —dijo Cal—. ¿Se puede saber qué pasa? Tienes a mamá hecha un manojo de nervios. Y ya sabes que eso no es fácil.

Casi me sentía incapaz de mirarlo. Oír su voz ya era bastante malo, me recordaba a nuestra infancia. A cuando me daba de comer porque estaba hambrienta, me consolaba cuando sufría, me reconfortaba cuando estaba aterrorizada. Cal, a quien quería más que a mí misma. Más que a nadie en el mundo, excepto a Junie.

Se sentó a mi lado y noté sus ojos en mí, olí su champú cuando se levantó una brisa.

—¿Estás bien? —preguntó—. Me inquieté un poco cuando mamá fue a verme y me dijo que viniera aquí. Le preocupaba que hubieras... —Hizo un gesto en dirección al río, donde el agua rompía contra las rocas en una efusión sin fin.

No dije nada. Saqué el teléfono de Izzy del bolsillo de la chaqueta y lo dejé en el suelo entre los dos.

Cal tomó aire de forma brusca y se tambaleó hacia atrás, como si yo hubiera sacado una granada en lugar de un teléfono móvil.

—Escucha —dijo con voz aguda y temblorosa—. Puedo explicarlo. Puedo...

Me volví a mirarlo.

—¿Puedes explicar cómo terminó el teléfono de Izzy Logan escondido en tu casa o puedes explicar por qué las mataste?

Cal abrió la boca, la cerró, la abrió de nuevo, pero no salió nada de ella. Parecía uno de los innumerables peces que había pescado y destripado en aquel mismo lugar y sentí un impulso desquiciado de reír. La expresión de su cara confirmó mis peores temores y supe que, después de todo, era él quien había empuñado el cuchillo.

—No era mi intención —dijo—. Todo ocurrió muy deprisa. Se me escapó de las manos. Muy deprisa.

Se le quebró la voz y le rodaron lágrimas por las mejillas. Se tapó la cara con ambas manos y lloró. Yo me volví de nuevo hacia el río y miré el viento agitar la hierba de la orilla contraria. Podía esperar. Le dejaría llorar, y hablar, y explicarse. Nada de eso importaba ya porque había un único final posible.

—Por favor —dijo y me puso una mano en un brazo. Le miré los dedos, imaginé que se los rompía uno a uno hasta que me soltara—. Déjame... Déjame contarte lo que pasó. No es lo que imaginas.

Asentí con la cabeza, aunque estaba convencida de que era exactamente lo que imaginaba. Algo le había parecido más importante que la vida de Junie. Fin de la historia. Pero cuanto antes empezara a hablar, antes terminaría.

—Lo hice por ella. Por Junie.

Aquello me sorprendió y volví con brusquedad la cabeza.

—¿Qué es lo que hiciste por Junie?

—Lo del dinero. Quería que pudiera marcharse, ir a la universidad, algo. Salir de aquí. Pero con lo que gano no es suficiente, ni de lejos. Y una noche me encontré con Matt y empezó a contarme que Land había estado dándoles el coñazo con que la operación se estaba volviendo demasiado grande. Con que les vendría bien tener a alguien dentro para facilitar las cosas. Al principio me dije que solo escucharía. Que no llegaría a hacer nada. Pero luego hablé con Jimmy Ray y me pareció el negocio perfecto. —Se encogió de hombros—. La droga la iban a vender de todas maneras. Ayudara yo o no. ¿Por qué no beneficiarme de ello? No era como robar dinero a niños pequeños. Me pareció un negocio justo.

¿Qué decían siempre las gentes de por aquí? Que podías sacar a un niño del valle, pero nunca sacarle el valle de dentro. Yo siempre me había resistido a creerlo, pero Cal y yo éramos la prueba viviente. Nos dabas un uniforme de policía y una hija que cuidar y era posible que durante un tiempo siguiéramos el camino recto. Pero nuestro pasado siempre terminaba por salirnos al encuentro. O por tirar de nosotros. Aquella noche en el bar, Cal había estado en lo cierto. Éramos exactamente aquello para lo que nuestra madre nos había criado.

—Y todo iba perfectamente —continuó Cal—. Estaba ganando dinero, ahorrándolo para Junie. No me gasté un centavo.

—¿Pensabas contármelo alguna vez? —pregunté.

—Sí, claro. Pero no hasta que llegara el momento de que Junie lo usara. Supuse que no tendrías demasiado que objetar si el dinero estaba allí cuando Junie lo necesitara. Y para entonces mi intención era haber terminado ya con todo este asunto.

Si de verdad creía eso, entonces era que no tenía ni idea de cómo trabajaba Jimmy Ray. Nunca habría dejado a Cal salirse del negocio.

—Junie no necesitaba tu dinero —dije—. Podía haber conseguido una beca de haber querido ir a la universidad, o ya se me habría ocurrido a mí algo.

Pero ambos sabíamos que eso no era verdad. Por mucho que quisiera a mi hija, había algunas cosas que nunca habría podido darle por mucho que lo deseara. Tal y como le gustaba decir a mi madre, no se puede sacar sangre de una piedra.

—No quería que se marchara de aquí pobre. Que fuera a la universidad y todo el mundo supiera que había crecido sin tener nada. Quería darle una ventaja, la que tú y yo nunca tuvimos. De ese modo, tendría una verdadera oportunidad de vivir una vida mejor. Y todo iba a la perfección, tal y como lo había planeado. Pero, entonces, Izzy se encaprichó de Matt. Yo fui quien los presentó. ¿Te puedes creer semejante mierda? Estaba hablando con Matt delante de la lavandería cuando entró Izzy y se paró a saludarme. —Negó con la cabeza—. No tienes ni idea de cuántas veces he revivido ese momento. Una y otra vez, las noches que no he conseguido dormir. Pienso en cómo una sola cosa, una estúpida sola cosa lo echó todo a perder.

—Creo que quien lo echó todo a perder fuiste tú.

La voz me salía tan fría y dura que no parecía mía. O al menos mi hija no me habría reconocido.

—No era mi intención —repitió Cal y la mano me ardió en deseos de darle un puñetazo—. Fue una cagada monumental. Yo estaba en casa de Matt, clasificando drogas y contando dinero, y, de pronto, Izzy se presentó en la caravana. Tuvo suerte de llegar viva hasta allí, había hecho autoestop en la carretera. —Negó con la cabeza—. Pensé que igual no pasaba nada. Que era joven y era posible que no entendiera lo que veía. Pero abrió la boca y los ojos se le pusieron como platos y en lo único en que pude pensar fue en que se lo contaría a Junie, ella te lo contaría a ti y todo se iría al garete. Perdería mi trabajo. Land se cabrearía tanto al enterarse de que había actuado a sus espaldas que presentaría cargos contra mí. Sería mi fin. Hablé con Izzy. Le dije lo importante que era que no contara nada. Y que yo tampoco le contaría a nadie lo de ella y Matt. Nos haríamos un favor el uno al otro.

—¿Y aceptó?

Cal asintió.

—Sí. Pero supe que no callaría por mucho tiempo. Hablé con ella unas cuantas veces en el pueblo y me di cuenta de que acabaría por contárselo a Junie, de que no podría guardar el secreto para siempre. No iba con su naturaleza. Creo que le gustaba la idea de tener algo con lo que hacer daño a Junie. Ya sabes cómo pueden llegar a ser

las adolescentes, mezquinas y celosas. Había mencionado en alguna ocasión que creía que a su padre le gustaba
más Junie que ella. Y un día en que se sintiera especialmente ofendida, soltaría aquella información para humi-
llar a Junie.

—Porque Junie te adoraba —dije sin entonación—. Te
consideraba su perfecto tío Cal.

Cal dejó escapar un sollozo.

—Lo único que tenía que hacer Izzy era mantener la
boca cerrada. Nada más.

—Pero no iba a hacerlo. Así que decidiste matarla.

—No —dijo Cal con ferocidad—. No, solo quería hablar con ella. Le mandé un mensaje usando un teléfono de
prepago. Le dije que se reuniera conmigo en el parque.

—Cuando nevaba. Y no habría nadie.

—Sí, pero solo porque no quería que nos viera nadie
juntos, no con la conversación tan seria que íbamos a tener.
No tenía ni idea de que Junie estuviera también allí. Nos encontramos detrás de ese túnel que hay y ni siquiera vi a Junie.
Izzy debió de decirle que esperara en otra parte del parque.
—Tomó aire tembloroso—. Pensaba que podría convencer-
la, pero me dijo que Junie merecía saberlo. En realidad no
creo que le importara tanto, pero le gustaba tener un secreto,
saber algo que los demás ignoraban y poder amenazarme con
ello.

—Tenía doce años, Cal. No era un cerebro criminal
decidido a destruirte.

—Eso ya lo sé —dijo—. Lo sé ahora. Pero en ese momento estaba cabreado y aterrorizado y vi que no me estaba
escuchando. ¡Nunca escuchaba! Juro por Dios que ni siquiera supe lo que había hecho hasta que vi la sangre. —Se miró

la mano—. Tenía sangre por todo el brazo y pensé: «¿Qué coño?». Al principio no supe de dónde salía.

—Y una mierda —dije sin entonación—. Si fuiste allí sin intención de hacer daño a nadie, ¿por qué te llevaste el cuchillo?

—Siempre llevo encima el cuchillo —replicó—. Por aquí casi todo el mundo lleva lo mismo en el bolsillo de los pantalones. En ningún momento pensé usarlo. Te lo juro, Evie. Para nada. Lo saqué para asustarla, solo para eso. Pensé que con eso bastaría. Pero Izzy me iba a destrozar la vida. Iba a abrir la boca y a joderlo todo: mi trabajo, mi relación contigo y con Junie, mi libertad... y ni siquiera le importaba. Solo podía pensar en cómo pararle los pies.

—¿Y qué me dices de lo que le hiciste a Junie? —pregunté, y el mundo se detuvo. El sol descendió en el cielo y nuestros rostros se ensombrecieron.

Cal enterró la cara entre las manos, habló entre los dedos.

—No tenía ni idea de que estuviera allí. Ni la más mínima. Izzy no dijo nada sobre haber ido acompañada. Estaba allí, viendo a Izzy desangrarse, preguntándome qué diablos había pasado, cuando oí un ruido a mi espalda. Reaccioné, me giré con el cuchillo en la mano. Eso fue todo. Alguna clase de instinto animal. No me di cuenta de que era Junie hasta que ya... —Tomó aire y se le escapó un sollozo—. Jamás le habría hecho daño deliberadamente, Eve. Jamás. A Junie no. —Levantó la cabeza y me miró con ojos brillantes por las lágrimas—. Me quedé con ella. Hasta el final. Le cogí la mano y le dije que todo saldría bien.

—¿Se supone que eso tiene que hacerme sentir mejor? —dije luchando contra mis propias lágrimas—. Porque no me consuela. Ni siquiera un poco.

Casi tan doloroso como conocer la verdad fue darme cuenta de cuánto quería creer a Cal. No dudé ni por un segundo que cualquier otro día, en cualquier otra circunstancia, habría dado su vida por Junie. E imaginaba la escena ocurrida tal y como la había descrito: la reacción en una fracción de segundo, ese instinto asesino que nuestra madre nos había inculcado para cuando oliéramos peligro. Matar o morir. Para cuando comprendió lo que había hecho, ya había terminado todo. Se diera o no cuenta de que era Junie quien se acercaba, solo hizo lo que le habían enseñado. Y ahora yo iba a hacer lo mismo.

—Me voy a entregar —dijo Cal—. Ahora mismo, si es lo que quieres.

—Eso no es lo que quiero —contesté.

—Vale —repuso asintiendo con la cabeza—. Vale, entonces ¿cómo lo arreglo?

—No hay arreglo posible. No puedes retroceder en el tiempo, Cal. No puedes devolverles la vida. —Levanté la mano derecha, la que Cal aún no me había visto, la que empuñaba una pistola, y me la apoyé en las rodillas—. Lo único que se puede hacer es ajustar cuentas.

Me produjo cierta sombría satisfacción ver cómo abría mucho los ojos y palidecía. Hizo ademán de ponerse de pie y levanté la pistola, con pulso firme y seguro.

—No —le dije, y volvió a sentarse. Sabía lo mío con las armas. Lo bien que se me daban. Joder, si me había enseñado él a usarlas.

—¿Qué vas a hacer, Eve? —preguntó.

—Creo que lo sabes. —Quité el seguro y observé cómo seguía el movimiento con la vista—. Incluso si lo que le hiciste a Junie fue un accidente, me has tenido todo este tiempo preguntándome qué había pasado. Me has dejado pensar que Junie guardaba secretos sobre Izzy que no me contaba. Has permitido que me volviera loca por la explosión de la caravana de Matt cuando fuiste tú el que encendió la cerilla. Has dejado que me sintiera culpable por acusarte de ser el hombre mayor con el que estaba Izzy, cuando en realidad habías hecho algo mucho peor. Te lo dije. Se lo dije a todos los que estaban en la rueda de prensa, lo que haría cuando encontrara a la persona que la había matado. Estabas avisado.

Cuando Cal tragó saliva, la nuez le sobresalió como si se hubiera tragado una roca. Me pregunté cómo de desbocado tendría el corazón. El mío en cambio estaba tranquilo y terso como una superficie de cristal.

—Soy yo, Evie —dijo—. La he jodido, lo sé. Pero no puedes matarme.

—Claro que puedo.

El tono coloquial de mi voz me sorprendió incluso a mí. Levanté la pistola y la acerqué a mi hermano, de modo que no hubiera posibilidad de errar el tiro. Blanco seguro.

—¿De dónde has sacado la pistola? —preguntó en un susurro. Ya lo sabía, pero quería oírmelo decir.

—De mamá —respondí al cabo de un instante—. Porque cometiste un error, Cal. Uno de muchos, al parecer. Se la presentaste a Junie. La única cosa que te pedí que no hicieras jamás. La única cosa que me prometiste que nunca harías. El día que nació Junie, en el hospital me cogiste la mano, me miraste a los ojos y me juraste que nunca dejarías a mamá acercarse a ella. Íbamos a impedir que la historia se repitiera, que pusiera sus pezuñas en Junie. Pero mentiste.

—Cal abrió la boca para hablar y le hice callar tensando el dedo en el gatillo—. Y ¿sabes qué? Que mamá quería a mi hija. La quería más que a mí. Más que a ti. Más que a nada. Y cuando se enteró de lo que habías hecho ¿sabes qué hizo? Le faltó tiempo para darme su pistola. Y ya conoces a mamá, esta pistola ha pasado por tantas manos que seguramente es imposible seguirle el rastro. Y además ya tiene una historia preparada para explicar dónde estás, qué te ha pasado.

—Dios —dijo Cal mientras meneaba la cabeza—. Mamá y tú. Debería haber imaginado que terminaría metida en esto. —Me miró con los ojos empañados de lágrimas—. Mantente lejos de ella, Evie, si es posible. Prométeme que no la dejarás acercarse demasiado.

Le dirigí una sonrisa helada.

—Me parece que ya ha quedado claro que las promesas, cuando se trata de mamá, no valen una mierda.

Cal hizo como que no me había oído y habló con voz fatigada:

—Prométemelo. Te arrastrará con ella al infierno si la dejas.

—Eso ya da lo mismo, Cal. —Señalé con la pistola el espacio entre nosotros—. Ya estoy en el infierno.

Miré las lágrimas rodar por sus mejillas. Me cogió la mano libre con dedos cautos.

—Siempre hemos estado unidos tú y yo, Evie. ¿Te acuerdas? Siempre.

Pensé en todas las noches que habíamos pasado, de niños, acurrucados juntos en un rincón de la propiedad esperando a que terminaran las fiestas de nuestra madre con sus amigos drogadictos. Nos manteníamos apartados, lo bastante como para que la grasienta luz que se derramaba de las ventanas de la caravana no nos alcanzara. Nos hacíamos promesas el uno al otro en la oscuridad, con las manos entrelazadas igual que las ramas de los árboles sobre nuestras cabezas. «Saldremos de aquí. Los dos. No te dejaré aquí. Siempre confiaré en ti. Siempre te protegeré. Siempre». Los ojos azul pálido de Cal que brillaban a la luz de la luna. La brisa que le agitaba mechones de pelo rubio sobre la cara. Éramos más que hermanos, éramos un salvavidas el uno para el otro. Juntos sobrevivimos a una infancia diseñada para destruir.

Las cosas que nos dijimos en aquellas noches interminables, con el triste horizonte de nuestros futuros probables, no eran meras palabras. Cada sílaba rezumaba voluntad, nos llenaba la boca de resolución. Nuestras promesas remontaban el vuelo en el aire nocturno, a través de un vapor húmedo, espeso, en esponjosas nubes de aliento, a lo largo de los meses y de las estaciones. Las palabras no nos pertenecían solo a nosotros; las habíamos lanzado al mundo. Habíamos sido escuchados. «Los dos. Siempre». Era el valor sagrado de las promesas.

Y, sin embargo, no habían sido más que palabras después de todo. Porque allí estábamos, destruyéndonos el uno al otro. Y era mucho más sencillo de lo que debería haber sido. Me temblaron los labios y mi corazón inerte se quebró. Por muy tentador que fuera culpar de todo aquello a nuestra madre, no habría sido justo. Ella nos había mostrado el camino, pero la decisión de seguirlo había sido nuestra. Nadie más que Cal había rajado la garganta de mi hija con un cuchillo. Nadie más que yo empuñaba ahora aquella pistola.

—Te quiero, Evie —dijo Cal.

Me apretó la mano y a continuación la soltó. Fue como si tuviera de nuevo diez años y estuviera dándome las buenas noches. Tratando de transmitirme que todo iría bien, aunque los dos sabíamos que no sería así.

—Yo también te quiero —respondí—. Siempre.

El sol declinante lo iluminó como una aureola y centelleó al reflejarse en su pelo. Me sonrió, vulnerable y triste. Y entonces disparé.

24

Me quedé a su lado hasta que oscureció, le sostuve la mano hasta que los dedos empezaron a enfriársele, igual que le había dado él la mano a mi hija mientras se quedaba sin vida. Las lágrimas que no había derramado hasta entonces me bajaron en un flujo incesante por la cara, me empaparon el cuello de la camiseta. Sabía que tenía que irme de allí, pero parecía tener el cerebro desconectado del cuerpo, mis pensamientos giraban y revoloteaban y a continuación se alejaban flotando. Podía haberme quedado allí toda la noche, podía haberme quedado el resto de mi vida, si no hubiera oído pisadas en la maleza a mi espalda y no hubiera notado en la cara un delgado haz de luz. Conseguí ponerme a cuatro patas y vi unos pies que se me acercaban desde atrás. Levanté la vista y vi a Jenny Logan. Tenía un rasguño en uno de los pómulos y respiración jadeante.

—Dios —dijo mientras se retiraba pelo de la cara con la misma mano con la que sostenía una linterna—. El camino hasta aquí es infernal.

La miré y, durante un instante, me pregunté si no estaría soñando. ¿Estaba Cal allí? Bajé la mirada y vi su cadáver a mis pies, sus ojos sin vida y un agujero desigual de bala en el centro de la frente. Volví a mirar a Jenny, que tenía la vista fija en Cal.

—Lo has hecho —dijo con voz tranquila.

Grazné algo similar a un sí.

—Supongo que la razón que te dio no te convenció. —Dejó escapar una carcajada en la que no había una gota de humor—. Ni siquiera quiero saberlo. Solo me pondría más furiosa. —Me pasó la pala que tenía en la mano izquierda—. Tenemos que enterrarlo —añadió en tono práctico.

—De acuerdo —repuse despacio y arrastrando las sílabas. Sentí que la pala se deslizaba entre mis dedos entumecidos y sujeté con más fuerza la empuñadura. Antes había estado tranquila, centrada, pero ahora no conseguía encajar unas piezas con otras—. ¿Qué..., qué haces aquí?

Jenny se agachó y dejó la linterna en el suelo. Cogió los pies de Cal y me miró hasta que pillé la indirecta, dejé la pala y le agarré las manos.

—Os oí a Zach y a ti hablar. Cuando te fuiste, te seguí. No hasta casa de tu madre. Me habrías visto seguro. Estuve a punto de perderte cuando volviste a la autovía y te dirigiste hacia aquí. Tardé un rato en encontrar dónde habías aparcado. —Seguía hablando con total naturalidad y gruñó un poco mientras arrastrábamos el cuerpo de Cal bosque adentro—. Luego esperé hasta que apareció tu madre y lo dejó a él. Seguir su rastro hasta aquí fue mucho más difícil de lo que había imaginado. Me desorienté un par de veces. Pero luego oí el disparo. Eso ayudó. Espera un momento —dijo. Soltó los pies de Cal y corrió a buscar la linterna. Se la puso entre los dientes y volvió a coger las piernas de Cal. Después de aquello nos quedamos en silencio y solo se oyeron los sonidos de nuestras respiraciones y del cuerpo de Cal arrastrado por entre los árboles.

—Ya vale —dije, soltando las manos de Cal—. Estamos lo bastante lejos.

Jenny se quitó la linterna de la boca y miró a su alrededor.

—¿Tú crees?

—Sí.

No soportaba seguir tocándolo, oír su cuerpo arañar el suelo. Y lo cierto era que sería cuestión de suerte que lo encontraran o no.

Jenny volvió a por la pala y nos turnamos para cavar y sostener la linterna. Trabajamos sin hablar, concentradas en la tarea. Cuando el hoyo fue lo bastante profundo, paramos. El aire olía a tierra removida y cosas oscuras y secretas. Arrastramos el cuerpo hasta el borde y lo dejamos caer. Yo di un respingo cuando tocó el fondo, pero Jenny no. Para ella no era más que el tipo que había matado a su hija. Nunca había sido quien había cogido en brazos a esa hija o la había acunado hasta que se quedaba dormida, o la había bañado y hecho pompas de jabón hasta que ella gritaba de felicidad. Jenny nunca lo había querido.

Llenar la tumba de tierra debería haber sido más rápido, más sencillo, pero pareció desarrollarse a cámara lenta, pues las dos estábamos exhaustas y deseando acabar. Cuando Jenny echó la última paletada, esparcimos musgo y ramitas por encima y después pisamos y aplastamos el trozo de tierra hasta que no se distinguió del resto del suelo. O casi.

Jenny se sacudió tierra de la mejilla con el dorso de la mano.

—Ya está. —Me miró—. ¿Quieres decir algo? —Señaló la tumba con una mano sucia de tierra.

¿Qué se podía decir? Había sido mi hermano. Mi primer amor. La única persona de la que no había esperado que me hiciera daño.

—Sí —respondí y recogí la pala del suelo—. Se lo ha ganado a pulso.

Tenía que reconocérselo a mi madre, esas palabras que había jurado no pronunciar jamás me reportaron una extraña satisfacción.

Jenny había hecho un buen trabajo a la hora de esconder su coche, aunque las posibilidades de que alguien apareciera por allí eran escasas. Guardé la pala en el maletero y ella hizo lo mismo con la linterna.

—En cuanto llegue a casa, lavaré la pala —dijo— y volveré a guardarla en el garaje. —Se observó con una mueca las ropas sucias de tierra—. También me desharé de esto.

La miré.

—¿Vas a poder mantener la calma? ¿Cuando se haga de día y todo se vuelva real?

Me sostuvo la mirada.

—Ya es real. Y sí, mantendré la calma perfectamente.

—¿Y qué me dices de Zach? —le pregunté—. Sabe que fue Cal.

Jenny se recostó contra el coche. La luz de la luna apenas bastaba para distinguir sus facciones.

—Por Zach no te preocupes. En cuanto salí de la cocina y le dije que os había oído hablar, en lo único que pudo concentrarse fue en que sé que era el padre de Junie. Me dijo: «Lo que ha dicho de que fue solo una noche es verdad. Tú y yo no estábamos prometidos todavía. No volvió a pasar». —Rio con desdén—. Como si a estas alturas me importara una mierda. Hace años de eso. Las niñas ya no están. ¿Qué más da ya? Pero Zach es como es. Llevará el sentimiento de culpa como un cilicio durante muchos años. —Se volvió y abrió la puerta del conductor—. Podré usarlo en su contra si me hace falta. Aunque no creo que sea así.

—Si sirve de algo, te diré que Zach siempre quiso contarte lo de Junie. Mantenerlo en secreto fue idea mía. No veía de qué podía servir a nadie saberlo.

Jenny esbozó una sonrisa.

—A pesar de eso, se encontraron los unos a los otros, ¿no? Zach y Junie. Junie e Izzy. Cuando lo pienso ahora me siento como una estúpida por no haberme dado cuenta. La manera en que Zach rondaba a las niñas cada vez que venía Junie a casa, pendiente de cada palabra que decía. Ahora por fin entiendo por qué no quiso nunca marcharse de Barren Springs. Lo tenía escrito en la cara.

—¿El qué? —pregunté.

—El amor —dijo Jenny—. La quería.

Debería haberme conmovido enterarme de que Junie, después de todo, había tenido un padre que la quería. Ella, que jamás se quejó de no tener padre, pero a la que se le iban los ojos detrás de cualquier hombre con un bebé en brazos, con un niño sobre los hombros. Pero solo sentí tristeza. Me dolió el corazón por mi hija, por Zach, por todos nosotros. Por lo que nos habíamos ocultado, por las oportunidades que nunca habíamos tenido. En su momento pensé que estaba haciendo lo mejor para Junie, pero quizá, sin ser mi intención, la privé de algo a lo que tenía derecho.

—¿Qué le vas a contar a Zach de esta noche? —pregunté—. Tenemos que ponernos de acuerdo en lo que vamos a decir.

—Que fuimos a hablar con Cal, pero no lo encontramos. Que pasamos media noche buscándolo, pero volvimos con las manos vacías. Le diré que estuvimos dándole vueltas y que ahora ni siquiera estamos seguras de que tuviera nada que ver con las muertes.

—¿Y se lo va a creer?

Jenny se sentó al volante y metió la llave en el contacto.

—Pues claro que sí. Porque querrá creerlo. Necesita creerlo. Antes no te mintió. Zach no es capaz de resolver así las cosas. Pero necesita creer que nosotras tampoco.

—Yo no te creía capaz a ti —le dije. Algo que no era del todo cierto. Recordé su expresión cuando habló de Matt e Izzy en la cocina de su casa. El instinto asesino en su cara. Y yo conocía aquel rincón del mundo. En él no crecían pusilánimes. Era posible que Jenny hubiera crecido en una casa de verdad y que nunca hubiera tenido que preguntarse de dónde saldría su próxima comida, pero allí, o te hacías fuerte rápidamente, o no tenías nada que hacer.

Jenny sonrió. Los dientes blancos contrastaron con su sucia cara y en la sonrisa no había asomo de alegría.

—Supongo que soy capaz de cualquier cosa. Cuando la situación lo requiere. —Tamborileó el volante con ambas manos—. ¿Tu madre y tú podréis con Land?

—Sí, mi madre lo conoce como si lo hubiera parido. Creo que es la única persona a la que Land tiene miedo, aparte de Jimmy Ray. Pero va a dejar el coche de Cal donde su caravana. Si Land va a husmear, le dirá que Cal pasó hoy por allí, bastante nervioso, que le dijo que tenía que irse y que luego llegó un tipo en un camión gris oscuro y se lo llevó. Y que no ha vuelto a tener noticias de él.

—Seguramente Land se conformará con eso. Es tan vago que no querrá perder tiempo buscando a Cal, sobre todo si ni tú ni tu madre denunciáis su desaparición.

—Creí que te caía bien Land —dije sorprendida.

—A nadie le cae bien Land —contestó Jenny—, pero lo necesitábamos, o eso creíamos, así que me hice la amable. Aunque me reventaba tener que fingir así. Lo he odiado desde que era adolescente. Cuando tenía dieciséis años, me pilló saliendo a hurtadillas de mi casa. Me dijo que no le diría nada a mis padres si le hacía una mamada.

—¿Qué hiciste? —Mi voz me pareció lejana.

—Amenacé con contárselo a su mujer, pero eso no pareció preocuparlo. Ahora que lo pienso, es probable que me hubiera estado agradecida por hacerle el trabajo sucio. Así que le dije a Land que le dieran. Decidí que un castigo de mi padre era mucho mejor que acercar la boca a Land. Tenía una alternativa y la elegí. Pero dudo de que todos los que se cruzan en su camino tengan la misma suerte.

Estuve unos instantes pensando si contarle mi historia y, de ser así, qué parte. Decidí que, después de aquella noche, Land ya no era un secreto que mereciera la pena guardar.

—Yo desde luego no la tuve.

Jenny buscó mi mirada.

—¿Cuándo? —preguntó.

Hice un ruido impreciso.

—Hace años.

—Bueno, pues algo me dice que, si vuelve a pasar, acabará de manera distinta.

Asentí con la cabeza y me puso una mano en el brazo.

—Hemos hecho lo correcto, Eve. Hemos hecho justicia a nuestras hijas. Esto no nos las va a devolver... —tomó aire profundo y lo soltó—, pero, en cierta manera, ayuda.

Cuando se marchó, me quedé en el linde del bosque y miré los faros de su coche desaparecer, consciente de que nuestras vidas no volverían a cruzarse. Pero a partir de ese momento siempre la vería de forma distinta cada vez que oyera su nombre en el pueblo o atisbara su pelo castaño a lo lejos. Tenía el presentimiento de que no pasaría mucho tiempo antes de que Zach y Jenny desaparecieran de Barren Springs, se aventuraran por fin al ancho mundo. Pero terminaran donde terminaran, nuestras vidas seguirían entrelazadas. No por las muertes de nuestras hijas. Ni por el padre de ambas. Sino por aquella noche, la oscuridad, la tierra y el cadáver de un hombre entre las dos. Por nuestra imperturbable capacidad de hacer lo que había que hacer.

25

Mi madre me esperaba en los escalones de su caravana y la brasa de su cigarrillo era una señal luminosa en la oscuridad. Me senté a su lado. Tenía tierra aferrada a la piel entre los dedos y debajo de las uñas. Me dolían terriblemente la espalda y los hombros y supe que el día siguiente sería un infierno, en todos los sentidos. Un mundo en el que no estuviera mi hermano me resultaba ya imposible de concebir.

—Estás hecha un desastre, niña —me dijo mi madre—. Y tampoco hueles demasiado bien. Puedes darte una ducha antes de irte. Deja aquí esa ropa y ponte algo mío. —Me tendió la mano y le di la pistola. Ya habíamos decidido que era más seguro que se deshiciera de ella. De ese modo, si me detenían, no tendría la tentación de irme de la lengua sobre el paradero del arma. Y queríamos que terminara lejos de donde estaba enterrado el cuerpo de Cal, por si acaso. Aquellos bosques eran gigantescos, estaban llenos de grutas y cavernas y yo sabía que mi madre encontraría un buen escondite. Uno que tardarían décadas, quizá toda una vida, en encontrar—. El dinero está dentro —añadió—. No olvides cogerlo.

Eso también lo habíamos decidido. Que a la mañana siguiente me presentaría en el despacho de Land con el dinero y le diría que lo había encontrado en casa de Cal. Juraría que no había estado fisgando, que solo había ido a ordenarle el armario, en un intento por mantenerme ocupada, y que la aspiradora se había enganchado en el borde de la moqueta y había aparecido el dinero. Me había puesto nerviosa, lo había cogido sin pensar, dejado la moqueta y todo lo demás tal cual estaba y había salido de allí. Luego había intentado preguntarle a Cal por ello, pero no lo había encontrado. Y cuando había vuelto a su casa más tarde, estaba vacía. Sus ropas habían desaparecido. Debía de haber ido por allí, visto que faltaba el dinero y le habría entrado el pánico. Yo no sabía muy bien qué estaba pasando ni qué hacer con el dinero, pero suponía que Land podría ayudarme.

«Más bien lo que hará será quedarse con el dinero», había murmurado mi madre cuando decidimos aquella parte del plan. Pero no veíamos alternativa. El dinero era la única manera de cerrar la boca a Land. Sería un beneficio inesperado que sumar al hecho de que, con aquella historia, se ahorraría estar en boca de todos por cómo su ayudante lo había engañado durante tanto tiempo. Por supuesto, yo no dudaba de que mi madre había aligerado el botín mientras yo no estaba. Pero no quería saber nada. Cada uno de esos dólares estaba manchado con la sangre de Junie.

Aun conociendo a mi madre, esperaba que dijera algo. Que preguntara por los últimos minutos de vida de Cal o expresara alguna clase de dolor. Pero no hizo nada de eso. Se terminó la cerveza y luego me hizo entrar a ducharme. Cuando estuve limpia y vestida con unos vaqueros y una de sus camisetas gastadas cogí la bolsa con el dinero y me detuve en la puerta. El aire era más cálido que una semana atrás, el verano se acercaba a la velocidad de un tren sin frenos. El sudor, el aire asfixiante y las piernas acribilladas por los mosquitos estaban ya en el horizonte. Y, enseguida, el otoño, hojas doradas y ámbar, aroma a leña ardiendo en el aire. Luego el invierno, hielo en las carreteras y un frío cruel colándose por debajo de mi puerta cada noche. Las estaciones seguirían sucediéndose; los días, las semanas y los meses me alejarían más y más de mi hija. Hasta que un día, antes de que me diera cuenta, habría vivido más tiempo con su ausencia que con su presencia. Su vida sería una luz brillante y fugaz que se desvanece.

Mi madre me detuvo en la puerta y me puso una mano fría en la mejilla. Su mirada era límpida, brillante. Estaba orgullosa de mí. Darme cuenta de ello me sobresaltó. Quizá por primera y única vez en mi vida, se enorgullecía de mí por haber hecho bien algo que no era sencillo. Por hacer una cosa terrible con total naturalidad.

—¿Vuelves a ser mi hija? —preguntó con voz áspera.

—Sí, mamá —dije, porque era la verdad. Y porque, en ocasiones, tienes que elegir el veneno. Sopesar todas las opciones posibles y elegir la menos dañina. Mirarte de arriba abajo y con sinceridad y aceptar la oscuridad que hay en tu interior—. Soy tu hija. Siempre.

Abrí la puerta y salí a la noche.

El principio

Por alguna razón, no había imaginado que su hija sería tan pequeña. Había visto muchas niñas recién nacidas, también niños. Por allí las mujeres parían hijos como si fueran cachorros. El primero empezaba a dar sus primeros pasos cuando llegaba el siguiente. Pero cuando eran los hijos de otras personas parecían más fuertes, menos frágiles. La que tenía en sus brazos, su hija, parecía delicada como el cristal.

La niñita se sorbió un poco la nariz y se acercó a su pecho, buscando. Sintió un deseo repentino de pellizcarla, de enseñarle, ya de entrada, que el mundo estaba lleno de cosas feas. Así su hija no se sorprendería más tarde, no sería débil, no esperaría que el mundo le hiciera ningún favor. Intentaba, de la mejor manera que sabía, enseñar a su hija una lección que sirviera de algo.

—Lo siento, niñita —susurró con la boca cerca de la mejilla aterciopelada de su hija. Había olvidado lo bien que olían los recién nacidos—. Te he tocado yo.

Había visto a las madres que mimaban, que repartían abrazos y besos como si fueran confeti. Ella nunca sería así. No entendía qué sentido tenía arrullar de esa manera a los niños, hacerles sentir especiales, hacerles creer que la vida no les daría patadas en el culo como a todo el mundo. Ella no sabía mimar, pero sí sabía forjar. Sabía cómo hacer que su hija fuera fuerte. Porque, pellizcos aparte, el mundo era un lugar feo, en especial si eras mujer. No había escapatoria. O peleabas o te rendías. Y ninguna hija suya iba a rendirse. No si ella podía evitarlo.

La partera que vivía carretera arriba, que había aceptado pago en alcohol y un billete arrugado de veinte dólares, entró con las manos aún manchadas de sangre.

—¿Has decidido ya el nombre?

Miró a su hija.

—Eve —dijo—. Se llama Eve.

Agradecimientos

Antes de nada, mi mayor agradecimiento para mi familia: Brian, Graham y Quinn. Este libro no existiría sin vuestro cariño, vuestro apoyo y vuestros ánimos. Los tres hacéis que mi vida sea mejor cada día. Gracias también a mi madre, Mary Anne; a mis suegros, Fran y Larry, y al resto de mis familiares. Mi padre no vivió lo bastante para ver este libro impreso, pero, cada vez que hablábamos, me preguntaba cómo iba con mi escritura. Aún percibo su aliento cada vez que me siento ante el ordenador. Gracias a Holly, mi mejor amiga y más leal confidente. Consigues ser paciente conmigo cada vez que sufro por terminar un libro. Me siento afortunada de tener tu amistad. A mis incondicionales: Meshelle, Michelle y Trish, gracias por escuchar siempre, por burlaros de mí cuando me hace falta reír y por las rondas de margaritas cada vez que necesito un descanso. Gracias también a Laura McHugh, que comprende lo que es ser escritora y las frustraciones y las alegrías que lleva consigo. No sabes cuánto me ayudaron tus correos electrónicos.

Jodi, gracias por tu sabiduría, tu ingenio y por ser capaz de decirme que dejara de darle vueltas y empezara a escribir. Me siento muy afortunada de contar con una agente a la que también considero una apreciada amiga. A mi editora, Maya Ziv, este es nuestro primer libro juntas, pero espero sinceramente que haya muchos más. Trabajar contigo ha sido una delicia. Eres inteligente, divertida y una apasionada de lo que haces. Gracias por hacer este proceso tan entretenido. Gracias de todo corazón a Christine Ball, John Parsley, Leigh Butler, Sabila Kahn, Hannah Feeney, Emily Canders, Elina Vaysbeyn y a todas las personas que trabajan en Dutton y en Penguin Random House. Siempre estaré agradecida por vuestro entusiasmo, profesionalidad y el apoyo que nos prestáis a mí y a mis libros.

A todos los lectores, bibliotecarios, libreros y blogueros, gracias por leerme, reseñarme, recomendarme y hablar de mis libros. No estaría donde estoy sin vosotros.

Y, como siempre, gracias a mi gato Larry, que sigue dándome calor en las piernas mientras escribo.

megustaleer

Esperamos que
hayas disfrutado de
la lectura de este libro
y nos gustaría poder
sugerirte nuevas lecturas
de nuestro catálogo.

Si quieres formar parte de nuestra
comunidad, regístrate en
www.megustaleer.club y recibirás
recomendaciones de lecturas
personalizadas.

Te esperamos.